Das gönnen wir Ihnen

Halte dich von den Siegern fern, halte dich tapfer am Rand. Diesen Satz singt Liedermacher Hans-Eckardt Wenzel in diesen Tagen oft. Und er sagt zwischen den Zeilen: Auch der kleine Mut will aufgebracht und durchgehalten sein. Sich aufrecht halten, das gibt Halt.

Nicht aufgeben, das dachten auch wir, als es darum ging, den dritten Band von »Stadtluft Dresden« herzustellen. Immer wieder muss erzählt werden, dass diese Stadt Relevanz besitzt, ein lebenswerter, großartiger Ort ist, der allerdings stetes Anstrengen bedeutet. Dresden streitet, protestiert, lässt nachdenken und fordert Positionen. Diese Stadt lässt keinen kalt, aber wird oft kaltgestellt. Sich auseinandersetzen mit ihr, mit anderen, widersprechen, unbequem sein gegenüber den Bequemlichkeiten, von sich erzählen, dem Irrsinn, dem Unsinn, der Unwissenheit und Ungewissheit etwas entgegensetzen, das kann auf den kommenden Seiten erlesen werden.

Ohne Frage sind wir als Herausgeber unverbesserliche Idealisten, weil wir Schriftsteller, Musiker und Journalisten bitten, von ihren Erfahrungen mit Dresden zu schreiben. Wir halten uns mit ihnen tapfer am Rand und pflegen ein gesundes Misstrauen gegenüber den Siegern und jene, die gern wieder die Sieger wären. Das Erfreuliche daran ist unter anderem, dass »Stadtluft Dresden« ein kleiner Ort des Zusammenkommens geworden ist, um Gedanken miteinander auszutauschen. Danke an alle, die daran teilhaben. Seine Ideen frei miteinander teilen, dieser kleine Mut verbindet.

Es braucht diese Orte zum Quatschen, so wie den Schaubudensommer, die Tonne oder Acki's Sportsbar. Alle halten auf ihre Weise irgendwie durch. Dresden bereitet sich darauf vor, Kulturhauptstadt zu werden, da braucht es Kultur, vor allem die am Rand. Die Große Oper lässt jetzt den Kaiser den Ball moderieren, andere halten ihn flach, weil sie lieber am Boden bleiben, statt es mit den Siegern zu halten. Wir liefern neben Geschichten ein wenig Poesie, Balsam auf die geschundenen Seelen. Und »Stadtluft« gibt einen Blick in die ganz normalen Dinge des Lebens, über die zu berichten kaum einer mehr Lust zu haben scheint, weil sie wohl nur randständig dauerdurchhalten.

Ohne die Hilfe von Unterstützern würde die Mischung aus Buch und Magazin nicht gelingen. Erfreulich, dass ein Unternehmen wie A. Lange & Söhne uns treu bleibt und genau wie die Radiologiepraxis Freital-Dippoldiswalde dafür sorgt, dass wir die Autoren anständig honorieren können. Die Ardenne Anlagen GmbH unterstützt uns dabei, dass wir in Dresden Lesungen wie in der Nikki-Faktur, im Lingnerschloss oder im Societaetstheater veranstalten können, die Verlagsgruppe Husum sorgt mit ihrer Druckerei nach wie vor für einen guten Druck, ohne sich in Inhalte einzumischen. Auch dafür großen Dank. Dank ebenso an die Marketinggesellschaft der Stadt Dresden, die sich erstmals als Unterstützer mit beteiligt. Das hilft.

Lesen Sie, atmen Sie die Gedanken ein. Schlafen Sie zwischendurch auch ruhig mal ein. Dann können Sie wieder wach sein und tapfer bleiben. Den kleinen Mut gönnen wir uns mit Ihnen.

Herzlich – Amac Garbe, Peter Ufer, Thomas Walther

BUDENZAUBER

Helmut Raeder ist ein Direktor. Er dirigiert nicht nur Karl-May-Festtage, ein Wandertheaterfestival und Herbst-, Wein-, Weihnachtsfeste. Seit über 20 Jahren leitet er ein fantastisches Dresdner Unternehmen für künstlerische Abgefahrenheit. Der Herr Direktor lässt mit Freunden im Juli elf Nächte lang in der Neustadt Kleinkünstler in Buden ihre Magie entfalten, er verwandelt den Ort mit ihnen in eine Welt des unerlässlich Lustvollen. Sein Budenzauber entsteht aus Fantasie, die keine Grenzen kennt. Direktor Raeder legt sich voll ins Zeug und gerne auch mal mit anderen an oder einfach am Elbufer in eine Siedlung aus Papphäusern. Und Slam-Poet Julius Fischer erklärt, was das soll mit dem Schaubudensommer. Ab Seite 110

OHA!
SOWAS!
SCHÖÖN!
LALA
SCALA

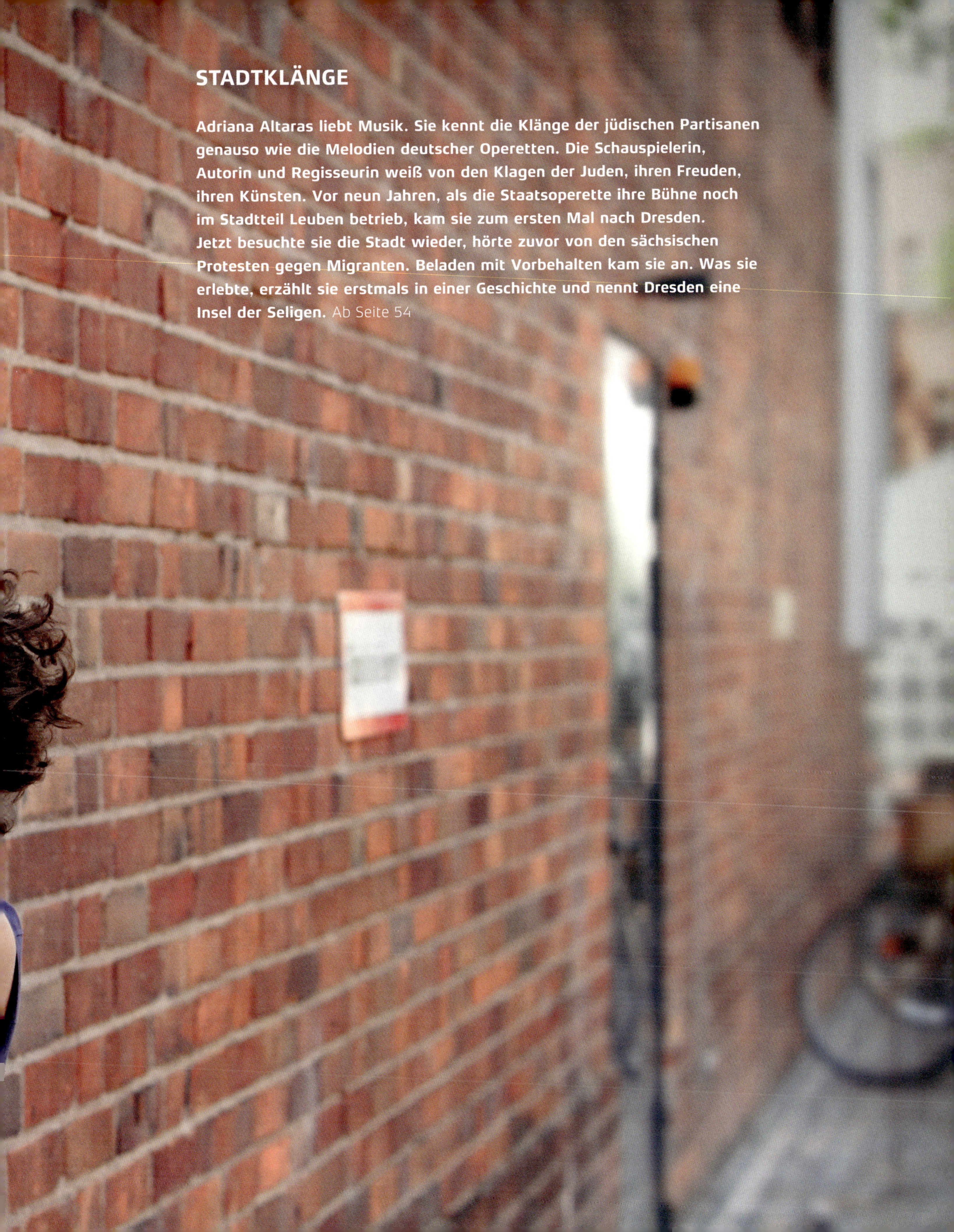

STADTKLÄNGE

Adriana Altaras liebt Musik. Sie kennt die Klänge der jüdischen Partisanen genauso wie die Melodien deutscher Operetten. Die Schauspielerin, Autorin und Regisseurin weiß von den Klagen der Juden, ihren Freuden, ihren Künsten. Vor neun Jahren, als die Staatsoperette ihre Bühne noch im Stadtteil Leuben betrieb, kam sie zum ersten Mal nach Dresden. Jetzt besuchte sie die Stadt wieder, hörte zuvor von den sächsischen Protesten gegen Migranten. Beladen mit Vorbehalten kam sie an. Was sie erlebte, erzählt sie erstmals in einer Geschichte und nennt Dresden eine Insel der Seligen. Ab Seite 54

BILDERREFUGIUM

Hubertus Giebe liegt am Boden. Der Dresdner Maler verschafft sich so eine eigene Perspektive auf Land und Leute. In seinem Bilderrefugium denkt er über seine Lage und die der anderen nach. Sein apokalyptischer Blick vermag zu erschrecken. Schriftsteller Volker Sielaff begab sich in die Zeichenräume des Künstlers und landete in einer Duftorgel von Farben und Stunden voller philosophischer Gespräche. Er begegnete Herkulessen, die ihn nicht mehr losließen, und der Seele des Zitronenfalters, die er zu beschreiben versucht. Schriftsteller und Maler zeichnen ihr Dresden farbvoll aus. Ab Seite 34

BALLERN
IF IT ISN'T PUNK IT SUCKS!
Leerungszeiten
Deutsche Post
Spätleerung
Nachtleerung
Sonntag
Briefkästen mit späteren Leerung
Montag - Freitag
Samstag
Sonntag
Nachtleerung
Standort: Tannenstr. 17, 01097 Dresden
Die kämpferische Basisgewerkschaft FAU
Stress auf'm Amt?
Kenne deine Rechte
Geh nicht allein
NIGHT
SCHANELL
DEEP VEGGIE KITCHEN
#deep_kitchen
TRVST
TRVST

BRIEFKASTENAUSSICHT

Der Briefkasten hängt am Königsbrücker Platz rum. Liebesbriefe würde er gern verschlucken. Aber allzu oft sind es nur Rechnungen, Mahnungen und Werbepost, die er in sich aufnehmen muss. Er sieht seit Jahren durch den Schlitz, wie sich der Platz vor ihm verändert. Die Leute von früher, die ihn noch mit Briefen an die Familie beschwerten, die verschwinden immer mehr. Die Alten sind fort, der Nachwuchs bevölkert das Wohngebiet, das seine Fassaden und das Leben erneuerte. Journalistin Christina Wittich erzählt von den Veränderungen dieses Platzes rund um die Theaterruine St. Pauli. Ab Seite 116

Hans-Eckardt Wenzel
MEIN DRESDEN
Anamnese und Mediation einer Beziehung. Der Musiker und Autor nähert sich der Stadt, die ihm nie sympathisch erschien. Aber sie lässt ihn nicht los.
Seite 12

Heidrun Hannusch
WIE ES BEGANN UND WIEDER BEGANN …
Die Sachsen seien gegen Rechtsextremismus immun. Das sagte einst Ministerpräsident Biedenkopf. Ein Irrtum.
Seite 24

Volker Sielaff
DIE SEELE DES ZITRONENFALTERS
Der Maler Hubertus Giebe öffnete für den Schriftsteller sein Atelier am Großen Garten und seine Apokalypse.
Seite 34

Peter Ufer
WER SIND WIR?
Der Soziologe Wolfgang Engler erklärt im Interview die Herkunft des Dresdners, den er als Ostdeutschen definiert, der nach 1990 seine Heimat fand.
Seite 42

Nadine Faust
SPANIEN, MEXIKO UND GANZ VIEL ELBTAL
Vanessa Bravo und Armando Reyes Prado haben in Dresden zueinandergefunden. Hier begann für sie eine Eiszeit.
Seite 48

Adriana Altaras
ES GIBT UNS HIER TROTZDEM NOCH
Die Jüdin fragt, wie viel Humor, Ironie und Menschlichkeit Dresden noch verträgt. Oder ist es schon zu spät?
Seite 54

Anna Mateur
SÄCHSI-STICKER FÜR SACHSEN
Anna Mateur zeichnet Angelhutbürger, Bliemchenkaffee und ein hoffnungsvolles NU. Vorsicht: Satire!
Seite 61

Durs Grünbein
DRESDNER PARABEL
Nur hier werden Mücken zu Elefanten – heute wie gestern. Der Schriftsteller schreibt einen Vergleich zu Diskussionen, die heute Intellektuelle trennen.
Seite 66

Olaf Kische
DER MORD ZUM SONNTAG
Cornelia Gröschel ist die Neue im Dresdner Tatort. Sie freut sich auf ihre Kollegen und die Rückkehr in ihre Stadt, wo sich so viel geändert hat.
Seite 72

Undine Materni
DIE WELT DREHT SICH WEITER DURCH MEINEN KOPF
Erinnerungen an den Himmelsmaler Winfried Dierske. Der Beginn eines großen Romans.
Seite 78

Michael Schindhelm
GLÄSERNE STADT
Kein Einheimischer, ein Keinheimischer nennt sich der Berater für die Bewerbung zur Kulturhauptstadt. Seine Kritik trifft die Dresdner hart.
Seite 86

Kurt Drawert
»DRESDEN. OHNE TITEL.«
Ich bin mit allem, was ich entwickeln muss, ehe ich sterbe, in Verzug. Das sagt der Stadtschreiber, der den Ort bedauert, weil er so viel verspielt.
Seite 96

INHALT

Cornelius Pollmer
TOHUWABOCKWURST
Am Tresen von Acki's Sportsbar läuft der Durchlauferhitzer für Anhänger von Dynamo heiß, aber kein Fußballspiel mehr auf dem Bildschirm.
—— Seite 104 ——

Julius Fischer
WAS HEISST HIER SCHAUBUDE?
Der Slam-Poet erklärt seinem Kumpel Enrico den Schaubudensommer in der Dresdner Neustadt. Das soll lustig sein.
—— Seite 110 ——

Christina Wittich
DIE LETZTE ATTRAKTION
Alles am Königsbrücker Platz änderte sich. Von den Alten ist nichts mehr zu sehen. Der Nachwuchs macht sich breit, ein Theater hält sich tapfer.
—— Seite 116 ——

Thomas Rosenlöcher
DER HOSTERWITZER AFFENSTEIN
»Hinkmarie« im Tal der Ahnungslosen? Der Komponist Weber erlitt einen Schock an der Elbe und ahnte Unheil.
—— Seite 124 ——

Gerd Püschel
DER RHYTHMUS VOM REGGAE AM GASWERK VON REICK
Der Zippel zwischen dem alten Gaswerk und der Pferderennbahn.
—— Seite 134 ——

Peter Ufer
EINE TONNE JAZZ
Der Musikclub unter dem Kurländer Palais darf durchaus als Bedürfnisanstalt bezeichnet werden. Auch wenn viele das als harte Kritik sehen.
—— Seite 140 ——

Michael Wüstefeld
WIE AUS SUMSI LAIZOS DER SO WURDE
Arteigene und gesellschaftstypische Geschichte eines Gedichtes, das den Sozialismus abbaut.
—— Seite 146 ——

Stadtluft Dresden dankt den Unterstützern.

Dieses Bookzin gibt es nur, weil wir wunderbare Unterstützer haben. Herzlichen Dank für die Geduld und das Vertrauen. Wir bedanken uns bei der Uhren-Manufaktur A. Lange & Söhne und der von Ardenne GmbH. Ein Dankeschön geht an Dr. Uwe Neumann, Ur-Dresdner, Radiologe und Jazzenthusiast, und seinen Praxispartner Dr. Tobias Pollack von der Gemeinschaftspraxis Radiologie Freital | Dippoldiswalde. Dank auch der Stadt Dresden für die Unterstützung. Dank an den Verlag der Kunst Dresden, in persona dem Ehepaar Paulsen, das unser »Bookzin« schon in der dritten Ausgabe verlegt. Wir danken an dieser Stelle aber auch allen Dresdnern und Gästen, die sich mit Anstand und Würde begegnen.

Amac Garbe, Peter Ufer, Thomas Walther

MEIN DRESDEN

Text × **Hans-Eckardt Wenzel**

MEIN DRESDEN

Anamnese und Mediation einer Beziehung

Die Städteballade, die ich in den 80er-Jahren über Dresden geschrieben habe, finde ich nicht mehr. Vielleicht ist es gut so. Mein Verhältnis zu dieser Stadt war immer ein arg verstörtes. Ich gebe zu, dass sie ihre Aggressivität gegen mich auf quälende Weise behauptet hat, und gebe zu, dass ich mich mit Abkehr dagegen wehrte. Aber gilt vielleicht auch in dieser Beziehung, was man von den Werbungen um eine Geliebte sagt: je mehr sie sich wehrt, desto kostbarer sei sie? So will ich versuchen, meine Berührungen mit Dresden zu erinnern. Es sind viele und da ich heute darüber nachdenke, erstaune ich über Menge, Intensität und erinnerungswürdige Begebenheiten.

Meine erste Reise galt jener Stadt, die man mit der provinziellen Metapher Elbflorenz nannte. Die Sehnsucht der Deutschen lässt sich auch an den Wunschnamen ihrer Orte ablesen, die immer ein wenig mehr sein wollen, als sie sind. Irgendwie muss das Gefühl betäubt werden, die Welt läge woanders und nie hier: Sächsische und Mecklenburgische Schweiz, Capri des Ostens, Spreeathen, Klein-Venedig und Klein-Paris, Adria des Ostens ... So reiste ich einstmals voller Unschuld nach Elbflorenz. Es gibt ein Foto, darauf bin ich als Siebenjähriger mit weißem Hemd vor dem Zwinger zu sehen neben meiner West-Großmutter. Wenn West-Besuch kam, offerierten die Gastgeber stets das Wertvollste, was sie besaßen: Braten, Kuchen, Kunstbücher und Dresden. Mein Gesicht auf dem Foto zeigt mich tief beeindruckt. Sicher gab sich mir die Stadt an diesem Tag offen und freundlich. Meine Großmutter hatte das Geld der Sieger im Portemonnaie, mit dem sie, wie Jens Bjoerneboe schrieb, den Dritten Weltkrieg gewannen, kurz nachdem der Zweite zu Ende gegangen war mit allerlei Zerstörung. Das konnte ich in Dresden sehen. Die Ruinen betrachtete ich mit dem Blick des Archäologen als anmutige Reste einer untergegangenen Welt. Die Reise in ein großes Museum. Die Söhne meiner Großmutter, also mein Vater und mein Onkel, waren Maler und wir standen voller Ehrfurcht vor den alten Meistern. Die Geschichten, die sich in meinem Kopf entfesselten, von Engeln, Königen und wilden Tieren, waren Eintritt in eine andere Welt, wie in die der Märchen. Ich weiß, dass wir damals auch an der Elbe spazieren gingen. Die Elbe ist der Fluss meines Lebens. Sie war mir treu zur Seite, sogar vor meiner Ankunft auf Erden. Meine Mutter hat an ihrer Quelle ihr Leben begonnen, ehe sie als Flüchtling durch das zerstörte Deutschland irrte und an einem andern Ort am selben Fluss in Wittenberg mich zur Welt brachte. In den Sommern meiner Kindheit sind wir durch den Fluss geschwommen. Weit abgetrieben erreichten wir das andere Ufer und hielten uns an den Lastkähnen fest, wenn wir flussaufwärts zurückwollten. Unsere Muskelkraft reichte nicht, die Gewalten des Flusses zu bezwingen. Strudel und wirre Strömungen aus dem Dunkel des Wassers an den Buhnen nötigten uns Respekt ab vor den Urgewalten. Heute weiß ich, das Wasser meiner Kindheit hatte Dresden durchschwommen vorbei an den Ruinen und Galerien. Als Kind kann man nicht begreifen, dass ein Fluss kein Gegenstand ist, sondern ein sich dauernd änderndes Wesen, ein Schmuggler über Grenzen und Zeiten. Vielleicht bin ich also ein paar Tage später, als ich durch die Elbe schwamm, durch dasselbe Wasser getrieben, das ich in Dresden neben meiner Mutter sah. Wenn ich mich fremd fühlte in Dresden, ging ich zur Elbe, als würde sie mich mit aller Unbill versöhnen. Als meine Mutter starb, schrieb ich ein Lied für ihre Beerdigung:

HÖRST DU DIE ELBE RAUSCHEN?
Sie kommt von sehr weit her;
Sie kommt aus den Bergen der Kindheit
Und fließt ins große Meer.

Sie findet keine Ruhe,
Kein Bett und keine Bucht.
Sie läuft ganz ohne Schuhe,
Als wär' sie auf der Flucht.

Sie springt durch Holunder und Weiden.
Der Wind fährt ihr durchs Haar.
Sie kann nie stehen bleiben
In keinem einzigen Jahr.

Und was einst klein begonnen,
Wächst an, wird stark und weit
Und füllt unter den Sonnen
Mit Rauschen alle Zeit.

Ein kleines Schifflein treibet
Aus glitzerndem Papier,
Das auf die Wasser schreibet:
Wie lange war ich hier?

Und dem geschieht dasselbe,
Der an ihr ward geborn.
Es rauscht die alte Elbe:
Ich gehe nie verlorn.

So rauscht auch in den Schläfen
Das Blut vom tiefsten Grund
Und in den kleinen Häfen
Schläft sich die Nacht gesund.

Meine erste kleine Tournee führte mich nach Dresden. Ich war Student der Ästhetik, rauchte, soff, ließ mir Bart und Haare wachsen und schrieb wie ein Besessener Lieder und Gedichte. Ich spielte drei Konzerte in Studentenclubs, übernachtete in den Zimmern der Wohnheime und suchte nach einer sanften Muse, die mir die Einsamkeit nach den Ekstasen des Singens zu betäuben vermochte. Die Dresdner Nächte waren sanft, denn der Kleinbürger schlief zu später Stunde. Doch die Tage waren hart, wenn ich durch die Stadt spazierte. Meine Haare, meine Jesuslatschen, der Parka und die gehäkelte Umhängetasche zwangen mich in einen harten Dialog mit der Stadt, der viele Jahre andauern sollte. In den Restaurants und Hotels wurde ich in den besten Fällen nur abschätzig wie ein Bettler behandelt, meist aber kam ich gar nicht erst hinein. Ich schlief eine Nacht, als man mir das Zimmer versagte, in den Hecken am Platz der Einheit (»Platz der Gemeinheit«) und sah, wie sich früh die grauen Gesichter zur Arbeit schleppten. Es gab damals keine Obdachlosen und ich kann nur ahnen, was sie über mich dachten an diesem frühen Julimorgen. Ich passte nicht in das Bild, das anständige Menschen von anderen verlangen. Ich war der Asoziale in der Provinz, die mit lärmenden Schellen klirrte. Diese Blicke aus der Deckung, den Augenwinkeln des Misstrauens, werde ich nicht vergessen. Als wir im Jahr 1979 mit unserer Theatergruppe einen Preis gewannen, eine Reise an die Bulgarische Schwarzmeerküste, wies uns das Schicksal den Dresdner Flughafen als

Startpunkt zu. Ich betrat die Kontrolle und eine Beamtin erkannte mich sofort als Skeptiker gegen ihre Stadt und winkte mich mit lässiger Bewegung zu sich. Sie opferte ungemein viel ihrer kostbaren Zeit meiner unbedeutenden Person. Ich musste die Zigaretten (zwei Stangen Club) komplett aus den Schachteln herausholen, einzeln vor ihr ausbreiten und als krönenden Abschluss mich mit heruntergelassener Hose bücken und husten und sie schaute dabei (so habe ich es mir vorgestellt, denn ich konnte sie ja nicht sehen) tiefsinnig in meinen Darmausgang. Derlei Sicherheitskontrollen habe ich nicht einmal auf dem New Yorker Flughafen fünf Tage nach dem 11. September erleben dürfen. Ich sehe mich dort stehen, mit heruntergelassener Hose und 400 einzelnen Zigaretten im Arm. Ich verkniff mir weise jeden Kommentar, denn ich erkannte, dass es sich um eine ernste Angelegenheit handelte, und so tröstete mich der Gedanke: Das ist eben Dresden. Es mag ein Zufall sein, dass mir dieses Erlebnis eben dort vergönnt ward, aber wie meinte der alte Hegel: Gesellschaftliche Gesetzmäßigkeiten setzen sich durch Zufälle durch. Vielleicht habe ich damals gelernt, mich dem Opportunismus zu stellen, diesem Hochmut, der fest an diese Stadt gebunden schien. Vielleicht habe ich auch dadurch erfahren können, was es heißt, fremd zu sein, nicht dazuzugehören. Es ist letztlich zum Kern meiner Poesie geworden, wie Theodor Kramer es beschrieb: »Für die, die ohne Stimme sind« – denn die Lauten sind stets jene, die sich als Sieger fühlen. Ich weiß, ich bin ungerecht, aber ich sehe es heute mit anderem Blick: Dresden war ein Erkenntnisort meiner »exzentrischen Bahn«. Die Idylle zerbrach an den Tatsachen. Ich war viel gewohnt, was Misstrauen betraf. Ich stamme aus einer deutschen Kleinstadt. Doch Dresden gelang es stets, meinen Überdruss in dieser Beziehung zu steigern. Es machte mich auf schmerzhafte Weise wach. Als wir im Schauspielhaus als Vorprogramm zu einem Zyklus zeitgenössischer Opern verpflichtet waren, hatten wir eine Autopanne und kamen knapp vor Beginn der Vorstellung mit ölverschmierten Händen auf die Bühne. Dieses proletarische Erscheinen mag wohl ein erster Grund gewesen sein, uns den Nimbus des Künstlers zu versagen. Im Saal Brokatkleider, rauschende Festlichkeit. Dresdner und Dresdnerinnen sind Kunstliebhaber! Wir sangen und lasen ein paar Texte, die gelegentlich durch Direktheit bestachen und Dinge benannten, die man gemeinhin lieber verschwieg. Und dann gab es erste Rufe im Saal: Aufhören! Holt sie von der Bühne! Schande! Türen knallten, der Saal leerte sich beträchtlich. Mein erster Theaterskandal fand in Dresden statt! Natürlich saß uns der Schreck in den Knochen. Publikumsbeschimpfungen gehörten nicht zu unserem künstlerischen Konzept. Der Plan der Dramaturgen war wohl aufgegangen, das Musiktheater mit Realität anzureichern. Aber da ich heute über dieses Ereignis nachdenke, nötigt mir die Reaktion des Publikums Achtung ab. Immerhin haben sie ihren Unmut laut geäußert. Wenn ich in diesen Tagen in Berlin ein Theater besuche, und ich versuche es so weit wie möglich zu umgehen, weil mich die Ausdrucks-Sucht der Darsteller, die sich eben vom »Darsteller« zum »Ausdrückler« gewandelt haben, zur Verzweiflung treibt, erstaune ich manches Mal über den Gleichmut des Publikums. Der Urteilskraft nicht mehr vertrauend, ganz und gar der behaupteten Meinung, es handele sich um große Kunst, verfallen, glauben sie, dass die Langeweile, die ihnen von der Bühne entgegenbraust, mit der eigenen Unfähigkeit zu tun hätte, dem fehlenden Kunstverstand, dem fehlenden Geheimwissen der Kunsteliten. Sie ertragen die abstrakten Kritzeleien und applaudieren brav, wenn das Drama endlich zum Ende kommt. War es also nicht nur fehlende Toleranz, die uns an diesem Opernabend entgegenschlug? Was haben wir nach der Vorstellung gemacht? Saßen wir in der Kantine? Sprach man noch mit uns? Ich weiß es nicht. Man wird einsam, wenn die Werbungen und Angebote lauthals ausgeschlagen werden. Doch die Städte prägen unsere Erinnerungen auch durch Freunde, die in ihnen wohnen. Und derer gab es viele in Dresden. Und sie waren anders, ein wenig naiver, weicher als die mit berlinischer Selbstsucht, ein wenig grummelnder als die voller Leipziger Redseligkeit, ein wenig schämiger als das Erfurter Selbstbewusstsein. Heute würde man sagen: authentischer. Und schließlich waren es Freunde, die mich in diese Stadt lockten. Gespräche am offenen Fenster, auf dem Dach, in der Küche. Ich erinnere mich großartiger Stunden, wenn wir mit dem sowjetischen Kofferfernseher Junost auf die nahen Berge fuhren, um ein Fußballspiel des Westfernsehens zu verfolgen. Grauer Bildschirm, auf dem man kaum den Ball erkennen konnte, und doch waren wir in diesen Momenten auf angenehme Weise sonderbar, als reparierte man ein ganzes Leben den »Trabant«. Mit den kleinen Tricks den Weltgeist herausfordern. Meine Skepsis gegenüber der Stadt hielt sich dennoch wacker! In meiner Jugend gab es einen Witz, der heute, wie alle Witze aus der Vergangenheit, nicht mehr der politischen Korrektheit entspricht. »Wie heißt die einzige Stadt der Welt, für die ein Taubstummer eine Bahnfahrkarte bestellen kann? – Dresden!« Dafür reckte man den Daumen in die Höhe, streckte ihn einmal nach links und einmal nach rechts, steckte ihn dann in die Faust der anderen Hand und drehte ihn. Es sollte bedeuten: ein Mal hin und zurück nach »drehst den« (drehst ihn, den Daumen). Ein gestischer Witz, der sich schlecht wortsprachlich darstellen lässt. Ich mochte ihn, weil er mein gespaltenes Verhältnis zu dieser Stadt umschrieb. Mir war der zweite Teil des Witzes wichtiger: 1. ein Mal hin und – 2. JA! zurück! Überhaupt liebe ich an der Fremde, dass ich sie wieder verlassen kann. Die Abreise ist mir teurer als jede Ankunft. Seemannsbraut ist die See! Aber um wegfahren zu können, muss man zumindest hingefahren sein. Also fuhr ich oft nach Dresden. Immer wieder. Als Student zum Aufbau der Kunstausstellung, zum Praktikum. Die Arbeit im Speicher, Wochen vor der Eröffnung. Hilfsarbeiter im Weinberg der Kunst der DDR. Dann die Eröffnung: Schlangen vor dem Eingang. Wir Studenten hatten einen Sonderausweis, wir räumten ein und aus, wir betreuten die Gäste. Die Leute standen vor den Bildern und diskutierten. Nicht über den Preis des Bildes, seinen Tauschwert, über die Malschule, nein, über den Gebrauchswert als ein Mittel, Wirklichkeit zu verstehen. Welche Nähe gab es da zwischen Bildern und Welt, denke ich heute. Auch das bedeutet Dresden für mich, auch diese Art, das Sehen zu lernen. Oder der 31. August 1982, ein denkwürdiger Tag in meinem Leben. Wir kamen als große Gruppe in die Stadt, 14 junge Leute, drei von ihnen waren Einheimische. Wir kamen mit der Idee einer Revue. Ein zirzensisches Experiment sollte es werden, geschrieben und geprobt zwischen Tourneen, abgesprochen irgendwo auf der Autobahn, eine Utopie letztlich. Wir nannten sie HAMMER=REHWÜ. Charlie Chaplin, ein Jungpionier, ein Clown, Seebären und Kleinbürger bevölkerten die Bühne, ein kleines Orchester, ein Dirigent – ein Panoptikum der hochgerüsteten und ideologisch vernebelten Welt. Die Verhältnisse zum Tanzen bringen war unser Ziel, die Absurdität prall ausleben. Als Premierenort hatten wir die Freilichtbühne »Junge Garde« im »Großen Garten« gewählt. Unsicher, ob unsere Stimmen ohne technische Verstärkung das Publikum

Hans-Eckardt Wenzel als Kind mit seiner Mutter und Großmutter zu Besuch in Dresden.

erreichen würden, ob überhaupt jemand kommen würde, ob das Theaterexperiment funktioniert, bauten wir an diesem sonnigen Augusttag unsere Instrumente und Requisiten auf. Wir zweifelten, ob unsere Gewissheit nach den Proben nicht doch mit Größenwahn zu vergleichen wäre. Diese Aktion war ganz ohne Genehmigung, ohne Unterstützung oder »Beratung von höherer Stelle« zustande gekommen. Ein paar Tage zuvor waren wir am Stand der kulturpolitischen Wochen-Zeitung »Sonntag« auf dem Alexanderplatz in Berlin mit ein paar Chorälen und Liedern aufgetreten und baten eine Journalistin, mit kurzer Zeitungsnotiz den Anschein von »genehmigtem Tun« zu erzeugen. Später geriet diese inoffizielle Autorisierung noch manches Mal in Bedrängnis und man entzog uns Lizenzen und Auftrittsorte. Aber davon wussten wir an diesem letzten Augusttag in Dresden noch nichts. Vielleicht waren wir kühn, vielleicht naiv. Als der Abend hereinbrach, strömten plötzlich die Leute. Es wurden immer mehr. Woher kamen sie? Woher wussten sie davon? Es gab kein Plakat, keine Ankündigung. Auf unbekannten Kanälen war die Nachricht über unsere REHWÜ in die Stadt gekommen und Neugier und Skepsis, zwei der starken Dresdner Tugenden, hatten uns das Glück einer ausverkauften Vorstellung beschert. Die REHWÜ verlief wie im Rausch. Lachen, Applaus, Erschrecken und Zustimmung trugen uns durch diesen Abend, trieben uns an zu mehr, als wir uns erdacht hatten. Mir schien, als hätte das Publikum unsere Arbeit erst vollendet. Es geschah in Dresden!

Jene Stadt, die mir im Allgemeinen unwirtlich entgegentrat, war ein Kosmos Kühnheit, eine Avantgarde der Aufrichtigkeit. Ich hätte doch an meinem verstörten Verhältnis zu Dresden zweifeln müssen. Vielleicht habe ich es auch getan. Wir tranken die ganze Nacht, immer noch unsicher, ob dieses Experiment wirklich funktioniert hat, und waren zugleich glücklich über die gelungene Arbeit. Selbst ein damals hochgefeierter Underground-Lyriker, eine Art Gesamtkunstwerk, war mit seiner Truppe und einem Beutel Tomaten bewaffnet zur Aufführung erschienen, um zu protestieren, und erschien nach dem Schlussapplaus hinter der Bühne, uns zu gratulieren, die Tomaten noch immer im Sack.

Solche Abende in Sachsens Königsstadt sind weich und das Licht fängt sich in den fernen Hügeln und im Spiel des Flusses, in den Bäumen. Früh, diese Sanftheit, fast südlich im Geruch ohne preußische Starrheit. Oder auf einem Dampfer zwischen zweihundert Stuttgarter Touristen die Stadt verschwimmen zu sehen und sich nach dem Sächsisch der Einheimischen zu sehnen. Ich gerate ins Schwelgen, weil ich in diesem Moment, da ich meine Dresdner Augenblicke versammle, merke, wie sehr mich diese Stadt geprägt hat, obwohl ich mich in ihr oft so fremd empfand. Manche Städte genießen sich in großer Weltoffenheit und Liberalität. In ihnen erzeugt Toleranz einen gewissen Gleichmut, ja eine Müdigkeit im Genuss. Alles scheint möglich und nichts notwendig. Ihre Bewohner sind lässig und meinen, alles Wichtige zu kennen. Sie suchen nicht, sie wählen nur aus den mannigfachen Angeboten das, was sie gerade gebrauchen können. Dresden gehört für mich nicht dazu. Dresden sucht sich. Manchmal störrisch und verbohrt, manchmal kindlich und voller Unschuld. Das heutige Dresden leidet unter dem schlechten Bild, das sich die Welt von ihm gebaut hat, und dieses Leiden erzeugt ungeahnte Schönheit, Wachheit. Ich spüre das in den Konzerten, in den Begegnungen mit meinen Freunden. Die Dresdner können sich den harten Tatsachen nicht mehr verschließen. Sie können nun nicht mehr auf den Berg fahren, um das andere Fernsehprogramm zu empfangen. Jetzt haben sie nur noch West-Fernsehen, jetzt haben sie den ganzen Packen ungelöster Fragen auf dem Platz vor der Frauenkirche. Jetzt haben sie die Häme der Welt im Ohr. Jetzt holen sie aus. War es vielleicht immer so? Und ich habe es nur nicht gesehen? Warum habe ich nur diesen konservativen Dünkel gespürt? Wieso fallen mir die genauen Tage noch ein? Ich muss nicht im Kalender nachsehen, wo ich am 5. Oktober 1989 war. Dieser Herbst 89 war überfüllt mit Terminen, schlaflosen Nächten, wie im Wahn durchrasten wir die Zeit. Wir hatten im August einen Aufruf verfasst, dem sich viele Künstler angeschlossen hatten. Wir forderten Veränderungen, der Zustand, in dem wir lebten, war unerträglich geworden und die Regierenden hörten nicht mehr auf andere Meinungen als die eigenen. Als geheime Abmachung galt für alle, die diesen Aufruf unterschrieben hatten, ihn so lange öffentlich vor jeder Vorstellung zu verlesen, bis ihn eine Zeitung in der DDR veröffentlichte. Da die Kanäle der Ordnungskräfte noch funktionierten, nötigte man uns vor jeder Vorstellung intensive Gespräche ab. Am 5. Oktober spielten wir, mein langjähriger Bühnen- und Autorenkollege Steffen Mensching und ich, im Dresdner Bärenzwinger (der damals noch einen großen Veranstaltungsraum besaß) unser Clowns-Theaterstück »Letztes aus der Da Da eR«. Der Bärenzwinger hatte eine für Künstler unangenehme Besonderheit, denn die Garderobe war nur durch eine kleine Tür aus dem Zuschauerraum zu erreichen. Es gab keine Toilette und kein Waschbecken,

Seite 20:
Hans-Eckardt Wenzel in der Nähe seines Hauses in Bugewitz.

sodass Schminken, Händewaschen oder Urinieren unmöglich waren, vor der Vorstellung oder in der Pause. Wir saßen in der Garderobe und warteten auf den Beginn. Die Schminkrestse säuberten wir mit dem Wasch-Öl »Yvette intim« und versuchten, so wenig wie möglich zu trinken, dass ja nicht das gefürchtete Bedürfnis entstehen konnte. Lärm war aus dem Saal zu hören. Ab und zu kam einer der Veranstalter und fragte, ob wir damit einverstanden wären, wenn sie ein paar Leute mehr einlassen würden. Der Andrang sei beängstigend. Wir gaben die Plätze an der Bühne frei, seitlich und ein Stück nah neben uns, die letzten Ecken für Stehplätze, und warteten auf das Zeichen, wann wir endlich beginnen könnten. Ein Mann kämpfte sich zu uns durch in die Garderobe und gab uns zu bedenken, ob wir die Vorstellung nicht besser ausfallen lassen sollten, da niemand für unsere Sicherheit garantieren könne. Es würden Provokationen erwartet. Wir sollten die Gefahr ernst nehmen. Es gäbe für uns bei Panik kein Entkommen aus dem Club. Als wir ihn fragten, ob es darum ginge, das Verlesen der Resolution zu verhindern, denn wir kannten diese Finten und hatten uns darauf verständigt, immer gleich mit der ganzen Wahrheit herauszurücken, schüttelte er den Kopf, schwieg einen Moment, schüttelte den Kopf erneut und sagte: »Ich wollte Sie nur warnen, für die Folgen müssen Sie die Verantwortung übernehmen.« Es klang wie eine Drohung. Er machte ein ernstes Dresdner Gesicht. Am Hauptbahnhof gab es Unruhen. Die Züge, die in das Land fuhren, wo es immer West-Fernsehen gab, überfüllt mit überdrüssigen Landsleuten, wurden zum Symbol für eine andere Zeit. Einmal hin und zurück nach Dresden. Wir aber saßen in der Garderobe. Der Saal war überfüllt. Wir bedankten uns für die Fürsorge und versicherten dem Herren, dass wir die Verantwortung für unsere Entscheidungen immer selbst übernehmen. Wir gingen auf die Bühne. Nach dem Verlesen der Resolution, quasi als Prolog, brandete Beifall auf. Er wollte nicht enden. Wir standen schweigend geschminkt auf dem Podest und warteten auf die Stille, in der wir unser Clownsspiel beginnen konnten. Ich erinnere mich an den Sound dieser Momente. Die Welt war mit unglaublicher Vehemenz anwesend an diesem Abend. Die Zuschauer brauchten uns. Sie wollten sich aus ihrem vereinzelten Unmut befreien. Sie stärkten sich am Verhalten des Nachbarn, der an der gleichen Stelle applaudierte, an der gleichen Stelle lachte. Eine Art wortlose Verbrüderung, der Einsamkeit entkommend. Dieser Sound ist mir im Gedächtnis geblieben, weich und ohne Besserwisserei. Ein warmes, durch die sächsische Phonetik noch verstärktes Insistieren auf Klarheit. Der Sound war durchlässig, nicht forciert, wie Musiker sagen würden, erpicht auf das, was darauf folgt, erpicht auf Dialog. Später vor dem Hotel »Bellevue« hörte ich diesen anderen Dresdner Sound, jenen der Straße, den wiedererwachten Patriotismus unter einem gesponserten Fahnenmeer, der eine Behauptung darstellte, Forderung, nicht interessiert am Dialog. Dieser scharfe Sound war mir neu. Mit den Jahren zwangen mich die Umstände, mich daran zu gewöhnen, dass er zu diesem Land gehört. Aber ich hörte ihn zum ersten Mal in Dresden. In allen anderen Städten war noch die Weichheit des Daktylus zu ahnen, jenes deutschen Walzertons, der im Satz »Wir sind das Volk!« aufschwang. Die Betonung auf WIR und VOLK macht das »sind das« zu unbetonten Silben. Dieser Slogan hat ja quasi als Kostüm dreißig Jahre überlebt und findet als geborgte Pose des Protestes immer noch seinen Gebrauch. Doch man ruft ihn nicht mehr im Walzer. Die Betonungen liegen auf WIR SIND (zwei betonte Silben) und gehen in einen Fast-Jambus über, ins unbetonte DAS und ins betonte VOLK. Dieser Abschied von der mit dem Begriff »friedliche Revolution« umschriebenen Bewegung vom Daktylus geschah in Dresden, als das DAS durch ein EIN ersetzt wurde. WIR SIND EIN VOLK! Ein deutscher Marsch übernahm den Rhythmus. Die dreitaktige Betonung aus WIR und VOLK hätte zu viel Ironie in den Ernst der Lage gebracht, da der Sinn entstünde: Na wir sind ja vielleicht ein Volk, ne ne ... Vielleicht wäre es sinnvoll, eine Geschichte des Alltagssounds zu schreiben. Die verlorenen Klänge aus den Zeiten, da es noch keine Aufzeichnungsmöglichkeiten gab, ließen sich sicher aus Beschreibungen oder Briefen rekonstruieren. Die Rufe der revoltierenden Franzosen 1789 oder die Schreie der Freiwilligen, die in den Ersten Weltkrieg ziehen, die Freudenschreie der Schiffbrüchigen, die Land sehen, oder die Schreie von Tanzwut befallener Bauern des Mittelalters – was für einen Blick auf Geschichte würde das ergeben? Wir hätten weder ideologische noch politische Raster, keine eindeutigen Begriffe und wären gezwungen, die Ton-Art genau zu beschreiben, also die Musik, die sich nicht beschreiben lässt. Der Tonfall, mit dem mir ein Kellner den Zutritt zur Kneipe verwehrte: »Hier ist nichts frei. Verlassen Sie bitte das Lokal!« oder das Gespräch nach dem Konzert mit einem Zuhörer in weichem, offenem Sächsisch. Das Dresden, mit dem ich viele Tage und Nächte meines Lebens verbracht habe, hat seinen eigenen Sound. Das ist bekannt und bietet immer noch genügend Stoff für Komik in den Fernsehserien und auf dem Theater. Ein billiger Trick für Schauspieler, die partout lustig sein wollen. All dies hat Dresden auf seinem Buckel. Nuh? Aber in den letzten Jahren scheint sich diese Stadt sonderbar zu verjüngen. Ich meine nicht die sächsischen Hahnenkämpfe der Feuilleton-Matadore und ihre mediale Verwertung. Ich meine den stillen Widerstand, den die Bewohner dieser Stadt aufbringen, Bewohner, die ihre Stadt lieben. Mich fasziniert diese Mischung aus schlechtem Gewissen (und das ist letztlich Loyalität gegenüber der Heimat!), wie diese Stadt nicht aufgegeben wird von ihren Träumern. Der Norden reagiert mit Skeptizismus oder depressiven Kapriolen auf Krisen. Für den Süden ist das nicht hinreichend. Dresden ist vielleicht das Südlichste, was der Norden noch ertragen kann. Plötzlich liegen die Widersprüche der Welt ganz offen auf der Hand und das »Tal der Ahnungslosen« wandelt sich in einen Fels der Ahnenden! Ich beginne diese Stadt zu lieben, ja, ich genieße ihre Zerrissenheit, sie kommt mir nah und näher.

HANS-ECKARDT WENZEL

Er kam 1955 in Wittenberg auf die Welt. Nach der Schule studierte er von 1976 bis 1981 an der Humboldt-Universität in Berlin Kulturwissenschaften und Ästhetik, gründete 1976 das »Liedertheater Karls Enkel«, das 1985 aufgelöst wurde. Seit 1981 arbeitet er als freischaffender Autor, Musiker, Sänger, Komponist, manchmal auch als Schauspieler und Regisseur. Von 1979 bis Ende der 1990er-Jahre verband ihn eine enge Zusammenarbeit mit dem Schauspieler, Sänger und Autor Steffen Mensching, mit dem er zahlreiche Bühnenprogramme, meist hintergründig-philosophische Clownsstücke, zusammenstellte und aufführte, so 1982 das Liedtheater »Hammer=Rehwü«, das in einigen Regionen verboten war, oder die Vor- und Nach-Wende-stücke »Neues aus der Da Da eR« (1982), »Altes aus der Da Da eR« (1989) und »Letztes aus der Da Da eR«. Wenzel war im September 1989 ein Hauptautor der Resolution von Rockmusikern und Liedermachern, mit der zahlreiche Musiker Veränderungen in der DDR forderten. Zwischenzeitlich lebte er in Nicaragua, immer wieder verbrachte er Tage und Nächte in Dresden, wo er regelmäßig gastiert. Gemeinsam mit Stadtluft-Autor Peter Ufer schreibt er zurzeit Geschichten aus seinem Leben auf.

WIE ES BEGANN UND WIEDER BEGANN ...

EXPRESS
STABILO BOSS
PAPER COPY FAX
REFILLABLE
RECHARGEABLE
4 006381 333634
STABILO BOSS
4 006381 333689

Text × **Heidrun Hannusch**

WIE ES BEGANN UND WIEDER BEGANN…

Die Sachsen seien gegen Rechtsextremismus immun. Das sagte einst Sachsens Ministerpräsident Kurt Biedenkopf. Ein fataler Irrtum.

Meine Tochter war 14, als sie einen Brief öffnete, den sie nie hätte lesen dürfen. Denn er machte ihr noch lange Angst. Es war ein in kleiner akkurater Handschrift doppelseitig beschriebenes Blatt Papier. Es war eine Morddrohung an mich, die Journalistin, die über Neonazis schrieb und über die Leiden der Dresdner Juden.

Damals im Jahr 2000 musste man noch Briefe schreiben, damals waren diese Attacken noch kein Massenphänomen. Anders als heute, wo manche eine Todesdrohung in a-sozialen Netzwerken so leicht dahinschreiben, wie sie vorher ihr Essen gepostet haben. Ich warf den Brief fort, fast panisch, als könnte ich so die Furcht mit entsorgen. Die Postkarte, die ich ein paar Monate später bekam, habe ich noch. Ein handgemalter Davidstern, mein aus der Zeitung ausgeschnittenes Foto hineingeklebt und darüber die Zeile: »Zuerst werden die Redaktionsstuben entjudet.« Auf die Rückseite ist ein Datum gekritzelt. 9.11., der Tag der Reichspogromnacht.

Das war genau zu jener Zeit, als Kurt Biedenkopf zur Staatsdoktrin erhob, dass die Sachsen kein Problem mit Rechtsextremismus haben.

Im Sommer 1993 kam Shoshana Carmel nach mehr als 50 Jahren ein erstes Mal wieder nach Dresden, wo sie aufgewachsen war. In Löbtau erkannte sie sofort das Haus, in dem sie gewohnt hatte, bis sie viereinhalb Jahre alt war. Erstaunt, wie tief sich die Erinnerung an den grauen Kasten in ihr Gedächtnis eingegraben hatte, ging sie hinein. In ihrer ehemaligen Wohnung lebte ein etwa 80-Jähriger. Das Gespräch mit ihm war kurz, die Gäste erzählten nicht, weshalb sie fortmussten aus Dresden, und auch nicht, woher sie wiederkamen. Als sie nach der Verabschiedung schon

Seite 24/25:
Eine anonym verschickte Drohpostkarte an Heidrun Hannusch auf ihrem Schreibtisch.

auf der Treppe waren, öffnete sich die Wohnungstür noch einmal. Der alte Mann stand da und hatte ein aufgeschlagenes Buch in der Hand, Goethes »Urfaust«, und las vor. Vielleicht kannte er die Stelle auch auswendig, zu schnell hatte er sie parat.

»Mephisto: ›Die Kirche hat einen guten Magen, hat ganze Länder aufgefressen. Und doch noch nie sich übergessen; Die Kirch allein, meine lieben Frauen, kann ungerechtes Gut verdauen.‹ Faust: ›Das ist ein allgemeiner Brauch, Ein Jud und König kann es auch‹«. Dann schloss der Mann die Tür wieder.

Zwei Monate später war ich in Israel, um Interviews mit ehemaligen Dresdnern zu führen. Ich fragte auch Shoshana Carmel an. Später sagte sie, sie habe lange mit einer Zusage gezögert.

Zum Beginn unseres Gesprächs in einem Kibbuz im Norden Israels saß sie auf der Stuhlkante, aufrecht, ein Bein vorgestellt. Als wollte sie bereit sein zu fliehen. Den Besucherstuhl hatte sie vorher direkt gegenüber hingestellt. Zwischen uns war nur etwa ein Meter. Wenn ich auf ihre Fragen antwortete, fixierte sie mich genau, als könnte sie in meinen Augen die mögliche Lüge erkennen, die Ausflucht, das Vage. Sie fragte mich, was meine Eltern im Krieg getan hätten, was meine Großeltern. Warum ich ausgerechnet über Juden schreibe.

Dann erzählte sie. Zuerst über die gespenstische Szene, wie sie es nannte, im Sommer in Dresden. »Ich hatte mir gesagt, es kann etwas passieren, wenn ich dort bin. Aber dann war ich doch schockiert«, sagte sie und lachte. Ein kurzes Lachen, das sich fremd anhörte. Als hätte es anfangs ein Weinen sein wollen und sich mittendrin umentschieden. Und sie erwähnte auch die Geschichte des Chemielehrers in ihrer damaligen Dresdner Schule. Zunächst habe er die Zusammensetzung und Wirkung von Schwefelsäure erklärt, erzählte die Frau. Danach sagte er: »Und das nehmen Juden und schütten es Frauen ins Gesicht.« Und die 13-Jährige, einzige jüdische Schülerin der Klasse, spürte, wie alle sie anstarrten.

Shoshana Carmel war eine von fast hundert aus Dresden vertriebenen Juden, mit denen ich über eineinhalb Jahrzehnte Interviews führte. Ich hörte Geschichten, die man nie wieder aus dem Kopf bekommt. Das einmal Gespeicherte wird mit neu Hinzugekommenem abgeglichen. Das geschieht, ohne es willentlich forcieren zu müssen. Und so scheinen Ähnlichkeiten auf, die man lieber nicht sehen möchte. Zum Beispiel: Wo ist der Unterschied zwischen dem Chemielehrer von damals, der alle Juden Säure-Attentäter nennt, und dem Pegida-Pöbler, der alle Flüchtlinge als Messer-Attentäter beschimpft?

Ungewollt schieben sich Bilder übereinander wie in einem doppelt belichteten Film, und erschreckt bemerkt man die Stellen, wo sie übereinanderpassen.

Wie Shoshana begaben sich auch die anderen Interviewpartner sehr vorsichtig auf ihren gedanklichen Gang zurück in ihre Vergangenheit, als tasteten sie sich über dünnes Eis, besonders tückisches Eis, wie unter Brücken. Und sie machten Halt, wenn ein Knirschen zu hören war, das nur sie wahrnahmen. Diesen Punkt erreichten viele von ihnen ein erstes Mal, wenn sie von ihrer kindlichen Verwirrung sprachen, als sie plötzlich nicht mehr dazugehören sollten. »Dass die anderen Kinder nicht mehr mit uns spielen wollten, war schon unheimlich«, sagte Henry Landsberger. Ruth Vogel berichtete, eine Mitschülerin auf der Bank hinter ihr habe sich im Unterricht gemeldet und der Lehrerin gesagt: »Ich muss ins Badezimmer, mir die Hände waschen, ich habe aus Versehen die Jüdin berührt.« Elieser Weiner konnte nie den

Shoshana Carmel.
Daneben:
Henry Landsberger.
Darunter: Leonard Katz mit seiner Frau Margot.
Rechts oben:
Irene Hizme und ihr Bruder René mit der Mutter.
Darunter:
Hildegard Hamm-Brücher als Kind (ganz links) mit Geschwistern und Mutter.

Hass vergessen, der ihm in Dresden von Erwachsenen entgegenschlug. »Wer mich als Kind halbwegs menschlich angesprochen hat, der war für mich schon ein Engelchen. Wer nicht Saujud sagte, der war schon fein.« Er erzählte, wie er 1938 mit dem Kindertransport nach Holland fuhr. Holländerinnen seien in das Abteil gekommen, hätten ihnen Kuchen gegeben und sie getröstet. »Diese Freundlichkeit konnten wir gar nicht verdauen. Wir haben sie angeguckt wie Außerirdische. Dabei waren sie nur nett, wie man zu Kindern sein sollte.« Er machte eine Pause und fügte dann hinzu: »Normalerweise.«

In jedem Interview stellte ich eine Frage, die so begann: »Wann haben Sie gemerkt, ...«

Leonard Katz vollendete den Satz mit »... dass ich anders bin?« Als sich in seiner Klasse in der Kreuzschule keiner mehr mit ihm auf eine Bank setzen wollte. Als er grundlos verprügelt wurde. Einmal bogen Mitschüler einen Drahtbügel auseinander und schlugen ihn damit. »Ich habe geblutet, und es hat entsetzlich weh getan«. Als er sich beim Lehrer beschwerte, habe der gesagt: »Hättest du doch nicht angefangen.« Später, als er und sein Bruder mit dem gelben Stern an der Jacke von ihrer Zwangsarbeit kilometerweit nach Hause laufen mussten, wurden sie auf der Straße angespuckt, von Erwachsenen.

Leonard, der Sohn eines berühmten Dresdner Anwalts, war 15, als er ins KZ kam, und 18, als er befreit wurde. Er war 16, da musste er lernen, wie man die Leichen aus den Gaskammern so schichtet, dass der Stapel nicht umfällt. Er demonstrierte es vor mir auf seinem Wohnzimmertisch. Und legte eine Hand im rechten Winkel über die andere.

Es waren 12-, 13-Jährige, die eines Tages Ezra Jurmann und seinen Bruder durch Dresdens Straßen jagten. »Da habe ich wirklich Angst gehabt«, erzählt er fast 60 Jahre später in London. Dem Mob entgangen waren sie nur, weil sie irgendwann auf der Flucht auf eine Straßenbahn aufspringen konnten. Als er zehn war, hörte er immer wieder die gleiche Platte, »Tannhäuser«. Einmal pfiff der Junge auf einer Dresdner Straße die Ouvertüre daraus vor sich hin. Eine alte Dame registrierte das erfreut und wechselte von nun an immer ein paar Worte mit ihm, wenn sie sich begegneten. Bis er wie alle deutschen Juden den gelben Stern am Mantel tragen musste und die Frau ihn damit ein erstes Mal sah. »Mich traf ein Blick voll solcher Abscheu und Verachtung. Sie mag gedacht haben, da kennt schon ein Kind die Musik des Schutzheiligen der Nazis und dann muss das ein Jude sein.« Sie sprach nie wieder mit ihm.

Ezra kam mit 12 ins Konzentrationslager Strasdenhof. Ein paar Monate nach der Ankunft wurde die Mutter mit anderen Männern und Frauen fortgebracht. Einige Tage später wusste der Sohn, dass sie tot ist. Über den See, an dem das Lager lag, kam ein Boot, beladen mit Kleidern, Mänteln, Schuhen. Das Mädchen, das das Boot lenkte, trug einen Schal. Einen ganz besonderen. Ezras Mutter hatte ihn sehr geliebt.

Ich habe viel darüber gehört, wie so etwas beginnt. Und ich habe darüber nachgedacht, was die wichtigsten Symptome sind, die diesen Anfang charakterisieren. Ich bin auf drei gekommen.

Gleichgültigkeit. Es kümmert nicht, was Menschen geschieht oder geschehen wird, die einmal als nicht zugehörig erklärt werden. Hass. Der den Einzelnen trifft, aber nicht ihn ganz individuell meint, sondern seine Zugehörigkeit zu einer Gruppe, die zu hassen man sich entschlossen hat. Und – zunehmende Verrohung.

Im Februar 2008 hörte ich aus einer Gruppe von Rechten auf dem Heidefriedhof, wie eine bieder aussehende Frau mittleren Alters zu ihrem Begleiter sagte: »Mein Sohn ist links, ich möchte den Hund totschlagen.«

Im August 2015 – es war ein Tag nach den Attacken auf die Bundeskanzlerin in Heidenau und zwei vor Merkels »Wir schaffen das« – ging ich über die Augustusbrücke. Mir kamen zwei Männer entgegen. Als sie auf meiner Höhe waren, sagte der auf meiner Seite sehr laut, dass ich es hören musste: »Der Merkel sollte man den Kopp abhacken, diesem Mistviech.«

Als im Juni 2018 bei einem Pegida-Aufmarsch die Rede auf die Seenotrettung von Flüchtlingen kam, schrien Hunderte: »Absaufen!«

Was Verrohung bedeutet, erlebte Hildegard Hamm-Brücher fast 70 Jahre vorher in Dresden und viel später noch einmal in München.

Nach dem Tod ihrer Eltern war sie bei der Dresdner Großmutter Elsa Pick aufgewachsen. Am 27. Januar 1942 erhielt Hildegard in München einen Anruf aus Dresden. Ihre Großmutter habe Schlaftabletten genommen und sei bewusstlos. Drei Wochen vorher hatte Elsa Pick, die sich nur noch mühsam auf Krücken vorwärtsbewegen konnte, den Deportationsbefehl nach Theresienstadt erhalten. Die Enkelin setzte sich in den Zug, aber sie kam zu spät. Die Großmutter wachte nicht mehr auf, während Hildegard bei ihr saß. Hamm-Brücher erzählte: »Unten im Haus trampelten die ganze Zeit SS-Leute herum. Einer brüllte: ›Ist die Judensau noch nicht verreckt?‹ Es war schrecklich, das zu hören. Ich weinte und konnte es gar nicht fassen.« Als Hildegard Hamm-Brücher im Jahr 1994 für das Bundespräsidentenamt kandidierte, bekam sie einen Brief, in dem es hieß: »Du Judensau wirst nie Bundespräsidentin.« Und manche der jüdischen Dresdner mussten durchleiden, was passiert, wenn Verrohung von niemandem mehr gestoppt wird und in ein Endstadium eintritt, das sich der menschlichen Vorstellungskraft entzieht.

Als Sechsjährige kam Irene Hizme mit ihrem Zwillingsbruder René im KZ Auschwitz in den Sonderblock von Joseph Mengele. Der SS-Arzt führte Experimente an Zwillingen durch. So infizierte er künstliche Wunden, um herauszufinden, ob die Zwillinge gleich oder unterschiedlich reagierten. Mengele nannte die Kinder »meine Meerschweinchen«.

Irene Hizme berichtete: »Ich erinnere mich an einen Arzt im weißen Kittel. Einmal gab er mir Bonbons. Man hatte dieses zwiespältige Gefühl, er möge einen mögen. Ich dachte mir, wenn ich richtig brav bin, dann ist er mein Freund und wird mir nicht wehtun. Aber so war es nicht.

Ich erinnere mich, dass mir große Mengen Blut am Hals abgenommen wurden, was sehr schmerzhaft war. Ich habe Spritzen erhalten, von denen ich krank wurde. Aber alle Kinder waren sehr artig. Wir wussten instinktiv, dass wir es sein mussten.«

Henry Meyer spielte im Auschwitz-Orchester. Manchmal mussten sie in der Gaskammer spielen, wo sich SS-Leute mit Schlagern wie »Heimat deine Sterne« unterhalten ließen. »Na, da habt ihr wohl Angst gehabt, nicht mehr rauszukommen«, fragte einer der Uniformierten die Häftlingsmusiker nach einem dieser makabren Konzerte. Henry und sein zwei Jahre älterer Bruder galten in Dresden als musikalische Wunderkinder. Manchmal musizierten sie gemeinsam bei geöffneten Fenstern in ihrem Elternhaus auf der Emser Allee. Eines Abends mitten im Spiel wurde die Tür aufgebrochen. SA-Männer stürmten hinein, schoben den Bechstein-Flügel auf den Balkon und kippten ihn über die Brüstung. »Haben Sie schon einmal den Klang eines auf dem Boden zerschmetterten Flügels gehört?«, fragte Meyer. »Man vergisst ihn nie.« Und dieser Ton, diese unerträgliche Dissonanz blieb immer ein leiser, aber beharrlicher Hintergrundton aller Erinnerungen des Musikers an seine Heimatstadt.

Jeder hatte seine eigene Dissonanz, die das Dresdner Schloss, die schönen Elbhänge oder den Theaterplatz etwas weniger strahlen ließ. Und doch, Dresden mit seiner fast unanständig verschwenderischen Schönheit setzte vielen der nicht freiwillig Gegangenen quälend nach wie eine große verlorene Liebe.

Als ich Elieser Weiner in Israel traf, schleuderte er mir die Worte entgegen: »Als ich das erste Mal Bilder vom zerstörten Dresden sah, da dachte ich: Das geschieht denen recht.« Dann lud er mich in seine Wohnung ein. Und da hing er, der alte Stich des alten Dresden.

In der Londoner Wohnung von Alice Apt sah ich ein halbes Dutzend von Dresden-Bildern an der Wand. Sie sagte, ich solle erzählen von Dresden, sie interessiere alles. Dann holte sie ein kleines Album mit verblichenem grünem Umschlag

Henry Meyer.
Darunter: Leon Green.
Mitte: Elisabeth Weiner.
Rechts oben: Hans Sahl.
Rechts unten:
Henry Arnhold.

heraus. Auf der ersten Innenseite stand in Schönschrift: »Dieses Album widmen Ihnen Ihre Schöler«. Alice Apt war eine der letzten Lehrerinnen der jüdischen Schule in Dresden. Sie zeigte auf das Foto eines etwa zehnjährigen Mädchens mit Pausbacken. »Das war meine beste Schülerin«, sagte sie. Was aus ihr geworden sei? »Sie ist gestorben in Polen.« Dann schlug sie das Klassenfoto auf und tippte nacheinander auf ein Dutzend Gesichter, alle tot.

Die meisten hatten lange Angst davor, auch nur für ein paar Tage zurückzukommen. Max Meth, nach Australien geflohen, war Dutzende Male in Europa, in Deutschland, bis er sich endlich wagte, nach Dresden zu fahren. Und sagte dann, als er es getan hatte: »Es ist ja alles anders.« Es klang erleichtert. Was anders ist, kann nicht mehr wehtun.

Aber viele wollten das Bekannte finden und waren enttäuscht, wenn zu wenig geblieben war. Sie suchten nicht wie andere ältere Leute nur Spuren ihrer Kindheit. Sie suchten das Davor. Hier, wo alles begann und schon manches geschah, ist auch der Ort des Davor, als alles möglich schien, sogar ein ganz normales Leben. Und viele trieb in der alten Heimat der Gedanke um: Was wäre gewesen, wenn ... Elisabeth Weiner, die bei unserem Treffen seit 50 Jahren in den USA lebte, sagte: »Nachts, wenn ich nicht schlafen kann, bin ich in Dresden.« Auch mit Leon Green lief ich in Dresden die Stätten seiner Kindheit ab. Er strahlte bei jedem Haus, jedem Platz, den er wiedererkannte. »Wie schön es doch war hier als Kind«, sagte er. Damals, als er noch Leo Grün hieß und auf der Blumenstraße wohnte. Er hatte sich so lange dahin zurückgesehnt, dass er, einmal hier, keine schlechte Erinnerung an seine Dresdner Zeit zulassen wollte. Obwohl auch er sie hatte. Aber Leo Grün auf der Blumenstraße, das war vor dem KZ Auschwitz, deshalb war es gut. Und noch vor Auschwitz war das Ghetto Plaszow. Als das geräumt wurde, rettete Green einem kleinen Mädchen das Leben, indem er es in einem zugenagelten Schrank nach draußen schmuggelte. Er erzählte es eher nebenbei und hatte nie Aufhebens darum gemacht, obwohl es ihn sein Leben hätte kosten können. Er war ein feiner, stiller Mann.

Einmal traf ich Leon Green in New York. Ich sah ihn von Weitem auf mich zukommen auf dem Times Square. Und hatte plötzlich den Eindruck, er sehe aus wie einer, der sich fremd fühlt. Der eigentlich woanders sein möchte, auch wenn er schon seit einem halben Jahrhundert da ist. Ich bin noch mehrmals in New York alten Frauen und Männern begegnet, denen man es ansah, wenn man wusste, wonach man suchen muss. Jene, die das Exilgefühl nie aus den Kleidern bekommen haben.

Sie alle wären geblieben, woher sie kamen, hätten sie gekonnt. Sicher auch Henry Arnhold, der ein Dresden-Gemälde von Kokoschka in seiner Wohnung auf der Park Avenue hängen hatte. Noch 70 Jahre nach seiner Flucht konnte er in breitestes Sächsisch verfallen, wenn er wollte. Er war ein witziger Mann, man konnte viel lachen mit ihm bei Treffen in seiner New Yorker Bank im 44. Stock mit überwältigendem Blick auf den Central Park. Aber eines ließ ihn nie los: »Was ich einfach nicht verstehe, aber verstehen möchte: Warum immer die Juden? Was ist der Grund?«, fragte er mich einmal. Auch er war als 19-Jähriger nur ganz knapp entkommen.

Das Erste, was Henry Arnhold tat für Dresden nach der Wende, war ein Programm, das er schon 1990 auflegte. Er lud junge Dresdner nach New York ein. Denn er wusste, die Welt zu sehen, das schützt vor Engstirnigkeit und Intoleranz.

Wenige sind zurückgekehrt nach Deutschland. Ich habe einen getroffen, der es bereute. Hans Sahl, der große, in Dresden geborene Exilschriftsteller, zog 1989 von New York nach Tübingen. Ich begegnete ihm im November 1992. Am zweiten Tag des Treffens hatte sich alles geändert. Am Abend zuvor waren bei Brandanschlägen von Neonazis auf zwei von Türken bewohnte Häuser in Mölln drei Menschen gestorben und neun verletzt worden. Der neunzigjährige blinde Schriftsteller entschuldigte sich bei der Begrüßung, dass er heute wohl kein so guter Gesprächspartner sein werde, ihm gehe es nicht gut. »Ich habe das Gefühl, dass mein Entschluss zurückzukommen, verfehlt war«, sagte er müde. Und dann, fast sarkastisch: »Es wird langsam langweilig. Die Wiederkehr des Gleichen, der gleichen Dummheiten, der gleichen Grausamkeiten, der gleichen Irrtümer.«

Als 19. September 2004 erhielt die NPD bei den sächsischen Landtagswahlen 9,2 Prozent der Stimmen. Am nächsten Tag gab es Schlagzeilen nicht nur in Deutschland, die jenen ähnelten vom Juni 1930. Von »Schock« war die Rede. 1930 war die NSDAP mit 14,4 Prozent in den sächsischen Landtag eingezogen. Der Stimmenanteil war so hoch wie noch nirgends im damaligen Deutschen Reich. Im September 2017 war die AfD bei den Bundestagswahlen in Sachsen stärkste Kraft, noch vor der CDU. Wieder stand »Schock« in den Überschriften. Im August 2018 rief mich eine Freundin aus New York an. »Was ist bei euch los?«, fragte sie. »Chemnitz ist auf der Titelseite der New York Times.« Aber bereits 1930 hieß es: die Sachsen, immer wieder sie. Denn die Wahlergebnisse für die NSDAP lagen schon vorher im obersten Bereich. Nachdem die Nazis 1929 mit fünf Abgeordneten in den sächsischen Landtag eingezogen waren, wurden »bürgerkriegsähnliche Zustände« registriert, die sie im Landtag anzettelten. Auch die NPD konzentrierte sich auf Eklats, die ihnen Aufmerksamkeit generierten. Den ersten zelebrierten sie im Januar 2005, als sie sich einer Schweigeminute für die Opfer des Nationalsozialismus verweigerten. 2016, die AfD hatte die NPD im sächsischen Landtag abgelöst, sagte der ehemalige Polizeikommissar und jetzige AfD-Abgeordnete Sebastian

Wippel, bezugnehmend auf Anschläge in Deutschland: »Leider hat es nicht die Verantwortlichen dieser Politik getroffen.« Und dass der AfD-Mann Björn Höcke ausgerechnet Dresden wählte, um in einer Rede das Holocaust-Mahnmal ein Denkmal der Schande zu nennen, könnte kein Zufall gewesen sein.

Meine Tochter rief mich am Wahlabend des 19. September 2004 an. Sie rannte. Keuchend sagte die 17-Jährige: »Die Polizei ist hinter mir her. Wenn du nichts mehr von mir hörst, bin ich wahrscheinlich verhaftet worden.« Sie und ihre Freunde wollten zum Landtag, um dort zu zeigen, dass es auch das andere Dresden gibt, das andere Sachsen. Sie schafften es an der Polizeisperre vorbei. Und als die Kameras aus aller Welt vor dem Sächsischen Landtag aufgestellt wurden, retteten die Jugendlichen, die protestierend davorstanden, ein klein wenig die Ehre der Stadt. Der Dresdner CDU-Mann Patrick Schreiber sagte zum »Spiegel«, die Linken mit Pfiffen und »Nazis raus«-Rufen vor dem Landtag seien »eine Katastrophe für Sachsen« gewesen. Aber die kam erst fast sechs Jahre später, auch wenn sie heute nahezu vergessen ist.

Im Juni 1930 schrieb die »Frankfurter Zeitung«, die Wahlen im Freistaat Sachsen hätten bedeutende Folgen für das Deutsche Reich. Die Zeitung gab der Hoffnung Ausdruck auf ein »politisches Kabinett der Experten« im sächsischen Landtag, das nicht auf die Unterstützung der NSDAP angewiesen sei. Es kam anders. Und 2010 kam es ganz anders, was die Nazis im Sächsischen Landtag betraf, quasi andersherum. Bei der geheimen Ministerpräsidentenwahl im Mai 2010 erhielt der NPD-Kandidat zwei Stimmen mehr, als seine Fraktion Mitglieder hatte. Eine Woche später das Gleiche. Bei der geheimen Wahl des neuen Ausländerbeauftragten des Sächsischen Landtags bekam ein Kandidat der rechtsextremen Partei erneut Unterstützung aus dem Lager der demokratischen Parteien. Der von der NPD nominierte Abgeordnete verbuchte 14 Stimmen, seine Fraktion verfügte aber nur über zwölf Sitze.

Es dürften die gleichen Zwei gewesen sein. Und ich frage mich, ob beide oder einer von ihnen noch heute im Landtag sitzen. Möglicherweise schon, sogar wahrscheinlich.

Natürlich, ein ähnlicher Anfang bedeutet noch lange nicht ein ähnliches Ende. Auf dem Weg gibt es so manche Abzweigung. Aber um die richtige nehmen zu können, muss man zunächst die Ähnlichkeit im Beginnen erkennen und als solche anerkennen.

HEIDRUN HANNUSCH

Die Dresdnerin ist eine Streiterin. Sie hasst Ungerechtigkeiten. Und wenn sie darauf trifft, kann sie auch schon mal wütend werden. Sie gehört zum Jahrgang 1954, besitzt ein Diplom für Kulturwissenschaft. Von 1980 bis 1986 arbeitete sie als Kulturredakteurin bei der sorbischen Tageszeitung Nowa Doba, von 1987 bis 1991 als Theaterdramaturgin und ab 1991 bis 2009 als Redakteurin bei den Dresdner Neuesten Nachrichten. 2005 erhielt sie den ersten Platz beim »Sächsischen Journalistenpreis«, was nicht vor heftigen Attacken schützte, als sie gegen den Bau der Waldschlößchenbrücke anschrieb. Sie meint, wenn man sich an einem Platz nicht mehr weiter entwickeln kann, sollte man gehen. 2009 verließ sie die DNN, lobte gemeinsam mit den »Friends of Dresden« den Dresdner Friedenspreis aus, den sie jährlich organisiert. Sie arbeitete in dem Buch »Todesstrafe für die Selbstmörderin« einen historischen Kriminalfall auf. Und sie streitet weiter, manchmal auch für Dresden.

Text × **Volker Sielaff**

DIE SEELE DES ZITRONENFALTERS

Der Schriftsteller Volker Sielaff hat Hubertus Giebe, einen der bedeutenden Maler unserer Zeit, in seinem Atelier am Großen Garten getroffen

Im Jahre 1897 gab die Verwaltung des »Kgl. Großen Gartens« mit einer Meldung an die Königliche Polizei-Direktion zu Dresden die (welch schönes Wort!) Radfahrbahn in der Herkulesallee für den allgemeinen Verkehr frei. Wenn ich zu Hubertus Giebe ins Atelier fahre, dann meist mit dem Fahrrad. Die Strecke durch den Großen Garten ist verlockend: Von der lärmigen Lennéstraße biege ich ab in die Hauptallee mit ihren Joggern, Spaziergängern und jungen, Kinderwagen schiebenden Müttern, vorbei am frühbarocken Palais, vorbei auch am Teich und den Kavaliershäusern, in deren einem von 1917 bis 1923 der Maler und Akademie-Professor Oskar Kokoschka lebte, dann quer in die Herkulesallee, an deren Ende ich schließlich noch einen kurzen Blick auf die beiden Sandsteinskulpturen aus der Permoserwerkstatt werfe, denen die Allee ihren Namen verdankt. Die eine Skulptur zeigt den griechischen Heros im Kampf mit dem Höllenhund Zerberus, die andere stellt ihn mit dem erschlagenen Busiris dar. Die Skulpturen könnten eine Reinigung gut vertragen, denn die Zeit hat sie schwarz gefärbt – was ihnen jedoch nichts von der Großartigkeit ihrer Ausführung zu nehmen vermag. Giebe hat seinen Herkules in zahlreichen Variationen gemalt. Verständlich, begegnen ihm die imposanten Skulpturen doch beinahe täglich, zumeist frühmorgens, wenn er nur wenige Schritte von seinem Haus entfernt seine Runden durch den großen Garten dreht (der ihm noch so manches weitere Motiv geschenkt hat).

Hubertus Giebes Herkulesse: Aus einer wild wuchernden Vegetation lässt der Maler den Heros wie einen Sixpack-Fetischisten aus dem Bild hervortreten, blaugrau oder weiß schält die golemartige Gestalt sich aus einem farbigen Blitzlicht-Gewitter heraus und verharrt doch in tumbem Stolz auf ihrem Sockel. Es ist indes der Hintergrund, das Licht in den Bäumen, im Park, das den Bildern ihre hohe Plastizität verleiht – und nicht der tragikomische Held mit seiner schwingenden Keule. Etwas blindwütiges geht von diesem aus: zu viel Muskelmasse und zu wenig Hirn! Es ist eine Kopie jenes Typus, den der Maler heute am meisten fürchtet: der seelenlose, fremdgesteuerte Automatenmensch. In diversen Verkleidungen irrlichtert dieses Monstrum durch Giebes reiches bildnerisches Werk: als Puppe, Tod (Skelett) oder böser Zwerg. So gesehen führen seine Herkulesse zu all den anderen Symbolen einer Aura des Gefährlichen und Zerrissenen in Giebes Bildern.

Das Rad an den Zaun gelehnt. Ich will gerade klingeln, da sehe ich ihn im Vorgarten stehen: aufrecht, geschmeidig und hingerissen, fixiert auf das kleine Ding, das da so munter vor seinen Augen taumelt. Hubertus Giebe, der berühmt wurde mit seinen das Jahrhundert traktierenden »Geschichtsbildern«, seinem »apokalyptischen Blick« (Dieter Hoffmann) – derselbe Giebe schaut nun gerade dem munteren Treiben eines Zitronenfalters zu! Als er mich kommen hört, sagt er etwas wie »wunderbar« und begrüßt mich herzlich mit einer kurzen, kräftigen Umarmung. Kaum sind wir ein paar Schritte ins Haus gegangen, steigt mir auch schon die

ganze Duftorgel seiner Malfarben in die Nase – wie beglückend ist es doch, das Haus eines Malers zu betreten!

Dieses Haus, in dem der Künstler zusammen mit seiner Frau Marlies Giebe lebt – sie leitet die Gemälderestaurierung der Staatlichen Kunstsammlungen Dresden –, ist kein gewöhnliches. Der Architekt Adam Gutjahr hat sich Mitte der dreißiger Jahre, als er die Pläne zu diesem Gebäude entwarf, vom englischen Landhausstil inspirieren lassen. Gerade ist das Dach neu gedeckt worden. Der Hausherr, während wir noch im Flur an der Garderobe verweilen (eine hölzerne Treppe windet sich hinauf ins Obergeschoss mit den Wohn- und Schlafräumen), erzählt mir von den Handwerkern und wie er ihnen in den Arbeitspausen Kaffee und ein bescheidenes Essen kredenzt habe. »Die denken ganz geradlinig«, sagt er. Jetzt sind sie wieder fort, und das Dach glänzt im frischen Rot der Ziegel (er wird es mir später zeigen).

Im Erdgeschoss des Steinhauses, dessen Farbgebung des Natursteins mich an Bilder von Robert Sterl erinnert, an das Gelb, Braun und Grau seiner Steinbrecher und Steinklopferinnen, liegen die Arbeitsräume des Malers: das Atelier mit den großen Fenstern und dem Durchgang in den Garten, der sommers üppig blüht und auch winters seine Poesie verströmt. Auch einige von Giebes Skulpturen haben hier Platz gefunden, z.B. seine janusköpfige »Große Figurine«, deren Scheibengesicht an die marmorne Bocca della Verità in Rom erinnert, den »Mund der Wahrheit«, deren Bedeutung kunsthistorisch unklar ist. Der Künstler bedient sich gern solcher Anspielungen, die man auch als Rückbindungen an eine reiche Tradition verstehen sollte, ohne die es für ihn keine Kunst geben kann – aber auch nicht ohne die Fortführung und Weiterentwicklung derselben. Eine andere Skulptur im Garten trägt den Titel »Großer Schädel«. Hubertus Giebe begann Anfang der 90er-Jahre und angeregt durch seinen Freund, den Bildhauer Frank Maasdorf, sich für den Bronzeguss zu interessieren. Der große Schädel wurde, zusammen mit weiteren bildnerischen und skulpturalen Werken, unlängst in der großen Personalausstellung »Schein & Chock« der Städtischen Galerie Dresden präsentiert.

Die »Figurine« kann ich während unseres gesamten Gesprächs durch das Atelierfenster sehen. Es kommt mir vor, als wolle sie mir mit ihren Armstümpfen die ganze Zeit vergebens zuwinken. Mit diesen fast abstrakten Arbeiten hat Hubertus Giebe wieder einmal die Kunstwelt überrascht. Die Ikonographie seiner Ölbilder (Kreuz, Schädel, Mond, Hand und Fuß) findet in seinen Bronzegüssen ihre kongeniale Fortsetzung, und die Kunsthistorikerin Carolin Quermann hat in einem Beitrag zum Katalog von »Schein & Chock« genau erläutert, wie der Künstler sich das Bildwerk der Skulpturen malerisch erarbeitet.

Es ist kurz nach 17 Uhr. »Wir trinken erst mal ein Glas Wein«, sagt Giebe beflügelt. Ein langer Arbeitstag liegt jetzt hinter ihm. In der Regel empfängt er erst am frühen Abend Gäste, denn der Vormittag ist bis in den späten Nachmittag hinein Schaffenszeit und nur ungern, etwa wenn dringende Reisen es erfordern, weicht er von seinem Tagesplan ab. Auf dem Tisch stehen Getränke und Kekse, stapeln sich Bücher, Kataloge. Ein bis an die Decke reichendes Regal ist mit Kunstbänden vollgestopft, Fotos, mit oder ohne Rahmen, hängen an den Wänden. Sie zeigen den Künstler im Kreis von Freunden, z. B. auf einer seiner Amerikareisen: dort leben einige Sammler, die seine Bilder kaufen. Etwa Gerardo Joffe, geboren als Gerhard Ernst Joffe 1920 in Berlin, der als Jude den Nazis noch vor der Reichskristallnacht entkommen konnte. Kurz nachdem dieser Text verfasst wurde, ist Joffe in San Fransisco 98-jährig verstorben. Das Foto über dem Regal mit den Kunstbüchern zeigt ihn, seine Frau Priscilla und beider Tochter Rachel während einer gemeinsamen Begegnung mit Hubertus und Marlies Giebe in San Fransisco. Die Joffes kamen auch gern nach Dresden, um den Maler und seine Frau zwischen dessen Bildern im Atelier zu treffen.

Ganz oben auf einem Bord entdecke ich die sechsbändige Ausgabe der Briefe von Vincent van Gogh. Sie gehören zu den frühen, wegweisenden Lektüren: Ein Kunsterzieher gab ihm die Malerbriefe, als Giebe 1968 in Altenberg Internatsschüler war. Sie berührten den damals 15-Jährigen tief.

Es ist nicht zu übersehen, dass in diesem Teil des Ateliers oft Gäste empfangen werden. Der Künstler braucht den Austausch mit Gleichgesinnten. Regelmäßig sitzen in dem Sessel, in dem auch ich gerade Platz genommen habe, Sammler aus nah und fern, Galeristen oder Museumsdirektoren, die mit ihm über Ankäufe oder eine neue Ausstellung seiner Werke verhandeln wollen.

Bevor ich Hubertus Giebe kennenlernte, hatte ich längst von ihm gehört, ihn da und dort von Weitem gesehen. Was einen sofort einnimmt für seine Person, ist der energische zielgerichtete Habitus, das verhalten Fordernde seines Auftretens, das nie in Überheblichkeit umschlägt.

Mir war bekannt, dass wir einen gemeinsamen Brieffreund hatten: den Schriftsteller Erwin Strittmatter. Hubertus Giebe hatte ihn mehrmals auf dem Schulzenhof in der märkischen Heide besucht, er wohnte dann in einer kleinen Kammer über dem Pferdestall, die Strittmatter sich einst als Schreibstube hatte ausbauen lassen. Giebe, mit Abstand der belesenste Künstler, den ich kenne, hat auch eine Reihe glänzender Essays und Aufsätze verfasst, die in dem Buch »Der geschliffene Elfenbeinturm« gesammelt sind. In einem dieser Aufsätze berichtet er von seinen Besuchen bei den Strittmatters: »Da draußen erwanderte ich mir die Motive, arbeitete dann versunken, oft stundenlang. Langsam stellte sich ein Ausdruck, ein Klang, ein Rhythmus der Landschaften ein.«

In Ausstellungen hatte ich frühzeitig seine Bilder gesehen: das ikonische »Selbstbildnis mit Mohnblumen«, altmeisterlich gemalt und an den von ihm verehrten Otto Dix erinnernd, die Geschichtsbilder, die seit Anfang der 70er-Jahre bis in diese Tage entstehen und von Walter Benjamins Thesen »Über den Begriff der Geschichte« inspiriert worden sind; schließlich die Reihe wunderbarer Radierungen zu dem Roman »Die Blechtrommel« von Günter Grass.

»Er kommt manchmal zu mir in den Laden, ihr habt beide den gleichen Buchhändler«, hatte Jörg Scholz-Nollau, Inhaber der Buchhandlung »LeseZeichen« in der Dresdner Neustadt, schelmisch zu mir gesagt. Als wir uns in seinem Buchladen dann zum ersten Mal persönlich begegneten und einander vorgestellt wurden, reagierte der weithin bekannte Künstler mir gegenüber offen und interessiert, und er lud mich sogleich ein, ihn in seinem Atelier am Großen Garten zu besuchen. Anfangs zögerte ich, wollte ich ihm doch nicht seine wertvolle Zeit stehlen. Einige Monate später aber bekam ich zufällig einen Auftrag für ein Interview mit ihm. Da war sie also: die Gelegenheit, auf die ich gewartet hatte!

Ich rückte mit meinem Aufnahmegerät bei ihm an, und was dann passierte, kam überraschend und irritierte mich: Giebe, der sich inzwischen auch meine Bücher besorgt hatte, interessierte sich gar nicht für das Interview, das ich mit ihm führen wollte. Er schien viel mehr daran interessiert, sich mit mir über Kunst, Literatur und Politik auszutauschen. »Lassen Sie das Ding noch eine Weile aus«, sagte er mehrmals zu mir.

Irgendwann drückte ich dann doch auf die Starttaste, aber der Interviewte war auch froh, als es vorüber war. Endlich konnten wir uns wieder normal unterhalten!

»Willst du Kaffee, Gebäck?«, fragt er. Es soll dem Gast an nichts fehlen. Auf dem Boden stehen einige Arbeiten: Radierungen, kleines Format. Er hat sie gerade fertig gerahmt – für eine Ausstellung zum Werk des Lyrikers Rainer Maria Rilke. Eines der Blätter wird er mir später, sorgsam in einer Papprolle verstaut, als Geschenk unter den Arm klemmen. Der Titel: »Wer aber sind sie, sag mir, die Fahrenden?« Das ist der erste Vers der fünften »Duineser Elegie«. Auf dem Blatt ist eine Gruppe von Menschen zu sehen, die offenbar heimatlos sind, Ausgestoßene, vielleicht im eigenen Land. Zentral dargestellt ist eine ältere Person mit kantigem Gesicht, vor die sich ein Junge in Mantel und gestreiftem Pullover schiebt, die Augen weit aufgerissen. Den Hintergrund bilden Gestalten, die an Giebes Puppen erinnern.

Er habe gerade wieder, erzählt er, in Rilkes Briefen gelesen: »Der konnte sowas von antichambrieren!« – »Nun ja, er wollte von seinen Gedichten eben auch leben können und brauchte wohlhabende Gönner.« – »Stimmt! Solche wie die Prinzessin Marie von Thurn und Taxis«, sagt Giebe.

Rilke hatte der kunstbegeisterten Prinzessin, die auch eine große Briefschreiberin war, seine auf Schloss Duino an der Adriaküste begonnenen Elegien gewidmet. Bald sind wir mitten in einer Debatte über Kunst und Geld. Die Gestik meines Gesprächspartners wird lebhaft, er atmet tief Luft ein, was er immer tut, wenn er in Rage gerät, dann springt er unvermittelt auf, umkreist meinen Sessel, um mit sicherem Griff das Buch »Siegerkunst« des Kunsthistorikers Wolfgang Ullrich für mich aus dem Regal zu ziehen: »Hier, das musst du unbedingt lesen!« Die »Siegerkünstler«, das sind jene, die ihre Werke nur als Statussymbol für die reichen Käufer, die Erfolgreichen und Mächtigen, produzieren. Ullrich nennt als Beispiele Jeff Koons und Damian Hirst. In seinen Aufsätzen beklagt Hubertus Giebe sich zu Recht darüber, dass der heutige Kunstbetrieb nicht mehr auf notwendige Qualitätsstandards achte. Diese Ignoranz von Qualität und Ästhetik gehe einher mit einer immer bedeutungsloser werdenden Kunstkritik: »Vom Schwer- ist die Kunstkritik zum Fliegengewicht geschrumpft. Mittlerweile sitzt der Kritiker wie ein Affe auf dem Schleifstein«, zitiert Giebe den Kunsthistoriker und Ausstellungskurator Klaus Honnef.

Der Maler Hubertus Giebe wurde 1953 in Dohna bei Dresden geboren, die Familie war aber im unweit gelegenen Schlottwitz im Osterzgebirge ansässig. Seine Begabung fiel früh auf, so dass er bereits 1969 für das Abendstudium der Malerei und Grafik an der Hochschule für Bildende Künste zugelassen wurde und bei einer Familie Fichte in der Dresdner Neustadt zur Untermiete wohnen durfte. Sein beeindruckendes Frühwerk ist dort, in der Malhöhle unterm Dach einer Gründerzeitmietskaserne in der Frühlingsstraße, entstanden. Nach einer erdrückenden Armeezeit wurde er zum Grundstudium zugelassen. Mit Arbeiten in Lasurtechnik hatte der junge Student sich beworben, tief beeindruckt von Otto Dix und dessen Neuer Sachlichkeit. Die Technik hatte er sich selbst beigebracht. Nicht schlecht für einen gerade Zwanzigjährigen! Nach nur zwei Jahren brach Giebe das Studium ab. Der an der Hochschule propagierte »sozialistische Realismus« behagte ihm nicht. Noch weniger der linientreue Rektor Fritz Eisel, unter dessen Fittiche er genommen werden sollte. Giebe zog die Notbremse und ging nach Leipzig. Er wurde Meisterschüler von Bernhard Heisig.

1987 holte man ihn noch einmal zurück an die Dresdner Hochschule. Er wurde Dozent für Malerei und reformierte, zusammen mit seinem Malerfreund Johannes Heisig, das Grundstudium der Hochschule in Richtung einer soliden und handwerklich fundierten Ausbildung. Unentwegt und getrieben von seinem pädagogischen Eros schleppte er alle nur erreichbaren Kataloge aus den Beständen der Sächsischen Landesbibliothek zu seinen Studenten auf die Brühlsche Terrasse. Denn sie sollten alles kennenlernen: die Alten Meister, die Klassische Moderne und auch die neuesten Entwicklungen aus dem Westen. Als Giebe nach der Wende Lehrtätigkeiten im Westen Deutschlands annahm, blieb er der kritische Geist, als den man ihn kennt: Er lobte die Wissbegier seiner Studenten und ätzte zugleich gegen die Hochschulbürokratie in der Folge des sogenannten Bologna-Prozesses.

Er schiebt eine CD in den Player. Es sind Lieder seines Freundes Hans-Eckardt Wenzel, die dieser ihm geschickt hat. Während wir reden und zusammen Musik hören, wird der Bücherstapel auf dem Tisch und auf meinen Knien immer höher. Schwer zu sagen, wie viele Anregungen ich Hubertus Giebe verdanke! Auf jeden Fall wäre mir Carl Einsteins die Moderne prägende große Studie »Die Kunst des 20. Jahrhunderts« durch die Lappen gegangen, ohne Giebes eindringlichen Rat, dieses Buch endlich zu lesen. Und ich hätte sicher auch nicht noch einmal die Gedichte von Max Jacob hervorgeholt, der sich auf dem Boulevard Voltaire in Paris mit Picasso ein Zimmer teilte und 1944 im Sammellager Drancy an einer Lungenentzündung starb. Umgekehrt ist es mir gelungen, wenigstens einen Schriftsteller aufzutreiben, dessen Bücher Giebe nicht schon kannte. Ich brachte ihm den Roman »Die Grande Beune« des Franzosen Pierre Michon mit, worauf er sich umgehend alles, was es von dem Autor auf Deutsch gab, kommen ließ. So schossen und schießen die Anregungen zwischen uns wie Ping-Pong-Bälle hin und her – denn mit Giebe geht es immer sofort ohne Druckausgleich in die Tiefe, für Small Talk hat er keine Zeit! Manchmal lässt sich dann auch die Katze Lulu kurz bei uns blicken, um eine Weile schnurrend um unsere Beine zu streichen: »Wer weiß denn, was für eine reiche Welt sie hat, von der wir überhaupt nichts wissen, absolut nichts …«, sagt Giebe, und ich kann ihm ansehen, wie gern er einmal in eine Katzenseele blicken würde. Es ist Zeit aufzustehen und endlich nach nebenan zu den großen Bildern zu gehen! In jenen Bereich des Ateliers, wo es noch intensiver nach Farbe riecht.

Auf dem Grafikschrank liegen Skizzenbücher. Hunderte von ihnen muss der Maler besitzen, denn einen Tag ohne Zeichnung oder ohne ein handschriftlich übertragenes Gedicht gibt es für ihn nicht. Hubertus Giebe schreibt alles noch mit der Hand! Wenn Post von ihm in meinem Briefkasten liegt, ist es fast immer ein großer, dicker Umschlag. Denn neben dem eigentlichen Brief in seiner großen und klaren Schrift fügt er seinen Sendungen gern Zeitungsartikel, Kopien oder Fotografien aus dem Atelier oder dem Garten bei. Geht es auf Reisen – gerade war er mit seiner Frau in Wien, Český Krumlov (Egon Schiele lebte dort!) und auf einer dänischen Nordseeinsel –, muss immer das Skizzenbuch mit. Die Reisen sind nötig, damit er überhaupt einmal zur Ruhe kommt. Er zeigt mir Aquarelle und Zeichnungen, die auf der Insel entstanden sind. Beim Skizzieren ist Hubertus Giebe die Entschlossenheit in Person: Scharf setzt er die Linien, kratzt, wischt wieder aus, setzt neu an. Es ist ein dynamischer Vorgang, dynamisch wie der Mann selber. Manche der Skizzen dienen ihm später als Vorlagen für größere Bildformate.

Wir gehen zu den Bildern, die noch auf der Staffelei stehen: mehrere Landschaften (das Oderbruch, wo sein Freund Hans-Eckardt Wenzel lebt), das Porträt einer schönen Frau und neue Geschichtsbilder voll apokalyptischer Spannung.

Zu den Geschichtsbildern ist zu sagen: diese Bilder bebildern nichts. Sie haben nichts mit Historienmalerei zu tun. Es sind Farbexperimente! Über Geschichte hat Hubertus Giebe gesagt, sie sei »eine große, visionäre Treib- und Triebkraft in den Künsten. Es ist letztlich das Drama des monolithischen Menschen. Seinem Leib, seiner Psyche geschieht Geschichte.« Er hat sich immer wieder intensiv mit den Folgen des Nationalsozialismus und des Stalinismus auseinandergesetzt, in seinem künstlerischen Werk wie als Leser. Er hat Orlando Figes' große Bücher über die Geschichte der russischen Revolutionen gelesen, sich durch Handbücher der Geschichte der Komintern gequält, und er weiß genau, wer wer war im Nationalsozialismus.

Wir stehen vor seinen Bildern – teils riesige Formate – und Giebe erklärt mir Farbtöne, Schatten, ein Rot im Inkarnat. Wieder läuft er zu einem Bücherregal (das Atelier, das ganze Haus ist voller Bücherwände!) und kommt mit einem Band von Rousseau zurück. Picasso, erzählt er, habe tagelang nicht malen können, nachdem er in einer Ausstellung die Bilder des Zöllners Rousseau gesehen habe. »Schau mal, hier«, sagt Giebe, auf Rousseaus Bild »Eva und die Schlange« weisend, »das geht alles zurück auf die Alten Meister, die er in den Museen in Paris gesehen und kopiert hat. Und Picasso hätte sein ›Guernica‹ nicht malen können, ohne vorher Rousseaus Meisterwerk ›Der Krieg‹ gesehen zu haben. Alles hängt mit allem zusammen!«

Immer wieder erklärt Hubertus Giebe mir die Gesetzmäßigkeiten der Farbe. In seinen Bildern setzt er oft warme Farben gegen kalte. Körper im Raum, Landschaften, ein Gesicht bekommen so erst ihre Tiefe und ihre Magie. Sein bildnerisches Spektrum ist enorm breit gefächert. Er sei beides, hat der Dresdner Publizist Hans-Peter Lühr einmal über ihn gesagt: delikater Feinzeichner und großer Dramatiker der Leinwand. Die schon erwähnten Geschichtsbilder mit ihren düsteren Gestalten treten neben das Porträt, den Akt, die Landschaften und die Stillleben. Hinzu gesellen sich Lithographie, Radierung, Aquarell und die, von der Schulter her kommend, so fließend leicht mit dem Bleistiftstummel aufs Blatt gesetzten Handzeichnungen. Alle diese Genres beherrscht er meisterhaft.

Fast zehn Jahre ist es jetzt her, dass Hubertus Giebe im Palais im Großen Garten, an dem ich nachher gleich wieder vorbeifahren werde, eine Auswahl seiner Geschichtsbilder zeigte. Die Ausstellung, die am 8. Februar 2009 eröffnet wurde, war dem Gedenken der Zerstörung Dresdens im Jahre 1945 gewidmet. Ein solches Gedenken, sagte Eröffnungsredner Dieter Hoffmann damals, sei ein »unermüdliches Umkehren der Sanduhr«. Das ist es, was auch ein von seiner Aufgabe überzeugter Künstler wie Hubertus Giebe Tag für Tag tut: die Sanduhr umdrehen. Sein ganzes Schaffen ist gegen den Stillstand, gegen das Vergessen gerichtet. Dazu zählt die unprätentiöse Handzeichnung genauso wie das große, sinngeladene und symbolische Bild von den Schrecken der Geschichte. In Hubertus Giebes Skizzenbüchern gibt es eine Person, der ich immer wieder begegnet bin – ohne sie je persönlich kennengelernt zu haben. Es ist die Mutter des Malers, die 1920 in Cunnersdorf geborene Margarete Giebe, geborene Tittel. Im November 2015 ist sie, im gesegneten Alter von 95 Jahren (!), in Dresden verstorben. Hubertus Giebe hat ihr sein neuestes Buch gewidmet, eine Sammlung von Handzeichnungen dieser schönen Frau mit dem im Alter noch

Die Mutter des Malers in den Skizzenbüchern.

vollen Haar, welche in den Jahren zwischen 2009 und 2015 entstanden sind. Mir gefällt der Gedanke, die Seele der alten Dame könnte jetzt als Zitronenfalter über den Büschen dort vorne am blauen Gartentor tanzen.

Giebe begleitet mich zum Tor. Es ist spät geworden. Als wir uns verabschieden, der Mond steht hoch am Himmel, sagt er zu mir: »Mach was Gutes!« Und nach einer kurzen Pause: »Der Frühling geht schnell vorbei, der Sommer geht schnell vorbei, der Winter – und wir – gehen auch schnell vorbei.« Es wirkt nicht traurig, wie er es sagt. Und ich weiß, wie es gemeint ist: als eine Aufforderung, keine Zeit zu verplempern. Eine Aufforderung zum Tun.

VOLKER SIELAFF

Seine Bücher seien allesamt »Notizen über das Reisen auf dem weiten Meer der Wahrnehmung«, schrieb ein Kritiker über Volker Sielaff, der im deutschsprachigen Raum als Lyriker bekannt wurde, bevor er seine Leserschaft unlängst mit seinem viel beachteten Prosadebüt »Überall Welt«, das in Dresdner Buchhandlungen Bestenlisten erklomm, überraschte. »Ein meditatives Leseerlebnis, eine tiefgehende und zugleich luftige Lehrstunde in Sachen Aufmerksamkeit. Ein rundum helles, tiefes Buch«, schrieb das Münchner Onlineportal »Signaturen«. Sielaff ist 1966 in der Lausitz geboren und lebt in Dresden. Im Mai 2015 wurde dem Autor im Literaturarchiv Marbach für sein inspirierendes Werk die Ehrengabe der Deutschen Schillerstiftung verliehen, einige Jahre zuvor der Lessing-Förderpreis. Sielaff mag gebrauchte Dinge lieber als neue und ist der Überzeugung, dass die poetische Sprache die eigentliche sei und grundsätzlich herrschaftsfrei: »Sie steht immer gegen die Herrschaftssprache, auch gegen die Herrschaft des eigenen Ichs.«

Text und Interview × **Peter Ufer**

WER SIND WIR?

Die Erfahrung, Dresdner zu sein

Gerade geschieht etwas Merkwürdiges: Dresden entwickelt sich anscheinend immer mehr zur Stadt der Provokation. Wird das schöne Elbflorenz zur hässlichen Motzmetropole? Die Wellen der Empörung rollen in alle Richtungen und es herrscht im Rest der Republik meistens Unverständnis darüber, was da tief im Osten geschieht, so als würde ein Hinterwaldstamm unbeeindruckt von den Zeitläuften ums Feuer tanzen. Dabei war Dresden schon immer ein Ort der Grenzen und der Grenzüberschreitungen.

In jedem Fall erzwingt die Stadt einmal mehr eine Auseinandersetzung mit sich selbst, vor allem aber mit Deutschland und auch Europa und andersherum. Zuerst findet allerdings vor allem Abwehr gegen die Dresdner Provokation statt. Nur manchmal führt die zu einer Debatte über die Modernisierung der Gesellschaft, in Gesprächen in Kirchen oder Theatern reden Dresdner gemeinsam und mit Gästen über das, was kommen könnte, und das, was sie dafür zu tun imstande wären. Das müsste viel öfter geschehen, schließlich befindet sich die Gegenwart mitten in einem eklatanten Werte- und Kulturwandel. In den Diskussionen stehen sich verschiedene Vorstellung von Generationen sowie von Alt- und Neudresdnern gegenüber, wie künftig Zivilisation organisiert werden könnte. Bei alteingesessenen Dresdnern wirkt dabei bis heute die DDR nach und bricht sich im Erleben der Zeit nach 1989. Eine Erfahrung heißt: Soziale Wertesysteme sind etwas, das man dann spürt, wenn es verloren geht. Daraus entstehen Unsicherheiten.

Eine Folge, die zu überwinden, ist der Gedanke an frühere geschlossene Gesellschaften, die plötzlich wieder als wohlgeordnete Orte gelten, die Orientierung geben. Retropien verfangen, weil sie einfache Lösungen bieten und auf Gewohntes zurückgreifen. Plötzlich wird die Heimat, der Osten, das alte Dresden von den Alten aufpoliert, als müsste es demnächst meistbietend versteigert werden. Die Heimat wird schön gemacht. Der Elbtalblick auf barocke Sandsteinfassaden, schicke Hangvillen oder gemütliche Eierscheckenecken verkürzt den Weitblick bis zur Stadtgrenze und so erscheint die Welt wieder übersichtlich, da verläuft sich keiner.

Montags jauchzt alternativ ein dreifaches Dullijöööhh vom Neu- oder Altmarkt in die Gassen. Gegen die Sichel aus dem Morgenland wird das abendländische Kreuz erhoben, auch wenn das einen Haken hat. Und dann ruft auch noch die Große Koalition aus dem Berliner Heimatministerium zum morgendlichen Schuhplatteln auf. Die Scholle gleich um die Ecke dient Rechten als Rückrufaktion ins Zucht- und Ordnungshaus, Linken als letzte Hoffnung und Konservativen als Hafen im digitalen

Datenmeer. Der deutsche Michel wirft seinen Anker, um im globalen Sturm nicht unterzugehen.

Vielleicht gibt Heimat, der Osten, Dresden in der grenzenlosen Freiheit einfach nur ein wenig Halt. Irgendwas muss das Zuhause bieten, denn heute vergeht kein Tag, wo nicht Vaterland und Muttersprache als neue Währung zählen. Das scheint sich besser auszuzahlen als Euro oder Bitcoin. Der Kleingarten ist wieder hip, die Kleinbahn top, Maibäume cool, Fleisch aus der Region gesund und die Familie, egal ob zusammengewürfelt oder so wie damals, die kleinste gemeinsame Zelle eines neuen Wohlfühlkatechismus.

Weniger schnell greifen Utopien, die danach suchen, wie sich dieses Land entwickeln könnte. Längst ist die These, dass die Geschichte am Ende sei, widerlegt. Sie geht ohne Zweifel weiter. Aber wohin? Dresdner haben ihre Vorstellungen und als Erklärung für ihre spezifische Weltanschauung muss oft ihre Herkunft herhalten. Die heißt dann plötzlich nicht mehr nur Dresden, sondern der Elbtalbewohner wird zum Ostdeutschen oder zieht sich selbst auf diesen kleinsten gemeinsamen Nenner seiner Existenz zurück. Der Soziologe Wolfgang Engler, 1952 in Dresden geboren, kennt die Reflexe bestens. Der Hochschullehrer für Kultursoziologie und Ästhetik sowie Publizist arbeitete von 2005 bis 2017 als Rektor der Hochschule für Schauspielkunst »Ernst Busch« in Berlin, schrieb die streitbaren Bücher »Die Ostdeutschen.

Wolfgang Engler hinter den Kulissen der Ernst-Busch-Schauspielschule in Berlin.

Kunde von einem verlorenen Land« sowie »Die Ostdeutschen als Avantgarde«. Jetzt erschien im Aufbau-Verlag ein ausführliches Gespräch zwischen ihm und der Schriftstellerin Jana Hensel: »Wer wir sind. Die Erfahrung, ostdeutsch zu sein.« Im Gespräch nähert er sich den Ursachen der Provokation an, die er auch als Emanzipationsversuch der Dresdner, der Ostdeutschen versteht.

Ist der Dresdner ein spezifisch Ostdeutscher?
Das kommt natürlich sehr darauf an, über welche Generation Dresdner wir reden. Aber jene Menschen mit Wurzeln in der DDR gehören selbstredend dazu. Außerdem spreche ich allenfalls im Plural von den Ostdeutschen, und auch die Dresdner würde ich nie auf einen Typus reduzieren. Gleichwohl existieren regionale, lokale Eigenarten mit oftmals langer Vorgeschichte.

Liegt nicht genau dort ein Problem des Verständnisses des Dresdner Charakters, dass die frühere Zugehörigkeit zum DDR-Volk die regionale Identität überstrahlt?
Ostdeutsch zu sein, hat sich keiner ausgewählt, es gab nach 1989 zunächst die Zuschreibung von außen, also von westdeutscher Seite. Bis weit in die Neunzigerjahre hinein war der Ost-West-Diskurs westdeutsch dominiert. Die Ostdeutschen waren Gegenstand von Vermutungen, bald jovialen, bald wenig freundlichen Porträts, in denen ihre Vergangenheit oftmals als Ballast erschien, von dem sie sich nun trennen sollten, um in dem neuen Gemeinwesen handlungsfähig zu werden. Der fremde Blick, der auf den Ostlern lastete, nötigte zu einer kollektiven Selbstvergewisserung, zu einem Sortierprozess: Wie sieht man uns? Wie sehen wir uns selber? Wer sind wir? Wo kommen wir her, geschichtlich wie kulturell?

Muss man Ostdeutschland als eigenen geistigen Raum begreifen?
Ich denke schon, ja, sofern man »geistig« weiter fasst: als sozialen Habitus.

Ist das nicht eine nachträgliche Zwangskollektivierung einzelner Menschen, die auf sehr unterschiedliche Weise ihr Leben in der DDR lebten, in Dresden anders als beispielsweise in Rostock?
Je mehr Zeit nach dem Umbruch von 1989/90 verstrich, desto entschiedener klassfizierten sich die vormaligen DDR-Bürger als Ostdeutsche. Das hätten sie früher nie getan, hätten, wenn überhaupt, eher »landsmannschaftliche« Unterschiede betont: wir, die Sachsen, die Mecklenburger und so weiter. Wer in der DDR geboren wurde, da aufwuchs, entwickelte, auch ohne das zu wollen, Eigenarten im Wahrnehmen, Denken, Handeln, die später reflexiv wurden. Bis 1989 waren die in der DDR lebenden Menschen Ostdeutsche an sich, danach wurden sie zu Ostdeutschen für sich.

Was ist denn eine der entscheidenden Erfahrungen, die der Dresdner, respektive der Ostdeutsche nach 1990 machen musste?
Das Entscheidende in der DDR war für die meisten die Arbeitswelt. Es gab eine soziale Garantie für eine Stelle im Erwerbssystem. Das hat geprägt, führte zu einer existenziellen Sicherheit, im Übrigen von Mann und Frau gleichermaßen. Jeder und jede führte ökonomisch gesehen ein eigenes Leben. Die DDR war eine Arbeitsgesellschaft par excellence, die soziale Rolle des Einzelnen definierte sich über die Arbeit, in weit höherem Grad jedenfalls als über Besitz, Status, Prestige. Diese klassischen Abstandshalter waren größtenteils abgeschafft, verblassten.

Einspruch! Oft genug gab es in der DDR auf Arbeit gar keine Arbeit, Menschen haben im Betrieb ihre Zeit abgesessen, ein Dienst-nach-Vorschrift-Verhalten an den Tag gelegt und ein eher negatives Verhältnis entwickelt. Außerdem gab es meines Erachtens sehr wohl ein Anspruchsdenken, zum Beispiel in Bezug auf Konsumgüter, besonders welche aus dem Westen. Oder liege ich da falsch?
Nein, aber das bezieht sich vor allem auf die 1980er-Jahre, wo die Betriebe und Infrastrukturen von der Substanz zehrten, auf Verschleiß liefen, das Gefühl der Vergeblichkeit um sich griff und die innere Einstellung zur Arbeit erodierte. Was bis zuletzt blieb, war die Wertschätzung der Arbeit als Ort sozialen Austauschs und Zusammenhalts. Arbeit war stets mehr als Broterwerb. Sie bettete die Einzelnen in die Gesellschaft ein – und löste sie aus ihr heraus, als Hunderttausende Ostdeutsche in den frühen 1990ern ihre Stelle verloren.

Stattgegeben. Zurück zu der Frage, was die entscheidende Erfahrung der Ostdeutschen nach 1990 war?
Die Prägung durch Arbeit bestand fort, verlor aber ihre Grundlage. Man wollte sein Leben weiter durch Arbeit begründen, jetzt, nach dem Umbruch erst recht, das Land sollte doch wirtschaftlich wieder auf die Beine kommen, fand aber keine Gelegenheit, sich zu betätigen, und das frustrierte über die Maßen. Hinzu kam die Abwertung des bisher gelebten (Arbeits)Lebens im Zuge der Umerziehung der Ostdeutschen zu »ordentlichen« Bundesbürgern. Auch verfügten die Ostdeutschen kaum über die erforderlichen Ressourcen, um sich auf andere Art und Weise als arbeitend in der Gesellschaft zu platzieren. In vielfacher Hinsicht mittellos, ohne verwertbares Erbe, standen viele tatenlos in der neuen sozialen Landschaft und empfanden sich als Bürger zweiter Klasse.

War der Ostdeutsche durch die Arbeit auch emanzipierter?
Natürlich, insbesondere die Frauen, die in der DDR ein ökonomisch eigenständiges Leben führen konnten. Es existierte ein annähernd gleichberechtigtes Geschlechterverhältnis, das unter anderem dazu führte, dass sich Frauen gefahrlos scheiden lassen konnten. Die meisten Scheidungen in der DDR gingen von Frauen aus, eben weil sie nicht abhängig waren von ihren Ehemännern. Das änderte sich nach 1990 ebenfalls. Die »Versorgungsehe« kehrte aus der Versenkung zurück. Viele Frauen erlebten das als herben Rückschlag. Der wirtschaftliche Kahlschlag traf auch gerade viele Männer hart, wenn sie nach dem Verlust ihrer Stelle vom Einkommen ihrer Partnerinnen leben mussten. Da brach eine ganze Welt zusammen.

Insbesondere Dresden gehörte in der DDR zu jenen Städten, die sehr abgeschlossen waren. Welche Folgen ergaben sich daraus?
Stimmt, die DDR war eine abgeschottete und bewachte Gesellschaft. Das änderte sich nach 1990 schlagartig. Abgesehen von einer überschaubaren Anzahl von Vertragsarbeitern aus Vietnam, Kuba oder Afrika gab es davor nicht viele Kontakte zu Fremden. Es blieb letztlich ein Leben unter sich. Dresden gehörte zudem zu jenen Städten, wo kaum Westfernsehen gesehen werden konnte, was zu einer weiteren Verengung des Horizontes führte. Nun brach mit einem Schlag die Weltgesellschaft in diesen Kosmos ein mit der Folge vorhersehbaren Befremdens und Abstoßungsreaktionen aufseiten der Alteingesessenen.

Entstand Unsicherheit auch daraus, dass sich in den 28 Jahren die Bevölkerungsstruktur im Osten grundlegend änderte?
Ja, seit 1989 verließen über 750 000 Menschen Sachsen. Zum einen ist festzustellen, dass natürlich zuerst die mobilen, jungen, besser ausgebildeten Menschen weggingen. Zum anderen muss man sich fragen, welche Wirkung das Weggehen auf die Zurückgebliebenen hatte. Die DDR war vom ersten Tag ihrer Existenz an eine Auswanderungs- und Fluchtgesellschaft, und nach ihrem Ende setzte sich das fort, eine Auswanderungswelle folgte auf die andere.

Fehlt so ein stabiles Bildungsbürgertum in der Stadt?
Ja, eine politisch verlässliche Mitte der Gesellschaft wie im Westen konnte sich durch die permanente Flucht gar nicht erst formieren.

Welche Lebenshaltung entsteht denn daraus?
Zum Beispiel haben viele Menschen ein Misstrauen gegenüber der Stabilität von Macht. Vorhandene gesellschaftliche Verhältnisse werden nicht als gegeben, sondern als veränderbar begriffen. Zudem reagieren »gelernte« Ostler viel sensibler auf Sprach- oder Denkregelungen, auf bürokratische Gängeleien oder willkürlich erlassene Vorschriften, stehen den etablierten Medien kritisch gegenüber, vor allem dann, wenn sie das Gefühl haben, von oben herab behandelt oder moralisch belehrt zu werden. Das kannten sie bis zum Überdruss. Die DDR war eine Sprachregelungsgesellschaft. Wer am politischen Diskurs teilnehmen wollte, der musste sich durch einen Wortdschungel mäandern.

Und das ist heute ein ähnlicher Zensurzustand?
Der Wortdschungel wurde nach dem Umbruch unter anderen Vorzeichen wieder aufgeforstet. Wenn heute zum Beispiel die DDR apodiktisch als Unrechtsstaat bezeichnet wird, da läuten bei vielen vertraute Glocken und es werden Erinnerungen an die frühere Zensur wach.

In welchem Deutschland wollten die Ostdeutschen leben?
Bald nach dem Aufbruch im 89er-Herbst suchte die Mehrheit den Anschluss an die Bundesrepublik. Deshalb kam auch Helmut Kohl mit seiner Rede 1989 vor der Frauenkirche so gut an. Er sprach von Dresden als »dieser schönen deutschen Stadt«, die zu einem »Deutschland einig Vaterland« gehören wird. Etliche betonten vor allem das »deutsch« und waren der Meinung, das sollte auch so bleiben.

War die Wiedervereinigung für Ostdeutsche eine Heimkehr, hatten viele ihre Heimat nach der sowjetischen Besatzung endlich wieder gefunden und wollen sie jetzt verteidigen?
Heimkehr? Für Angehörige älterer Kohorten will ich das nicht ausschließen. Das Grundgefühl der meisten Ostdeutschen war nach meinen Eindruck anders. »Wohin vom Staatssozialismus aus?«, das war die Frage, die sich stellte, als die Verhältnisse 1989 in Bewegung geraten waren. Ein »dritter Weg« kam für sie nicht infrage. Sie konnten sich einfach nicht vorstellen, wie das ökonomisch funktionieren sollte. In den Augen vieler verkörperte die Bundesrepublik das Dritte jenseits von Staatswirtschaft und Marktwirtschaft pur. Für diesen Rheinischen Kapitalismus votierten sie aus gut nachvollziehbaren Gründen und ahnten nicht, konnten nicht ahnen, dass die besten Tage dieser Mischform bereits gezählt waren.

Werden diese Eigenarten des Dresdners verstanden?
Die heutigen Debatten, beispielsweise um Pegida, stimmen mich in dieser Frage wenig optimistisch. Es fehlt eine differenzierte Betrachtung der Dresdner, respektive der ostdeutschen Erfahrung. Es befestigt sich der Eindruck einer notorischen Blickverzerrung hinsichtlich der Gesamtgeschichte von 1949 bis jetzt. Sobald man Anlass findet, die Ostdeutschen zu loben, dafür, dass sie die Chancen ergriffen hätten, die ihnen die neue Gesellschaft bot, bucht man das aufs Konto ebendieser Chancen. Dass ihr ostdeutsches Erbe sie in irgendeiner Hinsicht dazu befähigt haben könnte, fällt unter den Tisch. Ganz anders, wenn die Ostdeutschen Tadel verdienen, weil Geld und gute Worte sie noch immer nicht zu den Mitbürgern gemacht haben, die sie nun längst sein müssten. Dann rekurriert man auf ihre Vorgeschichte in der DDR, die nun als Handicap erscheint. In diesem Fall streicht man die jetzt bald drei Jahrzehnte unbekümmert aus und beraubt sich derart jeder Möglichkeit zu verstehen, wie tiefgreifend der Umbruch Haltungen und Meinungen der Ostler beeinflusste. Mit anderen Worten, klipp und klar: Der überdurchschnittliche Erfolg der AfD in Sachsen, auch in Dresden, findet seine so gut wie vollständige Erklärung in den Erfahrungen, die sie nach 1990 sammelten und eben nicht im Rekurs auf ihren vermeintlich obrigkeitsstaatlichen, führerorientierten DDR-Habitus. Diese Dummheit grassiert noch immer, und gerade jüngst wieder besonders heftig, und sie hat Methode. Indem man die Herkunftsgesellschaft der Ostdeutschen für jegliches kritikwürdige Verhalten verantwortlich macht, legitimiert man die strukturellen Gebrechen und Ungerechtigkeiten der Ankunftsgesellschaft.

Ich zitiere an dieser Stelle Ihre Gesprächspartnerin Jana Hensel, die in dem Buch »Wer wir sind. Die Erfahrung, ostdeutsch zu sein« sagt: »Vielleicht werden wir eines Tages feststellen, dass diese Bundestagswahl (im Jahr 2017 – d. R.) das Ende der Nachwendezeit markiert – so wie das Jahr 1968 das Ende der Nachkriegszeit markiert –, weil der Erfolg der AFD, erst einmal gänzlich wertfrei gesagt, die bisher größte Emanzipationsleistung der Ostdeutschen darstellt.« Teilen Sie diese Auffassung?
Emanzipation ohne emanzipatorischen Kern, ja. In Dresden startete eine Protestbewegung mit stetig anschwellender Mobilisierung, erst auf der Straße, dann in den Wahllokalen und den sozialen Medien. Da nahm etwas für die kulturellen und politischen Üblichkeiten hierzulande Neues seinen Anfang. »Sachsen verstehen: Sachsen als Avantgarde« lautet deshalb auch der Titel eines Vortrags von Werner Patzelt, in dem er im Februar 2018 auf diesen Prozess Rückschau hält. Nüchtern betrachtet haben wir es hier mit einem Streit zu tun, der seine Wurzeln und auch seine Berechtigung hat. »Dresden ist Hauptstadt der Debattenkultur«, so äußerte sich der Soziologe Joachim Fischer kürzlich in den »Dresdner Neuesten Nachrichten« und zog eine Linie von Pegida über die Kontroversen rund um die Waldschlößchenbrücke bis hin zum Disput zwischen Uwe Tellkamp und Durs Grünbein. Warum nicht auch diesen Blick einmal ausprobieren?

Probieren Sie.
Es gibt keinen absoluten Anfang für die sich hier artikulierende Erfahrung einer Entfremdung von Politik. Da kam vieles zusammen, staute sich auf zum verbreiteten Eindruck einer tiefgreifenden Krise der Repräsentation. Die Hartz-Reformen vergraulten Millionen von Menschen, die in diese Mühle gerieten, selbst langjährige Gewerkschafter und SPD-Mitglieder empörten sich darüber, gründeten eine eigene Organisation. Es gab die globale Finanzkrise 2008/09. Man muss das im Zusammenhang sehen: 2008 stand man kurz vor der Kernschmelze der Weltwirtschaft und die Regierenden kommen mal kurz daher und wälzen die Schulden von Banken im Maßstab von Billionen auf uns ab. Und haben Trost im Gepäck: »Okay, eure Sparguthaben sind sicher.« Politischer Generalkonsens in dieser jede und jeden existenziell betreffenden

Angelegenheit mit Ausnahme der Linken. Was soll man davon halten? Medial, in den Wirtschaftsredaktionen von Presse, Rundfunk, Fernsehen derselbe Konsens, wieder mit ein paar rühmlichen Ausnahmen. Und dann im Spätsommer 2015: »Wir schaffen das.« Wie bitte? Wer ist hier Wir? Da sagt sich doch jeder, der noch Interesse an öffentlichen Angelegenheiten hat, die da oben ticken nicht ganz richtig, jedenfalls ganz anders als wir, das Publikum, und diesen Dissens fechten wir jetzt mal aus. Die Folgen dieser »Verstimmung« sind noch in der verbal mehr als dürftigen »Erklärung 2018« sichtbar.

Was passiert jetzt?
Das ist schwer absehbar. Auf jeden Fall wird es keine Ruhe geben, wir werden langfristig mit diesen Themen zu tun haben. Es muss jedem klar sein, dass die Dresdner, die Ostdeutschen einfordern werden, dass sie mit ihren Interessen, mit ihren Erfahrungen wahrgenommen werden wollen. Gleichzeitig sind die Probleme, die sie bewegen, nicht ausschließlich ostdeutsche. Die Bestrebungen der neuen Rechten finden aber zum Beispiel in Sachsen einen guten Humus, um wachsen zu können, das Versagen des Rechts- und Ordnungsstaates spielt ihnen dabei in die Hände, sie sehen das Land als Aufmarschgebiet, um letztlich an die Macht zu kommen.

Das klingt sehr fatalistisch, gibt es kein Gegenmittel?
Die Rechtsverschiebung im politischen Spektrum ist ein globales Phänomen, seit den 1980er-Jahren beobachtbar. Die entscheidende Zäsur in diesem Kontext ist die Abkehr der Eliten vom Teilhabekapitalismus. Dadurch wurden Teile der Bevölkerung sozial entkoppelt und in prekäre Existenzbedingungen verstrickt. Viele immer noch Bessergestellte sind ihrer Lage nicht mehr sicher, können sich durchaus vorstellen, nach weiter unten durchgereicht zu werden. Unterdessen haben selbst Gutverdienende erhebliche Mühe, in den großen Städten ein bezahlbares Dach über dem Kopf zu finden. Das treibt die Leute um, schürt ihren Zorn auf »die da oben«, besonders dann, wenn sie von denen zu hören kriegen, dass es ihnen noch nie so gut ging wie gerade jetzt. Dann halten sie Ausschau nach Repräsentanten, die ihren Unmut verstärken. So gelangen sie zu ihrem Ausdruck, aber noch lange nicht zu ihrem Recht. Dazu bedarf es konkreter politischer Lösungen für handfeste Probleme von Millionen von Menschen hier und anderswo. Die wird es jedoch nur geben, wenn wir, jeder und jede, die die Brisanz der Lage erkannt haben, aus der Deckung kommen und vernehmlich kundtun, was wir wollen und was wir nicht wollen. Dann, aber auch nur dann kann der Radikalprotest, den die neue Rechte seit geraumer Zeit auf die Straßen trägt, im Sinne einer Umkehr, einer Verpflichtung der Politik auf die Lebensbedürfnisse der Mehrheiten fruchten.

Herzlichen Dank für das Gespräch.

PETER UFER

Er ist Dresdner, aber das ist kein Verdienst. Er kam 1964 eben hier zur Welt, empfand die Stadt immer als Anspruch. Der Junge wuchs zwischen Zwinger, Sprunghalle und Heiligem Born auf, studierte später in Leipzig Journalistik und Geschichte, gründete mit Freunden 1989 eine Zeitung, promovierte 1995, arbeitete von 1993 bis 2010 als leitender Redakteur bei der Sächsischen Zeitung, gründete 2010 mit dem Schauspieler Tom Pauls in Pirna das Tom Pauls Theater und arbeitet seitdem als Dramaturg und freier Autor. 2004 schrieb Ufer das Buch »Die Rückkehr des Dresdner Schlosses«, es folgten »Dresden für Liebhaber« und »Die feine sächsische Art«. Gemeinsam mit Tom Pauls schrieb er mehrere Bücher im Aufbau Verlag. Einmal im Jahr vergibt Ufer seit 2008 mit der Ilse-Bähnert-Stiftung »Das sächsische Wort des Jahres«, daraus entstand die Wortsammlung »Der Gogelmosch – das Wörterbuch der Sachsen«. 2015 erschienen »Die besten Witze der Sachsen« und »Deutschland, einig Lachland«. Gemeinsam mit dem Filmemacher Ernst Hirsch veröffentlichte er 2015 und 2016 fünf Teile der Filmreihe »Dresdner Filmschätze«. Ufer ist Mitbegründer des »Deutschen Karikaturenpreises« und der »Galerie Komische Meister Dresden«. Und jetzt das: »Stadtluft 1, 2 und 3«.

Cangoo
Cangoo

SPANIEN, MEXIKO UND GANZ VIEL ELBTAL

Text × Nadine Faust

SPANIEN, MEXIKO UND GANZ VIEL ELBTAL

Vanessa Bravo und Armando Reyes Prado haben in Dresden die Liebe zueinander und der Dresdner Liebe zu natürlichem Eis entdeckt.

Spanische Wörter fliegen durch den Raum. Dann wieder deutsche. Auch Englisch ist dabei. Das Team von paupau ist international. Fast ein Dutzend Leute beschäftigen Vanessa Bravo und Armando Reyes Prado. Diese Leute, sie kommen aus Deutschland, Spanien, Kolumbien, Chile, Ecuador, Uganda oder auch Palästina. Einige Studenten und Doktoranden sind darunter. Oft kennt man sich aus der spanischen Community. Wichtigstes Einstellungskriterium: »Lust und Leidenschaft«, sagt Armando. Miguel zum Beispiel ist eigentlich Chemie-Ingenieur, hat von Armando aber das Eismachen gelernt und steht dementsprechend in der Manufaktur an den Maschinen. Auch Fade, der vor dem Krieg in Syrien nach Deutschland geflohen ist, hat bei paupau ein neues Zuhause gefunden, serviert im Deli. »Bei uns ist es sehr familiär. Manchmal sind die Angestellten wie unsere Kinder«, erzählt Vanessa.

Armando wird 1984 in Mexiko-Stadt geboren, studiert dort Hotelmanagement. Als sein Bruder nach Spanien geht, folgt Armando ihm. In Sevilla macht er dann seinen Abschluss. »In Tourismus und Hotellerie ist es wichtig, eine neue Sprache zu lernen«, erklärt der Mexikaner seine Beweggründe, 2006 schließlich für ein Praktikum im QF Hotel an der Frauenkirche nach Dresden zu kommen. In der Volkshochschule und privat gibt er Kochkurse, an der Berlitz-Sprachschule Spanischunterricht – und trifft einige Zeit später auf Vanessa.

Die Spanierin, für die ihr Alter keine relevante Größe ist, hat in Malaga Romanistik auf Lehramt studiert und ihr Referendariat gemacht. Schon als Kind wollte sie Lehrerin werden. »Als ich klein war, hatte ich Puppen und eine große Tafel in meinem Zimmer und habe unterrichtet. Das ist immer noch mein Traumjob«, erzählt sie. Gleichzeitig will sie die Welt entdecken und bewirbt sich für ein Kooperationsprojekt der spanischen Botschaft in Berlin mit der Technischen Universität Dresden. 2002 kommt sie hierher, obwohl ihre erste Wahl eigentlich Athen ist. Sie organisiert Ausstellungen spanischer Künstler und gibt Kurse an der Fakultät Sprach-, Literatur- und Kulturwissenschaften. 2006 bekommt sie an der TU eine unbefristete Stelle als Lektorin.

Als Armando und Vanessa sich über eine gemeinsame Freundin kennenlernen, ist er sofort verliebt. Mit seinen Kochkünsten kann er sie für sich gewinnen. Seit 2009 sind die beiden ein Paar – und wollen sich schnell etwas Eigenes aufbauen. Anfang 2011 ist der Mietvertrag für ein mexikanisches Bistro auf der Kamenzer Straße in der Neustadt schon unterschrieben, als ein Brief von der Ausländerbehörde eintrifft: Armando soll sofort ausreisen. Sein Studentenvisum: abgelaufen. Der Traum vom eigenen Lokal ist erst einmal futsch, ein paar tausend Euro sind verloren.

Das Glück im Unglück: Der Leiter des QF Hotels setzt sich für Armandos Bleiben ein, erklärt ihn aufgrund seiner Muttersprache für unverzichtbar. Im März wird zudem Söhnchen Alejandro geboren, was Armando schließlich den dauerhaften Aufenthalt ermöglicht. Und auch ein anderes Baby der beiden nimmt langsam Gestalt an.

Schon Anfang 2010 reisen Vanessa und Armando nach Mexiko-Stadt. In Coyoacán, dem Stadtteil, in dem die Malerin Frida Kahlo lebte und die bei paupau als Motiv immer wieder auftaucht, isst Vanessa ein typisch mexikanisches Eis – ein Zitronensorbet. Das schmeckt ihr überraschend gut, hat keine Farbstoffe, keine Konservierungsstoffe. Purer gefrorener Zitronensaft. Sie überlegen, ob sie selbst natürliches Eis herstellen wollen.

Aber in Deutschland Eis verkaufen, obwohl es nur fünf Monate lang warme Temperaturen gibt? Solche Zweifel halten die beiden nicht auf. So weist auch ihr Markenname paupau auf kältere Gefilde hin, kommt er doch von der nordamerikanischen Frucht Pawpaw, deren Baum Temperaturen von minus 25 Grad Celsius aushält. »Das ist eine Parallelität zu uns. Wir machen Eis aus exotischen Früchten, das ist etwa minus 18 Grad kalt«, sagt Armando. Und das Beste: Der Name bleibt im Kopf.

Eine Dame von der Industrie- und Handelskammer kennt einen Eismacher in Leubnitz-Neuostra, der in Rente gehen will. So können Armando und Vanessa direkt die Manufaktur von »Eis Leuner« übernehmen, werden vom Inhaber in der Nutzung der Maschinen unterwiesen. »Ich hatte zwar schon ein paar Mal Eis gemacht, aber in kleineren Mengen«, erklärt Armando. In der Manufaktur müssen sie nur Kleinigkeiten erneuern. Finanzielle Unterstützung bekommt das Paar von Freund Philipp Kist, der ihnen auch bei bürokratischen Angelegenheiten behilflich ist.

Die industrielle Herstellung mit Sirups und Pasten ist nicht das Ding der beiden. Armando sucht nach guten Ideen, absolviert Seminare und Workshops in Deutschland, Spanien, Italien und Mexiko. Doch nur in seiner Heimat, bei Doña Gloria in Akumal gleich in der Nähe der Maya-Stätte Tulum, findet er letztlich die richtigen Tipps, um erfrischendes, nicht so süßes Eis aus natürlichen Zutaten herzustellen.

16 Sorten pro Jahreszeit hat paupau zum Start im Mai 2012 im Angebot, je zur Hälfte vegane Sorbets und Milcheis. Mittlerweile haben sie das Sortiment auf acht Sorten pro Saison reduziert, dafür hat sich die Menge von anfangs

60 bis 80 auf 500 bis 600 Liter erhöht. Montags bis freitags stehen sie an der Eismaschine, manchmal auch am Wochenende. Sorten wie Zitrone-Ingwer, Mango-Passionsfrucht, Grieß-Zimt, Marone-Espresso, Tequila-Limette, Himbeere-Nanaminze oder auch einfach Schokolade pur werden da produziert. Vor allem das Abfüllen in die kompostierbaren Biobecher kostet dabei Zeit, denn alles wird mit der Hand gemacht.

2018 kommt eine weitere Sorte hinzu: Knusperflocken-Eis mit der Knäckebrot-Schokoladen-Süßigkeit aus Leipzig, die die DDR-Zeit überstanden hat. »Vanessa hat die Studenten in der Uni ständig mit Knusperflocken gesehen«, erzählt Armando. Das nostalgische Eis schmeckt sogar Bundeskanzlerin Angela Merkel, als die im August 2018 in Dresden zu Besuch ist. Sie zeigt sich auch interessiert daran, wie Armando sich hier fühlt und was er macht. »Sie hat über Fremdenfeindlichkeit in Sachsen gesprochen und gesagt, dass wir alle zusammen kämpfen müssen und nicht aufhören sollen«, erzählt er.

Die ersten, die 2012 an paupau glauben und das Eis ins Angebot aufnehmen, sind die Betreiber der Pastamanufaktur. Mit dem einjährigen Sohn an der einen und einer kleinen Kühltasche in der anderen Hand klappern Vanessa und Armando Dresdner Gastronomen ab. Auch beim Studentenwerk werden sie vorstellig, in neun Mensen sind sie mittlerweile vertreten. Zudem in der Neustadt, in der Altstadt, auf dem Weißen Hirsch und in Mockritz. In Institutionen wie dem Hygiene-Museum, dem Staatsministerium für Wirtschaft, Arbeit und Verkehr sowie dem Sächsischen Landtag kann man paupau bekommen. Nach Pirna, Bad Schandau, Görlitz, Berlin und sogar nach Schwäbisch Hall hat es das natürliche Eis ebenfalls schon geschafft.

Fast immer dabei: Alejandro und seine kleine Schwester Carmen, die im Oktober 2013 geboren wird. Klar: Die beiden Eis essenden Kinder sind die beste Werbung. Der braungelockte Alejandro taucht auch auf den ersten Plakaten auf. »paupau sind wir vier. Die Kinder genießen und leiden mit«, erzählt Vanessa. Genießen, weil sie immer Eis essen können. »Leiden, denn sie sehen uns nicht so oft, wie sie wollen – besonders Papa.« Deswegen gehen die Kinder gern ins Deli am Schießhaus, das im Oktober 2016 zur Manufaktur hinzukam. »Das Deli bietet eine Mischung aus herzhaften Sachen wie Tortillas und Suppen, Süßem wie Kuchen und Eis, aus frischgepressten Smoothies, Limonaden und vielem mehr. Wir haben auch einen Shop mit Magazinen, Kunst und anderen Geschenken«, erklärt Armando. Ein nicht zu unterschätzender Fakt: In Zeiten niedrigen Eiskonsums braucht paupau ein Auskommen. »Ich merke die Wellen.« Während im Sommer Hochsaison ist, wird es vor Ferien oder im Januar besonders schwierig. Doch das Deli ist zu einem Treffpunkt für viele Nationalitäten geworden. Nicht zuletzt durch Besucher aus dem Kraftwerk Mitte, dem Schauspielhaus, der Semperoper oder der besonders nahen Musikhochschule. Deren Studenten veranstalten im Deli immer wieder kleine Konzerte. »Wir treffen hier interessante Menschen aus der ganzen Welt – und das macht uns reicher«, erzählt Vanessa. Auch ein Spanisch-Deutsch-Tandem zum Lernen oder Auffrischen der beiden Sprachen bietet paupau an.

Manchmal hilft Alejandro im Deli beim Aufräumen. »Dann bekommt er ein bisschen Trinkgeld und ist ganz stolz. Die Kinder verstehen, wie viel Arbeit und Leidenschaft das ist«, sagt Vanessa. Manchmal pflücken sie zusammen frische Früchte, die paupau nicht nur fürs Eis, sondern auch zur Dekoration und für Caterings braucht. Besonders ihre aufwendigen Eistorten sorgen bei Kunden und in den sozialen Netzwerken immer wieder für Staunen. Sonntag aber ist Familientag. Da sind Deli und Manufaktur geschlossen. Es sei denn, es ist Schaubudensommer oder ein anderes großes Fest. Dann verkauft einer der beiden Eis, während der andere mit den Kindern eine Runde dreht.

Die Familienzeit ist rar. Vanessa lehrt vormittags an der Uni, fährt mittags Einkaufen fürs Deli und muss um 16 Uhr die Kinder abholen. Die haben ihr eigenes Programm, singen im Knabenchor oder gehen tanzen. Das gemeinsame Abendessen – auch mit Papa – ist aber Pflicht. Der kommt mit dem Lastenfahrrad dann meist aus dem Deli in der Nähe vom Zwinger in die Neustadt geradelt, wo sie in einem Hinterhof wohnen, um danach manchmal noch den langen Weg in die Manufaktur im Südosten von Dresden anzutreten. Ein Mammutprogramm.

Ihre Herkunftsfamilien fehlen ihnen bei all dem sehr. Nach Spanien reisen sie einmal im Jahr, für Mexiko müssen sie länger sparen. Gerade, wenn sie krank sind, merken Vanessa und Armando die fehlende Unterstützung. Als sie einmal beide die Grippe bekommen, haben sie keine Betreuung für ihre kleinen Kinder. »Ich habe fast einen Flug für meine Schwester bezahlt, damit sie kommt, denn es ging uns wirklich schlecht. Und drei Tage später mussten wir wieder fit sein – auch wegen der Firma«, erzählt Vanessa. Auch als Armando mit Gürtelrose und ein anderes Mal mit Lungenentzündung im Krankenhaus liegt, ist die Spanierin auf sich allein gestellt.

In Dresden selbst erfahren sie aber viel Rückhalt. Nur einmal werden sie als Familie im Supermarkt aufgefordert, in Deutschland Deutsch zu reden. Viel einschneidender ist für Vanessa ein Ereignis kurz nach ihrer Ankunft in Dresden. Zwei Männer wollen sie in ein Auto zerren. Sie bekommt aber Hilfe von einem anderen Mann. »Ich habe viele Jahre darunter gelitten. Ich hatte Angst, auf die Straße zu gehen«, erklärt sie. In den Hoch-Zeiten von Pegida fühlt sich Armando zudem unwohl, wenn er montags mit der Straßenbahn Richtung Prohlis fährt. Nicht nur deshalb ist Vanessa sehr gespannt, wie die nächsten Wahlen ausgehen – sowohl im Land als auch bundesweit. »Ich habe Angst zu entdecken, wie die Leute denken«, sagt sie. Immerhin hat jeder fünfte Dresdner bei der Bundestagswahl 2017 die AfD gewählt. »Man denkt viel nach, allein schon wegen der Statistik«, sagt Armando. Und sie hätten viele Freunde, die etwas Schlechtes erlebt haben. »Wenn wir sehen, dass die Situation hier eskaliert oder es uns schlecht geht, dann würden wir gehen«, stellt Vanessa klar. Momentan sei daran aber nicht zu denken. Denn generell werden sie hier freundlich begrüßt – besonders in ihrer Nachbarschaft in der Neustadt, aber auch im Deli. »Ich bekomme viel Liebe. Es ist wie ein kleines Dorf und die Kinder fühlen sich wohl. Es ist für sie auch sehr sicher hier«, erzählt Vanessa und vergleicht die Situation mit ihren Herkunftsländern, in denen sie Alejandro und Carmen nicht allein zur Schule gehen lassen würde. »Wir leben hier sehr ruhig und bequem. Auch unsere Kunden geben uns viel«, sagt sie. Allerdings sei es für Kleinunternehmer nicht einfach. »Es ist viel Arbeit. Wir haben zwar Erfolg, aber mehr fürs Herz.« Denn die Dresdner überlegen lange, bevor sie konsumieren. »Aber die Kunden sind sehr loyal und neugierig auf Neues«, erklärt Armando. »Seit zwei Jahren haben wir das Gefühl: Okay, wir können weitermachen.« Vanessa ergänzt: »Wir sind wirklich sehr dankbar für das, was wir erreicht haben. Wir bereuen nicht, hier zu leben. Dresden ist unser Zuhause. Das ist ein schönes Wort, denn das kannst du auswählen. Und Dresden ist unsere Auswahl.«

NADINE FAUST

Nadine Faust wurde 1983 im schönen Vorharz geboren und ist dort auch aufgewachsen. In jungen Jahren war sie eher den Naturwissenschaften zugewandt – das dachte sie zumindest. Fürs Architekturstudium kam sie nach Dresden, wechselte aber alsbald zu künstlerischen und alten Geschichten. Während eines Auslandsaufenthalts in Rom weckte ein eigens verfasster Blog die Lust am Schreiben, was zu einem Praktikum bei der Hochschulzeitung ad rem führte. Bei der war sie bis 2016 auch Chefredakteurin, um dann zum Bloggen zurückzukehren. Mit ein paar Ehrenamtlichen betreibt sie Campusrauschen. Darüber hinaus ist sie als Redakteurin und Autorin tätig, etwa für das Filmfest Dresden, den Filmverband Sachsen, die Sächsische Zeitung, die Dresdner Neuesten Nachrichten und andere Auftraggeber. Kunst und Kino sind ihre Leidenschaft, aber auch die großen und kleinen Geschichten, die Dresden und seine Bewohner zu erzählen wissen.

ES GIBT UNS HIER TROTZDEM NOCH

Text × **Adriana Altaras**

ES GIBT UNS HIER TROTZDEM NOCH

Wie viel Humor, Ironie und Menschlichkeit verträgt Dresden noch? Oder wird schon »Mein Kampf« in der Operette gespielt?

Es ist bald neun Jahre her, dass mich ein Engagement nach Dresden verschlug. Genauer nach Leuben, an die Staatsoperette. Einmal schon hatte ich Dresden besucht, bei Dauerregen – Zuflucht in einem Café gefunden. Mehr war mir nicht in Erinnerung geblieben.

Nun sollte ich ganze sechs Wochen in Sachsen bleiben, dort, wo man für Migranten, wie es immer heißt, nicht gerade einen roten Teppich ausrollt. Ich habe zwar einen schönen deutschen Pass, sehe aber nicht gerade aus wie eine Blondine.

Damals bezog ich Quartier in Laubegast, unweit der Elbe, und schon der erste Spaziergang war atemberaubend. Es war Januar. Tosendes Wasser strömte mir entgegen. Ein Erlebnis.

Die Operette selbst war in einem alten Gebäude – einem ehemaligen Gasthof – an der Hauptstraße in Leuben. Von außen relativ unscheinbar, von innen altrosa gepolstert. Die Vorhänge, die Sitze, der Boden – alles rosé. Ganz schön gewagt, dachte ich mir damals. Ob ich mir zur Premiere auch ein rosa Samtkleid nähen lassen sollte?

Der Probenraum allerdings war nahe einer Autobahnauffahrt in einer alten Turnhalle. Die preisgekrönte Bühnenbildnerin Anna Viebrock hätte sie nicht besser entwerfen können. Es roch nach Sozialismus, ich weiß, wovon ich rede, schließlich bin ich in Zagreb geboren. Ich erwartete jeden Augenblick, dass Marschall Tito um die Ecke biegen würde, um das Finale selbst zu dirigieren.

Wenn ich nachts nach der Probe auf meinem Fahrrad nach Hause fuhr, spähte ich nach Skinheads und war überzeugt, früher oder später meine Karate-Kenntnisse an ihnen ausprobieren zu müssen.

Dann kam es natürlich, wie es kommen musste: Die Darsteller waren mehr als begabt, die Probestimmung gut, meine Regieassistentin ein Geschenk und nicht eine rechte Socke am Bühnenausgang.

Nach einer Woche erklärte mir der Chorvorstand, der Chor müsse dringend frei haben, sie hätten etwas vor. Ich antwortete: »Natürlich, warum nicht, aber darf ich mit?«

Sie trafen sich immer Ende Januar, um Würste zu machen, nach alten bulgarischen oder rumänischen Rezepten, denn die meisten der Chormitglieder kamen aus dem Balkan. Sechs Wochen hingen meine selbst gemachten Würste an einer Wäscheleine im Bad und verbreiteten einen heimeligen Geruch.

Die Kollegen nahmen mich mit in ihr Lokal »Zum Gerücht«, ich aß »Fettbemmen« und bewunderte Hochwasserstandmarken von 2002. Verrückt, dass in Dresden immer noch Wassergrundstücke verkauft und bebaut werden.

Ich spazierte fast täglich an der wilden Elbe entlang oder nahm die kleine Fähre nach Pillnitz, um im Schlosspark Kaffee zu trinken. Bis hierhin hatte sich Sachsen von seiner besten Seite gezeigt.

Meine Dresdner Kollegen verehrten ihre Stadt mit ihrem südländischen Flair und dem genialen Hygiene-Museum. Ich begann ihre Liebe zu teilen und erwog kurzzeitig hinzuziehen.

Wenige Jahre später machte ich auf meiner Lesereise Station in Dresden. Unweit des Veranstaltungsortes trafen sich die Anhänger von Pegida und skandierten laut ihre Parolen. Ihre Sprechchöre drangen bis zu mir. Meinten sie mich, wenn sie »Ausländer raus« schrien? Ich hielt meinen Pass während der ganzen Lesung in der Hand und am folgenden Morgen bestieg ich noch im Dunkeln den Zug nach Hause. Wo war mein Dresden von 2010 geblieben?

Adriana Altaras vor dem Kraftwerk Mitte.

Die ehemalige Spielstätte der Staatsoperette.

Wieder sind ein paar Jahre ins Land gegangen und ich möchte wissen, ob man in der Wahlheimat der AfD noch Operette spielen kann. Denn die Operette, also die heitere Variante der Oper, kann der Gesellschaft den Spiegel vorhalten, so heißt es jedenfalls.

Verträgt Sachsen noch Humor, Ironie und Menschlichkeit? Oder ist die Verrohung schon derart fortgeschritten, dass man lieber »Mein Kampf« auf den Spielplan setzen sollte?

Auf der Zug-Hinfahrt halte ich in Hubertusburg. Hier war zu DDR-Zeiten eine Psychiatrie. Der visionäre und schizophrene Erfinder Karl Hans Janke war Patient, plante aus der Krankenstation seine Trajekte, entwarf Pläne zur friedlichen Nutzung von Kernenergie. Man hielt ihn für verrückt, hielt ihn gefangen, glaubte lieber Wernher von Braun. Wahrscheinlich hätte Janke nicht so viel Schaden angerichtet wie sein Kollege von Braun.

Jetzt stehen die alten Krankenräume leer. Es wäre Platz für viele verwirrte AfDler, denke ich mir, während ich die letzten Kilometer nach Dresden zurücklege.

Die Stadt hat sich herausgeputzt. Der Himmel ist blau, die frisch renovierten Fassaden mint, bleu und rosé. Als hätte die Queen selbst Hand angelegt.

Zuerst halte ich bei der jüdischen Gemeinde. Ich will meine Leute fragen, wie es ihnen geht.

Ich bin ein bisschen nervös, denn in Berlin ist die Antisemitismus-Debatte entbrannt. Ich finde, das ist bei Weitem kein jüdisches Problem. Das sage ich allen, die mich fragen. Aber manche meiner jüdischen Freunde sind schwer beunruhigt. Halten mich für blauäugig und behaupten, ich würde dann wohl in Schöneberg das Licht ausmachen. Sie wollen weg. Nur wohin?

Die neue Dresdner Synagoge sieht von außen aus wie ein verdrehter Block, der trotzig verkündet: Es gibt uns hier trotzdem noch! Und immerhin: Hier, an der Stelle, wo die Semper-Synagoge stand, steht heute dieser nach Osten gedrehte Kubus, der sich optisch an die ersten Tempel der Israeliten anlehnt und dafür den Preis für das beste europäische Gebäude des Jahres 2002 gewann.

Der Rabbiner ist sehr jung und schmächtig, lächelt aber weise wie ein Alter und lässt sich zu keiner Häme über Dresden hinreißen. Er ist zuversichtlich, was die politische Situation betrifft. Weder Angriffe von rechten noch muslimischen noch linken Antisemiten hat er zu verbuchen. Alles gut hier. Im Gegenteil, man sei mit allen Religionsvertretern im Gespräch.

Ein paar Schulklassen ziehen an mir vorbei – Dresden tut etwas für seinen Nachwuchs. Der Unterricht findet an diesem Tag in der Synagoge statt.

Die sogenannten Trauermärsche am 13. Februar zum Gedenken an die Luftangriffe auf Dresden, die die Rechten jahrelang organisiert hatten und die komischerweise immer an der Synagoge vorbeigingen, hätten endlich ein Ende gefunden. Es gäbe Gegendemonstrationen der Friedensbewegung, an denen die Gemeinde mitmache, sie habe sich klar positioniert und lasse sich von den Rechten gegen die Muslime auf keinen Fall vereinnahmen. Und an den Montagen träfen sich eh nur noch etwa 1000 Pegida-Anhänger. Viele seien noch nicht einmal aus Dresden, sondern beispielsweise aus Nürnberg. Nur noch 1000? Aus Nürnberg? Na dann ...

700 Juden sind in Dresden gemeldet. Es gehe ihnen gut, es gebe keinen Handlungsbedarf. Die Berliner Situation sei nicht vergleichbar, hier werde man nicht auf der Straße verprügelt. Allerdings würde er außerhalb der Altstadt nicht mit der Kippa herumlaufen. Er sei generell gegen die äußere Demonstration des Glaubens. Darin sind wir uns einig. Ich darf in die Synagoge, die von innen wunderschön ist. Die Deutschen Werkstätten Hellerau aus Dresden haben die Holzarbeiten hergestellt, das Oberlicht fällt auf den goldenen Metallvorhang und den goldenen Davidstern, den der Feuerwehrmann Alfred Neugebauer 1939 nach dem November-Pogrom gerettet hatte. Ein Gerechter, denke ich mir. Ich bin versucht, mich auf die Holzbänke zu legen und ein kleines bisschen auszuruhen ...

Die Staatsoperette ist aus Leuben ins Kraftwerk Mitte gezogen. Ich bin auf einiges gefasst, aber nicht auf einen derartigen Wandel.

Zwei Kollegen von damals führen mich herum. »Du hast dich gar nicht verändert«, schmunzeln sie. »Ihr euch auch nicht!«, erwidere ich, glücklich, sie zu sehen. Aber um uns herum ist nichts mehr, wie es war. Vergessen ist die altmodische Spielstätte. Hier wurde ein altes Fabrikgelände klug modernisiert, keine Veränderung, eine Revolution!

Die große Bühne mit der allerneuesten Technik, der helle Zuschauerraum, das Foyer, in dem noch der alte Portalkran hängt, mit dem früher die Bauteile zu Generatoren transportiert wurden. Jetzt ist das die Besucherebene und das Publikum nippt fröhlich an seinem Aperol Spritz. Ich bin begeistert.

Der Intendant schwört, dass sich das Publikum verjüngt habe, dass die Stücke ebenfalls moderner seien, politisch, ohne explizit politisch sein zu müssen.

2020 wird es einen Intendantenwechsel geben. Die Findungskommission hat sich für eine 30 Jahre junge Frau entschieden. Dresden: Chapeau!

Abends gehe ich in die Vorstellung. Ein freches Musical über Nachbarschaft, Homophobie und Korruption, Engstirnigkeit und Humor. Das Publikum lacht hingerissen und wird en passant erzogen …

Kurz vor 21 Uhr geht der letzte Zug nach Berlin. Mehr Anbindung zur Hauptstadt schafft Dresden noch nicht. Wer dann noch reisen möchte, ist auf den Flixbus angewiesen. So bleibt Dresden schön in der Provinz. Vielleicht sogar vorsätzlich? Dresden, Insel der Seligen? Vielleicht sollte ich meiner jüdischen Mischpoche Dresden als Auswanderungsziel vorschlagen? Vielleicht lässt es sich hier entspannter miteinander leben als in der unruhigen Hauptstadt?

Woher bitte hat die Stadt dann ihr schlechtes Image, wenn hier alles so schön ist? Oder gibt es zwei Dresden? Das eine unternehmungslustig, innovativ und mutig, das andere rückwärtsgewandt und ewiggestrig? Der Ballhaus-Auftritt von Björn Höcke in Dresden war ja wohl keine Fata Morgana.

Dresden, das Epizentrum der Rechten-Bewegung. Die Stadt, die die Bücherverbrennung im März 1938 praktisch erfunden hat. Dieses Dresden bemüht sich heute um Aufklärung und Modernität. Hat ein vitales kulturelles Leben und kluge Köpfe zum Mitdenken. Ob sie den Rechten die Stirn bieten können, wird sich zeigen.

An diesem Tag, während ich durch Dresden spazierte, wurde eine fünf Zentner schwere Fliegerbombe im Stadtteil Löbtau entschärft. Teile sind dabei detoniert, 9 000 Menschen wurden evakuiert. Der S-Bahn- und Flugverkehr stand, die Feuerwehr hatte zu tun. Der Krieg streckt noch immer seine Fühler nach Dresden aus.

ADRIANA ALTARAS

1960 wurde sie in Zagreb geboren. Der Vater flüchtete aus dem Land, der Mutter wurde deshalb der Pass entzogen, die Familie schmuggelte das Kind nach Italien. 1967 kam Adriana mit den Eltern in Gießen wieder zusammen. Sie studierte nach dem Abitur Schauspiel an der Hochschule der Künste (HdK) in Berlin, ging nach New York City, war Mitgründerin des freien Theaters zum westlichen Stadthirschen. Gastengagements erhielt sie als Schauspielerin am Maxim-Gorki-Theater und an der Freien Volksbühne in Berlin sowie in Stuttgart, Konstanz, Basel und Dresden. Anfang der 1980er-Jahre erhielt sie erste Filmrollen. 1988 gewann sie für ihre Rolle in Rudolf Thomes Film »Das Mikroskop« den Deutschen Filmpreis. Nach Regiearbeiten am Berliner Ensemble und der Neuköllner Oper sorgte ihre Inszenierung der »Vagina-Monologe« für großen Erfolg. Neben der Theater- und Filmarbeit arbeitete sie für Steven Spielbergs Shoah Foundation als Interviewerin. 2012 erschien ihr Bestseller »Titos Brille«. 2014 folgte »Doitscha – Eine jüdische Mutter packt aus«, 2017 »Das Meer und ich waren im besten Alter« und 2018 »Die jüdische Souffleuse«. Sie lebt mit ihrer Familie in Berlin.

SÄCHSI-STICKER FÜR SACHSEN

Anna Mateur zeichnet Angelhutbürger, Bliemchenkaffee und ein hoffnungsvolles NU. Vorsicht: Satire! Achtung: Kunst!

Anna Mateur mit Myamoto Musashi, dem Buchladenkater der Buchhandlung Büchers Best.

ICH BIN EIN KIND
PAPI.
Vodih.
PAPS.
PAPA.
PAPA.
VATI.
HEJ HEJ HEJ
ICH BIN DER GOLDENE REITER
August der Starke
Joachim Witt
ONKEL AUGUST
DIESER STADT!!!
Man sagt, August d. Starke habe 365 Kinder gezeugt ... ^^

noch Auschwitz!
ABSAUFEN !!
Schade, daß die KZs gerade außer Betrieb sind!
LASST UNS WIEDER SCHÖNE, INSPIRIERENDE GRÜNDE FINDEN DEN ÖFFENTLICHEN RAUM ZU NUTZEN
DRESDEN
will KULTURHAUPTSTADT 2025* werden.
* Chemnitz auch...

Was hamm mir Sachsn fürn Glügg, dass sich de Weld hier so schön wölbd ♥
NU.
Meine Muddi 1991
HEIMATLIEBE OHNE HASS.

7.MAI 2015
TÖBERICH LÄSST 59 METER DES ELBERADWEGES WEGBAGGERN.
MARINA GRABEN
iiHHRS!
MEEEINS!!!
1TÖ = 59M östlich vom eigentlichen WERT

1928
1. DEUTSCHES TONBAND FRITZ PFLEUMER
Erika Nr. 4 REISE-SCHREIBMASCHINE 1910
FILTERTÜTE 1908 MELITTA BENTZ
FILTERZIGARETTEN 1934
1892 MUNDWASSER RICHARD SEIFERT
1892 BIERDECKEL ROBERT SPUTH
1899 CHRISTINE HARDT • BH TÜTEN HALTER
1936 Kleinbild-Spiegelreflex-Kamera
RUSSISCH BROT GEBRÜDER HÖRMANN 1912
1934 DOMINOSTEINE HERBERT WENDLER
1700 KRISTALLGLAS EHRENFRIED WALTHER V. TSCHIRNHAUS
PROF. JOHANN ANDREAS SCHUBERT
1820 KÜNSTL. MINERALWASSER FRIEDRICH ADOLF A. STRUVE
1907 ZAHNCREME OTTOMAR HEINSIUS VON MAYENBURG
1838 Saxonia 1. DEUTSCHE LOKOMOTIVE
TEEBEUTEL 1929 ADOLF RAMBOLD
MEISSNER PORZELLAN 1708 JOHANN F. BÖTTGER
CHRISTSTOLLEN 1474
MILCHSCHOKOLADE 1823 (Jordan & Timaeus)
FROTTEEHANDTUCH
Dresdner Erfindungen

DYNAMO!!!

NU.[1]
[1] local yes

How to make Bliemchngaffee*
1 KAFFEEBOHNE INS FENSTER HÄNGEN
LICHT
2 BOHNENSCHATTEN MIT TASSE EINFANGEN
3 HEISSES WASSER DRAUF...
Bliemschngaffee is soch dünne, dassdede Musdor von dor Dasse durschscheinen siehsd (dünne Plärre).

STECKSTN FINGER IN PO UND DRESDN
#KALAUER POLIZEI
DIRTY OLD TOWN

Wie jedes Jahr bekommst du eine Doppelseite zum freien Gestalten zur Verfügung. Was ist diesmal entstanden?
Diesmal habe ich mir »Sächsi-Sticker« ausgedacht. August, der Potente mit seinen angeblich 365 Kindern. Ein typisch Dresdnerisches »Nu«, also unser hiesiges »Ja«. Dann Dresdner Erfindungen, wobei ich den Lodenmantel, die Thermoskanne und das 3D-Fernsehen vergessen habe. Aber es werden sicher noch einige Erfindungen mehr sein, denn wir hatten hier Manfred von Ardenne leben und wirken. Und allein der hat schon zig Patente angemeldet.

Der Hutbürger ist auch dabei, warum?
Der Angelhutpöbler war zur Zeichenzeit im September sehr aktuell. Ich nenne ihn liebevoll Elke A. Wegen seines Kriminalitätshintergrundes. Und ja, Dresden möchte Kulturhauptstadt werden, schafft es aber seit Jahren nicht, Pöbler und Hassmasse von solch touristisch bedeutenden Orten fernzuhalten. Wir haben genug wunderbare Künstler und Orte aus allen Sparten, alte Künste, neue Kunst, Offszene ... alles da! Aber Kunst und Kultur bedeutet Austausch, Kommunikation und Offenheit! Pegida steht für mich für Ausgrenzung, Frustration, Angst und Hass. Auf die Dauer bringt es nichts, sich auf die Angst und die Ausgrenzung zu konzentrieren. Und dass das jeden Montag vor unseren Wahrzeichen stattfindet, finde ich ungeheuerlich!

Dieser Dresdner LKA-Hutbürger, der eigentlich nicht gefilmt werden wollte und genau dadurch berühmt wurde, indem er sich dem ZDF-Kamerateam immer mehr aufgedrängt hatte, war aber nicht zufällig ein Newcomer aus der sächsischen Comedybranche? Weißt du da vielleicht etwas?
Es gibt Menschen und Situationen, die kann man nicht besser karikieren. Seine Gesamtperformance spricht für sich.

Kannst du jetzt deine Heimat nicht mehr leiden?
Ich glaube, »Heimatliebe ohne Hass« wird noch ein paar Nachfolger bekommen. Dazu fiel mir immer mehr ein. Auch »Sing, mei Sachse, sing« gehört in diese Rubrik. Man kann stolz auf seine Herkunft und seine Heimat sein, ohne andere zu hassen! Ich lasse mir meine Volkslieder und Tänze ... Traditionen nicht von irgendwelchen Rechten besetzen! Dazu braucht es auch kein Heimatmuseum. Das bekommt man von seinen Eltern und Großeltern mit auf den Weg oder man verliebt sich einfach in eine Landschaft und in die Leute.

Wo kennst du die Volkslieder her?
Meine Großmama hat mir immer Volkslieder vorgesungen und meine Eltern sind mit uns viel Wandern gegangen und in Schlösser und Museen. Zum Glück gibt es genug feingeistige Sachsen und nicht nur die Pöbler. Buchtipp: »Angela Merkel ist die Tochter von Adolf Hitler« für alle, die wissen wollen, warum man nicht diskutieren muss, wenn Leute in einem Landstrich, in dem es weniger als 3 Prozent Flüchtlinge gibt, den Untergang des Abendlandes propagieren.

Du hättest für Stadtluft auch etwas komponieren können. Von einer Musikerin erwartet ja jeder sofort Noten. Noten entspannen aber nicht so, oder?
Ich erwarte von Musikern vornehmlich Musik. Noten spielen da weniger eine Rolle. Gerade in der unklassischen Musik, im Jazz, Rock, Pop ... braucht es eher Akkorde. Das Thema in den Noten verfolgen zu können hilft ungemein. Aber in der Improvisation braucht es keine Noten. Vermutlich meintest du »Töne«? Ich habe mich mal an die Elbe gesetzt und versucht, die Landschaft als Musik zu notieren. Radfahrer und Menschen mit Hunden, die Stöcke werfen, den Fluss, die Dampfer. Alles Rhythmus, alles Bewegung, Melodie, Begleitung, Gegenläufige Linie, Unterbrechung, Ostinato ... Sehr lustige Musik in meinem Kopf. Aber nur in meinem Kopf. Klammer auf, nein, ich kiffe nicht, ich bin so, Klammer zu.

Womit und in welchen Situationen hast du deine Dresden-Assoziationen gezeichnet?
Mit dem iPad. Ich hatte ursprünglich eine ganz andere Idee. Die werde ich nicht verraten, aber ich habe es ehrlich gesagt nicht geschafft, sie so umzusetzen, wie ich das vorhatte.

Wie ist das digitale Zeichnen für dich?
Es ist eine andere Art. Kritiker werden einwerfen, dass man eine Rücktaste hat. Aber das ist mir egal. Ich zeichne so wie auf normalem Papier. Die glatte Oberfläche verändert meinen Strich. Man rutscht schneller ab. Das macht auch, dass ich dann viel genauer bin. Das Spontane muss man wahren. Aber ... ich bleib dran. Es macht trotzdem unglaublich Spaß!

Gibt es eigentlich irgendwo noch den echten, wässrigen Blümchenkaffee?
Ja, bei mir zu Hause. Ich bin ein Dünntrinker. Aber die Blumenkanne fehlt mir dazu.

Du bist ja immer viel auf Tour und siehst viele neue Orte. Gibt es nicht vielleicht doch eine schönere Stadt als Dresden zum Leben für dich?
Ich kann mir durchaus auch andere Städte vorstellen. Momentan macht es hier aber sehr viel Spaß. Dresden ist für mich vor allem durch das Elbufer samt Aue mit seinen Brücken, der Alt- und der Neustadt ein wunderschöner Ort. Das Gehasse muss aufhören.

Gibt es ein für dich wichtiges Dresden-Klischee, das du aus Platzgründen zeichnerisch nicht verewigt hast?
Zu viele! Hygienemuseum! Paluccaschule! Semperoper! Frauenkirche! Grünes Gewölbe! Gemäldegalerie! Kunsthochschule! Acki's Sportsbar! Assieck! Gartenstadt Hellerau! Schaubudensommer! Eselnest! Rummelplatz! TU! Musikhochschule! Ach neeeee, frag doch keinen 41-jährigen Dresdner, ob noch was fehlt … Dann hört man nicht mehr auf … Pfunds Molkerei! Arnoldbad! Elbeschwimmen! Dampfer parade! Es ging ums Klischee, nicht wahr? Und dann noch die vielen typisch dresdnerischen Kommentare …

Aber davon gibt es auch schon 'n Haufen Heckscheibenaufkleber. Das fange ich besser nicht an. Oder ich mache Antiheckscheibenaufkleber! Statt: »sgladschdglei« kommt »will ihn ni zu nae dredn abor mid biedormeior haddasnüschd ze dun!« Ähm. Ich arbeite dran. War nur ne Idee.

Mal eine ganz andere Frage: Was war damals 1991 mit deiner Mutter auf dem Motorroller los?
Meine Mutter fuhr mit mir über die Dörfer nach Kreischa zum Klavierunterricht und meinte in der Höhe von Quohren just jenen Satz. Das habe ich mir gemerkt, weil ich es so schön fand. Und: Sie hat ja recht! Wir leben in einer Hobbitlandschaft!

Wie dresdnerisch ist deine Familie eigentlich?
Urdresdnerisch, um die Gebietsansprüche zu klären. Meine Ururgroßeltern bauten hier 1897 ein Haus in Dresden-Süd. Meine Großmama war aber auch eine Weile in Leipzig und auch in Bennewitz bei Leipzig war mein Großvater eine Weile Pfarrer … Der Ort wurde aber weggebaggert. Meine Urgroßeltern waren eine alteingesessene Eisenbahnerfamilie in Dresden. In unserem Garten stand sogar ein alter Eisenbahnwagon. Den hatte meine Urirgendwastante Jenny angeblich an ihr Auto gehängt und ist damit vom Hauptbahnhof bis an unser Grundstück gefahren. Das wären damals nur Äcker gewesen. Heute kann man sich das nicht mehr vorstellen mit den Äckern. Das Grundstück ist dermaßen eingebaut. Ich habe als Kind in Altpestitz im Bauernhof Pissrinnen ausgekratzt von den Kühen oder sie mit auf die Weide gebracht. Dafür gab es einen Liter frische Kuhmilch. Im Sommer sind wir mit den Füßen auf getrockneten Kuhfladen die heiße Straße entlanggerutscht. Es war eine schöne Kindheit. Mit den Kindern aus dem Neubaugebiet haben wir uns dann die Rodelbahnen geteilt. Während meines Studiums bin ich dann in die Neustadt geraten. Die Kneipen, das Weggehen, die JamSessions …

… die Buchläden. In einem bist du ja besonders häufig, oder?
Ja, Büchers Best auf der Louisenstraße. Dort trifft sich eh die ganze Neustadt-Bohème. Der Chef Stü hat mal Philosophie studiert und hat immer den richtigen Tipp. Er veranstaltet viele Lesungen in seinem Lädchen und über den Büchern hängt immer Kunst. Er bringt auch jeden Tag seine Katze mit. Auf dem Fahrrad, unterm Pullover. Der Kater ist der heimliche Herrscher des Ladens.

Zurück zu deinen Zeichnungen: Für welche Dresdner Erfindung bist du denn besonders dankbar?
Den BH, die Filtertüten und Frotteehandtücher. Filterzigaretten hätten sie lassen können. Ich bin Nichtraucher.

Es ranken sich ja viele Mythen um den sächsischen Kurfürsten August den Starken. Mit diesen teilweise absurden Geschichten wächst jedes Kind in Dresden auf. Welche ist deine liebste Anekdote vom starken August?
Die 365 Kinder, welche er angeblich gehabt haben soll. Das muss man sich vorstellen! Am Ende sind wir alle miteinander verwandt! Aber er hatte wohl bloß acht Kinder. Und dass er so stark gewesen sein soll, glaube ich weniger. Ich denke eher, er war klein und dick und wurde viel gepudert, hat viel gepudert, gefeiert und gegessen. Er ließ sich ja auch als römischen Imperator darstellen, als »Goldenen Reiter«. Ich hätte zu gern gehört, wie er gesprochen hat! Allein das wirklich »feine Sächsisch« stirbt aus und weicht dem »Geprolle«. Das »Geprolle« kann ich gut nachäffen, aber das »feine Sächsisch« meiner Großmama, das vermisse ich sehr!

Danke.

Im Gespräch mit Anna Mateur war Amac Garbe.

DRESDNER PARABEL

Text × **Durs Grünbein**

DRESDNER PARABEL

Nur hier werden Mücken zu Elefanten – heute wie gestern.

Es ist der 21. März 1926, und die Herren Schriftsteller Brecht, Bronnen und Döblin sind zu einer Sonntagsmatinee nach Dresden eingeladen, um dort aus ihren Werken zu lesen. Am Vorabend findet zufällig eine Verdi-Feier statt. Wer kennt das nicht: Klassik geht vor Gegenwart. Das Neue hat immer die schlechteren Karten. Gegeben wird »Die Macht des Schicksals«, die Berliner Abordnung muß sich mit Plätzen im zweiten Rang begnügen. Sie werten dies als Affront des Intendanten, eines Herrn Reucker. Die Reuckers sterben nie aus, es gibt sie zu jeder Zeit. Der große Star an diesem Wochenende aber ist der Bestsellerautor Franz Werfel. Sein Roman »Verdi« gehört zu den meistverkauften Büchern der Saison. Das also gibt es: Autoren, die auf dem Buchmarkt die Nase vorn haben und vom Publikum umjubelt werden. Und warum auch nicht?

Was die drei Berliner Autoren auf Schritt und Tritt zu spüren bekommen, ist Ignoranz. Niemand kümmert sich um die Dahergelaufenen, deren Namen man wohl kennt, deren Namen in diesem Moment aber niemand weiß. Sie fühlen sich herabgesetzt, nehmen den Fall persönlich und antworten mit einem Spottgedicht, in dem sie Dresden als »Alibi am Flusse Alibe« verhöhnen. Brecht, der die Initiative ergreift, notiert es auf einen Briefbogen des Palast-Hotels Weber.

»Und als sie kamen zu dem Festhause der Stadt Alibi
Hörten sie mächtig Getöse aus seinem Innern.
Denn sie feierten ein Fest zu Ehren des großen Alea.
Und kamen hinein und sahen ihre Stühle stehen
Wo die Mäntel hingen und die faulen Eier gekocht wurden.«

Selten ist Brecht, der gefragte Stückeschreiber, so kalt erwischt worden. Der Mann, der in der Weimarer Republik eine Instanz war und immer den Überblick und die Zigarre im Mund behielt. Aber das hier war nicht Berlin, die Asphaltstadt, das hier war Dresden. Ein Ort, an dem noch die größten Geister leicht ein Gulliverschicksal erlitten. Aber warum nur? Weil Dresden etwas Besonderes war?

»Es trat aber zu ihnen Sibillus, ein Mann aus der Stadt«

Die Fußnote der Herausgeber sagt: Dr. Leo Francke, Mitarbeiter des Dresdner Sibyllenverlags, der nachher in der sogenannten Entrüstungskundgebung (Berliner Börsen-Courier) zu vermitteln suchte.

»Und ging umher, Leute zu sammeln, die guten Willens wären
Die guten Götter zu verehren zu Alibi, der Stadt an dem Fluß Alibe.
Er fand aber da niemand.«

Das muß man sich merken: Niemand, der guten Willens war. Der Fall liegt schon lange zurück, die Beteiligten sind alle Legende, aber die Verstocktheit kommt einem Einheimischen doch bekannt vor. Es ist, als wäre der Ortsgeist darin konserviert wie die Mücke im Bernstein.

An dem Abend ging so gut wie alles schief. Dr. Francke versucht sich als Vermittler, er führt die verkannten Berliner an den Tisch des Prager Autors, der da im Kreis seiner Bewunderer thront. Im Gedicht wird er als der dicke Alea eingeführt. Wie Pennäler kratzen die drei ihre Lateinkenntnisse zusammen und wagen ein Wortspiel, das über alea (Würfel) subtil auf den Namen des Mannes anspielt. Es ist der europaweit berühmte Franz Werfel, ein Erfolgsautor seiner Generation, der demnächst Alma Mahler (die Witwe des Komponisten Gustav Mahler und Noch-Frau des Architekten Martin Gropius) heiraten wird. Dieser Werfel, eine imposante Erscheinung von einiger Körperfülle, war einst in Prag als lyrisches Wunderkind aufgestiegen, beneidet von allen für seine frühen Erfolge, sogar von Franz Kafka, der von ihm schwärmte: »Der Mensch kann Ungeheueres.« An diesen Gesegneten wenden die drei sich in der nicht unbegründeten Hoffnung auf Anerkennung durch den allseits Anerkannten.

»Welcher ein Weltfreund ist, daß wir aufsammeln die Brosamen
Die von seinem reichen Tische fallen.
Und sie gingen und kamen an vor den Tischen,
Es fiel aber da kein Brosamen.«

Der »Weltfreund« war eine Anspielung auf Werfels gleichnamigen ersten Gedichtband von 1911, ein genialisches Jugendwerk voller komischem Pathos, das ihn auf einen Schlag berühmt gemacht hatte bei den tonangebenden Literaten seiner Zeit. Werfel aber denkt nicht daran, aufzustehen, und die gastgebenden Dresdner buckeln in bester höfisch-sächsischer Tradition vor der höheren Prominenz und lassen die Avantgarde links liegen.

»Da verzagte Sibillus und sagte zu den drei Gottheiten:
Wollet nicht verzweifeln und euch nicht stürzen
In den Fluß Alibe wegen mangelnder Ehrung
Daß nicht überschwelle der Fluß und
Wegschwemme unsere Stadt Alibi!«

Noch am selben Abend machen die drei enttäuschten Götter sich an die Abfassung der Verse im biblischen Duktus. Anderntags eröffnet Brecht seine Lesung mit dieser gemeinsamen Deklaration. Nach dem Angriff auf den ehrwürdigen Geist der Stadt

Palast-Hotel Weber, Dresden

kommt es zu empörter Pressekritik. Von Anmaßung ist die Rede. Ein stadtbekannter Kritiker schreibt einen offenen Brief, in dem er die drei Vertreter der Berliner Literaturszene als hochnäsig, undankbar und anmaßend beschimpft (Allgemeine Zeitung, Chemnitz, 25. März 1926). Brecht aber wird den Eindruck nicht los, daß sie in der Elbestadt nicht verstehen, was der Unterschied ist zwischen Scherz, Satire und höherem Ernst. Und zieht daraus den Schluß: »nur in Dresden wirken Mücken als Elefanten.«

Könnte es sein, daß er hier wie nebenbei ein Gesetz im Kulturleben der Stadt aufgedeckt hat?

DURS GRÜNBEIN

Der Dichter geht zurück. Er gräbt aus seinem Kopf Erinnerungen und schildert verschiedene Aggregatzustände seines Ichs. Unweigerlich landet Durs Grünbein in Dresden, denn dort wurde er 1962 geboren. Als er in Hellerau aufwuchs, kam er nicht umhin, auf die Stadt hinabzusehen. Die Alten erzählten ihm vom Verlust des Zentrums da unten. Oben in Hellerau gab es genug Versuche, ein anderes Glück zu suchen. Gartenstadt mit Architekturhäusern, Festspielzentrum mit Avantgardeambitionen. In seiner Kindheit saßen da die Sowjetsoldaten. Begegnungen mit ihnen beschreibt der Dichter in seinem Buch »Die Jahre im Zoo« wie einer, der aus einem anderen Land erzählt. Von dort ging er schnell fort, studierte Theaterwissenschaften in Berlin, brach das ab, arbeitete danach für verschiedene Zeitschriften, nahm sich nach 1989 die Reisefreiheit, fuhr durch Europa, Südostasien und die Vereinigten Staaten. Dresden von außen immer im Blick. Der Dresdner gilt heute als einer der bedeutenden deutschsprachigen Poeten, schrieb gut 30 Bücher, sammelte Literaturpreise ein wie andere Sportpokale. Er lebt in Rom und in Berlin, ist Poetik-Professor an der Heinrich-Heine-Universität in Düsseldorf. Als wir ihn fragten, ob er für dieses Buch etwas schreiben möchte, sagte er sofort zu. Schließlich geht es um seine Heimatstadt. Die braucht Aufklärung.

»Die Postkarten sind alle aus meiner privaten Sammlung. Es gibt inzwischen ein umfangreiches Bildarchiv mit Dresden-Motiven aus den ersten 70 Jahren des zwanzigsten Jahrhunderts. Gejagt wird das alles im Netz, auf Flohmärkten, bei Antiquaren und Photohändlern. Die Städte werden ja immerfort umdekoriert, Straßen umbenannt, Häuser werden abgerissen, durch Krieg und Wirtschaft zerstört, auch wieder aufgebaut, die Architektur wird ausgetauscht usw. Das alles läßt sich durch Ansichtskarten und Photographien dokumentieren. Ich sammle diese als Beweismittel und Anschauungsmaterial historischer Momente.«

DER MORD ZUM SONNTAG

Text × **Olaf Kische**

DER MORD ZUM SONNTAG

Seite 75:
Cornelia Gröschel
Handtascheninhalt.

Cornelia Gröschel ist die Neue im Dresdner Tatort. Eine Jung-Kommissarin vor ihrem ersten Fall. Sie freut sich auf Dresden, ihre Kollegen und die Rückkehr zu ihren Wurzeln.

Immer wieder sonntags läuft in vielen deutschen Wohnzimmern ein Ritual ab. Punkt 20.15 Uhr, seit 1970 mit dem gleichen Vorspann, ein Augenpaar, Blick nach vorn, dann zur Seite, diffuse Farben, irgendwie unscharf, rennende Beine, dazu die Musik von Klaus Doldinger – Kult. Die dienstälteste Krimireihe im deutschen Fernsehen, oft kritisiert und für altmodisch erklärt, ist unverwüstlich. Schaut man am nächsten Tag in die Feuilletons oder unterhält sich mit Bekannten, dann scheint für viele das wahre Vergnügen am Tatort darin zu bestehen, ihn eigentlich schlecht zu finden. Und wenn er dann doch ganz anders ist, frisch, überraschend und Gänsehaut produziert, sind alle froh, doch dabei gewesen zu sein. Und so fährt der Tatort regelmäßig im »Ersten« Marktanteile um die 20 Prozent ein. Zum digitalen Lagerfeuer versammeln sich regelmäßig bis zu 10 Millionen Zuschauer. Am Montag danach ist er dann Gesprächsthema im Büro oder in der Kneipe. Ermittelt wird in München, Köln, Weimar, Kiel, Hamburg, Münster und anderen Städten, aber auch im Schwarzwald, in Franken und jenseits der Grenze in der Schweiz und Österreich.

Exakt 791 Tage nach dem Fall der Berliner Mauer reihte sich 1992 ein ostdeutscher Kommissar in die Riege der Ermittler ein. Bruno Ehrlicher (Peter Sodann) jagte zusammen mit Kain erst in Dresden Verbrecher, 2000 verschlug es die Kommissare dann nach Leipzig. 1978 erhielt erstmals eine Frau in Mainz die Tatort-Dienstmarke. 2016 ging dann das erste komplett weibliche Ermittlerduo an den Start – und das in Sachsen. Seitdem gehört Dresden wieder zur ersten Reihe der Tatort-Städte. Und jede neue Folge ist auch hier Stadtgespräch. Seit Alwara Höfels ihren Rücktritt erklärte, darf nun eine neue Frau ran. Die Wahl fiel auf Cornelia Gröschel. Sie wird an der Seite von Karin Hanczewski und Martin Brambach in den neuen Folgen zu sehen sein.

Das »Blumenau« in der Dresdner Neustadt. Die Bar gehört zu den Orten in Dresden, an denen sich Cornelia Gröschel noch immer zu Hause fühlt. Dort sitzt sie, fröhlich, ungeschminkt, löffelt einen Grießbrei mit Apfelmus und nippt an einem Mangococktail. Interviews gibt sie inzwischen routiniert und findet, dass man eigentlich über sie schon fast alles googeln könne und sie immer wieder die gleichen Fragen gestellt bekomme.

Also auf ins Internet, um sich diese Fragen zu sparen. Lieblingssportarten? Reiten, Tanzen, Schwimmen und Fahrradfahren. Diäten? Nicht so ihr Ding. Mode? Lieber Turnschuhe als High Heels und lieber Adidas als Chanel. Lieblingsgetränk? Ramazotti Rosato mit Sekt, Soda und Basilikum.

Auf ihrer eigenen Website (corneliagroeschel.com) eine beeindruckende Filmografie, Theater-Engagements in

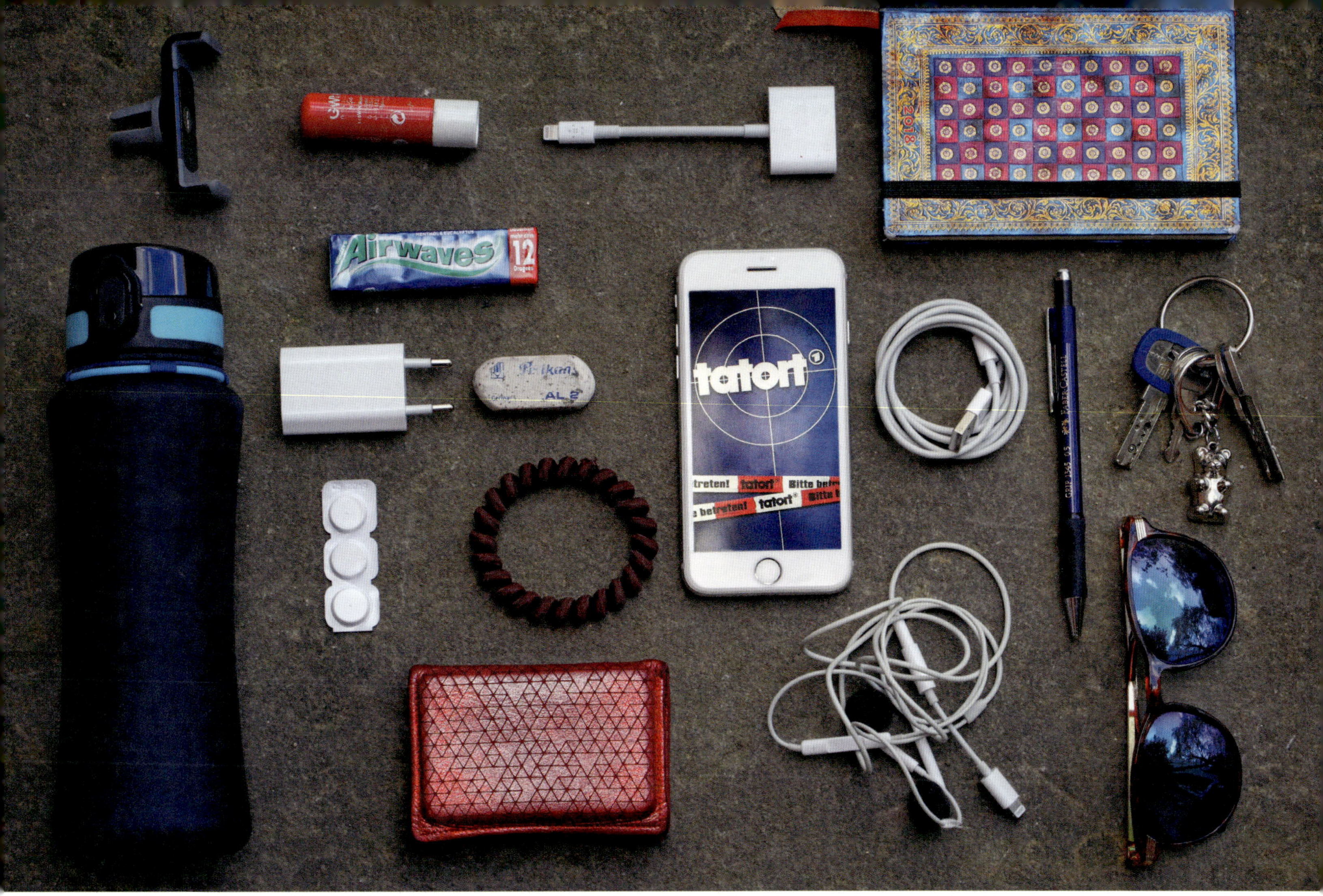

Karlsruhe, Wiesbaden, Berlin, Bautzen und Halle. Wenig Privates: Größe 1,68 m, Haarfarbe blond, Augenfarbe blau, Geburt 1. Dezember 1987. Und Fotos, die sie oft lachend, manchmal ernst, selten in eleganten Abendkleidern zeigen.

Fragen zur ostdeutschen Vergangenheit werden ihr erst nach dem ZDF-Event-Dreiteiler »Honigfrauen« gestellt. Dort spielt sie eine von zwei Erfurter Schwestern, die den Sommer 1986 am Balaton verbringen und sich – trotz Warnung – auf westdeutsche Jungs einlassen.

Immer wieder blitzen in Interviews dann auch die Klischees vom »früheren Kinderstar« und dem »blonden Engelchen« auf, als ehemalige »Heidi«-Darstellerin kein Wunder.

Seitdem die ARD den Abschied von Alwara Höfels aus dem Dresdner Tatortteam verkündet und gleichzeitig die »Neue« – Cornelia Gröschel – präsentiert hat, gibt es natürlich Nachfragen auch zur Geburtsstadt Dresden. »Die Stadt ist für mich Zuhause zu 100 Prozent, obwohl ich nie auf die Idee gekommen wäre, hierher zurückzuziehen.« Sie lebt inzwischen in Karlsruhe, wo sie auch Gastauftritte am Badischen Staatstheater hatte, fährt aber auch regelmäßig nach Berlin.

Aufgewachsen ist »Nele«, wie sie von Freunden genannt wird, in Dresden Johannstadt, da, wo es vom Thomas-Müntzer-Platz an die Elbe geht: der Flohmarkt am Samstagmorgen, der Fährgarten. In die andere Richtung bis zum Blauen Wunder. Das war der Radius, in dem sie sich als Kind und Jugendliche bewegt hat und wo sie sich noch immer am wohlsten fühlt. Plätze ihrer Jugend aber auch: der Große Garten, den sie oft auf Inline Skates durchquerte, oder das Arnhold-Bad. Viel Zeit hat sie in der katholischen Gemeinde in der Borsbergstraße verbracht. Abitur macht sie am St.-Benno-Gymnasium. »Das Katholischsein hat schon eine große Rolle gespielt. Mein Vater war zwar evangelisch, aber meine Mutter katholisch. Deshalb durfte sie auch kein Abitur machen, weil sie nicht zu den Jungen Pionieren gegangen ist.« Das habe sie als Tochter schon sehr geprägt.

Begonnen hat die Schauspielerei mit einem Casting für die ARD-Serie »In aller Freundschaft«. Sie sei da hingegangen, weil ihre Mutter – damals Ballettrepetitorin – ein Inserat in der Zeitung gefunden hatte. Und alle in der Familie irgendwie dachten, vielleicht habe die Cornelia ja das Talent vom Vater und vom Opa geerbt – beide sind Opernsänger. Beim Casting habe sie sich vorgestellt: »Hallo, ich bin die Cornelia Gröschel aus Dresden und ich tanze gern.« Und es hat geklappt und sie war drin, für 16 Folgen. Und seitdem läuft es für sie. Gröschel hat mit 30 nun schon ihren 50. Film gedreht. Dabei auch einen Polizeiruf (»Schneewittchen«, 2006). Da war sie noch das 16-jährige Opfer, dem Partydrogen verabreicht wurden. Gestorben ist sie im Krimi auch schon, in Venedig bei »Donna Leon – Endlich mein«, wo sie stilvoll als Kostümassistentin einer Operndiva ums Leben kommt. Im ZDF mimt sie im neuen Samstagskrimi »Schwartz & Schwartz« die Frau des Kommissars.

Nun wechselt Gröschel endgültig die Seite und wird selbst ermitteln. Als die Münchner Produktionsfirma »Wiedemann & Berg Television« anfragte, ob sie beim Dresdner Tatort einsteigen will, da habe sie nicht lange gezögert. Das sei ein »sehr klares Ja« gewesen, bei anderen Tatort-Städten hätte sie wahrscheinlich abgelehnt.

Von allen Krimiformaten in der deutschen Fernsehlandschaft sei der Tatort einfach das etablierteste. Damit können einfach alle, wirklich alle – so Gröschel – etwas anfangen. Angst vor dem Scheitern hat sie nicht, begreift die neue Rolle als Chance. Auch wenn es in der Geschichte des Tatorts eine Menge »Eintagsfliegen« gegeben hat: Kommissare, die nur einen einzigen Fall gelöst haben. So ging es Christoph Waltz 1987 oder Diether Krebs 1979.

Gröschel denkt da eher praktisch und freut sich, dass sie nun zweimal im Jahr für fünf Wochen in Dresden sein könne, das findet sie einfach toll. Hier hat sie Vater, Mutter, eine Schwester, einen Bruder, Onkel, Tanten, Oma. Sie werde hier also jeden Tag auf Arbeit gehen, und nicht nur – wie seit elf Jahren – zu Besuch kommen.

Seit Cornelia Gröschel weiß, dass sie im Dresdner Tatort spielen wird, schaut sie wieder genauer auf ihre Heimatstadt. Im Juni ging sie sogar mit echten Polizisten auf Streife, ließ sich eine Zelle zeigen, auch wie die Waffe gehalten wird. Sie legt viel Wert darauf, authentisch zu spielen. Und sie weiß, was sie Dresden verdankt: »Dieser einzigartige kulturelle Mix aus Theater, Tanz, Gesang, Traditionen. Das alles findet man so vielleicht nur in diesem großen Dorf, in dem eigentlich jeder jeden über fünf Ecken kennt.«

In den vergangenen Jahren sei aber etwas dazugekommen, das sie aus der Ferne mit Erstaunen und mit Bedauern beobachtet habe. Sie hätte den Dresdnern dann gern zugerufen: »Leute, was ist denn los mit euch? Packt doch mal eure Sachen, geht mal für ein paar Monate oder Jahre weg und kommt dann wieder. Und dann überlegt euch, was ihr hier alles so habt. Wie reich ihr hier seid und was für ein unfassbar tolles Leben ihr führt.« Vielleicht, so räumt sie ein, sei der Groll und der Ärger für manchen auch berechtigt. Das könne sie in ihrer privilegierten Situation vielleicht nicht einschätzen. »Aber die Frage ist doch: was macht man daraus? Es ist doch niemandem geholfen, wenn man sich hinstellt, die Deutschlandfahne schwenkt und sagt, die Ausländer sind schuld.«

Sie kenne jedenfalls aus ihrer Jugend ein anderes – kulturell geprägtes – Dresden. Und da wolle sie persönlich anknüpfen.

Viel gebracht habe ihr persönlich definitiv das Tanzen am Dresdner Heinrich-Schütz-Konservatorium und die Auftritte im TJG (Theater der Jungen Generation). Strenge Lehrerinnen hätten ihr beim Ballett-Training eingetrichtert, wie beim Schauspiel oder auf der Bühne der Körper eingesetzt werden kann: »Das braucht man, um immer wieder präzise und genau auf die gleiche Art zu spielen, wenn Szenen wiederholt werden müssen.«

Weil sie selbst in vielen Produktionen mitgetanzt hat, schätzt sie modernen Tanz und die Dresdner Choreographin Nora Schott. Vom Ensemble des Staatsschauspiels mag sie besonders Philipp Lux. »Wie der mit seinen langen Armen spielt – wie in Zeitlupe. Das mag ich sehr.« Überhaupt wolle sie nach den Tatort-Drehs wieder mehr ins Dresdner Theater gehen.

Seit 1970 im ersten Tatort ein »Taxi nach Leipzig« fuhr, hinterlässt der Tatort Spuren an den Drehorten. Im Idealfall funktioniert er wie ein Schaufenster in die bundesdeutsche Realität. Und es geht immer um Heimat. In den 80er-Jahren prägte Götz George als Horst Schimanski das Image von Duisburg so plastisch, dass die dortige Stadtverwaltung nach einigen Tatorten betonen musste, dass die Stadt einen eher bescheidenen 38. Platz in der bundesdeutschen Kriminalstatistik einnahm. Auch wenn die Aufregung heutzutage zumindest zum Tatort weniger hohe Wellen schlägt: Besonders für die Einheimischen kann die Stadt im Film wieder auf besondere Art fremd erscheinen. Oder auch Neugier wecken. Oder Widerspruch. So wunderten sich manche Dresdner darüber, dass in der Tatortfolge »Auf einen

Schlag« eine Volksmusikbühne mitten im barocken Zwinger stand. Im wirklichen Leben hat es das noch nicht gegeben.

Tanja Marzen ist Producerin bei »Wiedeman & Berg« und kennt ein Phänomen nun auch aus eigener Erfahrung. Denn nach jeder neuen Folge des von ihr betreuten Dresdner Tatorts spielen die lokalen Medien gemeinsam mit ihren Lesern das eigentümliche Spiel Drehort-Suche und weisen gnadenlos auf unlogische Anschlüsse und geografische Ungereimtheiten hin. Über dieses Interesse freuen sich die Produzenten einerseits, weisen aber beharrlich darauf hin, dass ein Film eben nur eine »künstlerische Wahrheit« zeige.

Unbestritten entfaltet jede Stadt im Tatort ihr ganz eigenes Image. Das ist dann ein Glücksfall für jeden, der sich um das Stadtmarketing kümmert. In Münster sind die »Tatort Münster Krimitouren« auf den Spuren von Gerichtsmediziner Professor Boerne und Kriminalhauptkommissar Thiel meist ausverkauft. Auch in Köln gibt es Tatort-Führungen inklusive der legendären Lieblings-Würstchenbude der Kommissare Ballauf und Schenk, die allerdings im Film auf der verkehrten Rhein-Seite steht, damit das Stadtpanorama perfekt abgebildet werden kann. Selbst die Kulturstadt Weimar wirbt mit ihren Tatort-Kommissaren und Nora Tschirner twittert während der Dreharbeiten unter #weimi.

Tatort-Touren für Touristen hat in Dresden noch niemand kreiert. Vielleicht kommt das ja noch. Und auch das Tatort-Team ist noch mitten im Findungsprozess. Nach der ersten, eher leicht daherkommenden Folge, garniert mit humorvollen Pointen und den Ermittlungen im Schlager-Milieu, wurde es nun nach und nach immer ernster. Statt Klamauk dominieren inzwischen härtere Themen: Versicherungsbetrug, Missbrauch von Kindern, Gewalt im Internet und der Flirt mit dem Tod in der Welt der Datingportale.

Das sei auch so gewollt, erklärt Producerin Marzen. Allein schon durch die jungen Kommissarinnen werde ein sehr modernes Frauenbild gezeigt und die Figuren seien vielschichtig und deshalb auch noch nicht so festgelegt.

»Wir merken inzwischen, dass wir uns in der Tonalität verändern«, beschreibt Tanja Marzen das Projekt. »Wir waren natürlich sehr glücklich, als wir die Ausschreibung gewonnen haben. Aber seit unserem Start hat sich einiges getan, wir sind ernster geworden. Auch die nächste Folge geht mehr in Richtung Thriller. Wir wollen emotional und dramatisch erzählen. Spannende Fälle mit Ermittlern, die berührt sind vom Erlebten und das auch spiegeln.« Und das, so Producerin Tanja Marzen, passe irgendwie auch zur Stadt.

Auf Cornelia Gröschel als neue Kommissarin sei die Wahl übrigens nicht gefallen, weil sie Dresdnerin ist, sondern einfach weil sie eine herausragende Schauspielerin sei und ins Team passe. Aber dass Gröschel selbst einen Bezug und eine Vergangenheit in Dresden habe, sei der »absolute Glücksgriff«. Und das würden sicher auch die Dresdner bald merken, dass die »Neue« jemand ist, der Land und Leute kennt.

Und wie wird sich diese Figur entwickeln? Die Produzenten freuen sich auf die gemeinsame »Entblätterung des Geheimnisses.« Eine Kommissarin, die sich in ihrer Heimatstadt bewegt, werde sicher noch manche Überraschung bereithalten.

Und Cornelia Gröschel? Ist ebenso gespannt: »Tendenziell wird meine Kommissarin bestimmt bodenständig. Ich selbst bin sowohl privat als auch vor der Kamera kein aufgetakeltes Püppchen. Ich bin jemand, der gut strukturiert ist. Mal sehen, ob mir das als Kommissarin auch gelingt.« Und sie würde sich freuen, wenn sie gelegentlich auch das eine oder andere »Nu« in ihre Texte einbauen könnte, auch wenn in ihrer Rolle eigentlich kein Dialekt vorgesehen sei.

OLAF KISCHE

Olaf Kische, Jahrgang 63, geboren und aufgewachsen in Dresden. Journalistik-Studium in Leipzig und Moskau. Erste journalistische Station beim Berliner Verlag/Gruner+Jahr (»Neue Berliner Illustrierte«), dann Stipendium beim »Philadelphia Inquirer«, USA. Ab 1992 Redakteur/Moderator beim Nachrichtenradio MDR Info, später Reporter, Planer und CvD beim Fernsehen (»MDR Aktuell«), Korrespondent im ARD-Hauptstadtstudio, Redaktionsleiter und Autor längerer Fernsehformate. Seit 2013 im MDR-Landesfunkhaus Sachsen verantwortlich für Fernsehen und Information.

Olaf Kische ist – wie die meisten – auf der Suche nach dem Glück und hält es da mit Hermann Hesse: »Solang du nach dem Glücke jagst, bist du nicht reif zum Glücklichsein.« Glücksmomente erlebt er u. a. beim Lernen und Ausprobieren neuer Sprachen, bei jeder Art von Sport, beim Tanzen und mit seiner Familie. Trotz aller Widersprüche ist seine Heimatstadt Dresden für ihn kein Ort zum Verzweifeln, sondern eine Stadt, die auch glücklich macht. Das spürt er am intensivsten, wenn er auf seinen vielen beruflichen Reisen in Ländern des Nahen und Fernen Ostens unterwegs ist.

Winfried Dierske, 1961
Foto: P. Makolies

DIE WELT DREHT SICH WEITER DURCH MEINEN KOPF

Text × **Undine Materni**

DIE WELT DREHT SICH WEITER DURCH MEINEN KOPF

Erinnerungen an den Himmelsmaler Winfried Dierske

Um 11.14 Uhr fährt der Zug ab Dresden Hauptbahnhof nach Aarhus, in knapp zehn Stunden könnte ich da sein. Aber ich steige nicht ein. Ich stehe auf dem Bahnsteig gegenüber und denke an den einzigen Menschen, der mich mit dieser dänischen Stadt verbindet: Winfried Dierske. Er wurde dort 1934 als Sohn eines deutschen Artistenehepaars geboren, zog im Alter von zwei Jahren nach der Scheidung der Eltern mit seiner Mutter, einer Zirkusreiterin, nach Dresden, wo er ab 1940 die Volksschule und dann die Oberrealschule besuchte, von der er 1952 verwiesen wurde. Als Jugendlicher entdeckte er seine Liebe zum Klettern und zur Fotografie, verbrachte mehr Zeit in den Felsen als auf der Schulbank.

Diese Liebe trieb ihn viele Jahre um. So wollte er die alten Erstbegeher der Gipfel der Sächsischen Schweiz finden und über sie schreiben. Im Archiv des Sächsischen Bergsteigerbundes sind noch Ergebnisse von Winfried Dierskes Recherchen für das Bergsteigen in Sachsen zu finden. Er hatte Helmut Claus (genannt Mutz), den er Anfang der 1950er-Jahre kennengelernt hatte, eine Materialsammlung überlassen, die dieser dann zunehmend ergänzte.

1951 wurde Winfried Dierske Mitglied im Kletterklub »Winklertürmer« und war in der Seilschaft von Hans Pankotsch am 27. Juli 1952 an zwei Erstbegehungen im Brandgebiet der Sächsischen Schweiz beteiligt: am Kleiner Halben, Variante zum Alten Weg, und am Pantinenturm, Nordostweg.[1]

Einen Berufsabschluss hat Winfried Dierske nie angestrebt, er verdiente seinen Lebensunterhalt mit unterschiedlichen Tätigkeiten, zum Beispiel in der Kartonagenfabrik, beim Gleisbau als Vermessungsgehilfe, als Krankenwagenfahrer und Träger im Gesundheitswesen oder er wertete an einem Rechner in der Medizinischen Akademie Untersuchungsergebnisse aus.

Ich denke oft an ihn, zum Beispiel auf dem Veilchenweg oder der Frühlingstraße in Dresden, wo er eine Zeit lang gewohnt hatte, oder wenn ich eines dieser alten Buswartehäuschen aus Stein sehe, irgendwo auf dem Land. Und als ich vor nunmehr vier Jahren zum Casting der Bürgerbühne ging, weil ich als Undine unbedingt in einem Stück über die Elbe mitspielen wollte, da hatte ich einen Fisch aus Ton dabei, den er getöpfert hatte und der nach seiner Meinung kein Fisch war, sondern ein Einmann-Aschenbecher für Leute, die im Bad rauchen wollen.

Nun sind bereits mehr als zwanzig Jahre vergangen, als ich Winfried Dierske an einem Ort getroffen hatte, an den mich eher der Zufall verschlug als mein freier Wille. Der Anfang der wilden Neunziger war vorbei, wir hatten die Zeitschrift reiterIn in die zehnte Auflage gebracht, eine Kneipe eröffnet und waren an der Hackfleischordnung gescheitert oder am Finanzamt oder an beidem. Wir Mädels bekamen unsere ersten Kinder und das wirkliche Leben nahm an Fahrt auf. Damals hieß das Arbeitsamt noch Arbeitsamt und lud Akademiker gesondert in das große blaue Haus am Lennéplatz, um Gespräche über die Zukunft zu führen. Ich hatte ein Diplom als Chemikerin in der Tasche und ein weiteres, das mich als Expertin auf dem Gebiet der

Literatur auswies. Diese Mischung fand die Dame vom Amt mit den langen Fingernägeln zwar ganz interessant, aber wenig erfolgversprechend. Sie bot mir eine Ausbildung zur Gestaltungstherapeutin an einem der Institute für Tiefenpsychologie an, die damals wie Pilze aus dem Boden sprossen. Ein Jahr lang sollte ich dort lernen, was es mit dem Verrückt-Sein auf sich hat und wie man dabei Bilder malen kann. Oder Aschenbecher töpfern. Oder Körbe flechten. Ich sagte zu und lernte in den ersten Wochen viel über die Chemie im Gehirn. Dann fuhr ich jeden Morgen in aller Frühe zum Praktikum nach Arnsdorf, manchmal noch das Weinen des kleinen Sohns im Ohr, den ich in der Krippe abgegeben hatte. Arnsdorf im Winter ist ... ein trostloser Ort. Auch sonst gab es dort anfangs wenig Tröstliches für uns, die wir noch so jung waren. Wir hatten keine Ahnung von den Abgründen, die das Leben noch bereithielt, und waren plötzlich mittendrin – drei Freundinnen, von denen jede morgens mit unsicheren Schritten ein anderes Haus ansteuerte.

Ich ging jeden Morgen durch den ganzen Park bis in eines der letzten Häuser am oberen Rand der Anstalt. Da stand ich nun mit meinen Malkästen und Buntstiften, ein paar Brocken Ton und war mir größtenteils selbst überlassen. Doch da war dieser kleine, schmächtige Mann mit der großen Brille, der so gar nicht in diese Trostlosigkeit der Desinfektionsmittel und Plastestühle zu passen schien. Die Visite bei ihm glich einer Audienz, der Oberärztin bot er einen Platz an und beide sprachen über Literatur oder Kunst. Ab und an stand er plötzlich wie aus dem Nichts neben mir und sprach mit leiser Stimme. Von Friedrich Nietzsche etwa (für den ich mich bis dato wenig interessierte) oder er rezitierte Gedichte von Johannes Bobrowski, der schon damals zu meinen Herzensdichtern gehörte. Er teilte mir meist auch die genaue Ausgabe mit und die Seitenzahl. Als ich ihm von meinem Sohn erzählte, wollte er ein Foto sehen. Dann versprach er mir, dass er ihm die Gesamtausgabe der Werke von Karl May schenken wolle, Jakob war damals erst zwei. Nun ist es natürlich auch so, dass ich bei Karl May auch an Winfried Dierske denke ...

Dann begann er, mir kleine Zettel zuzustecken oder Postkarten, die er erhalten hatte. Auf einem der Zettel stand die Adresse des Kunstwissenschaftlers Glaubrecht Friedrich, den ich kurz darauf in Radebeul besuchte. Gemeinsam mit Winfried Dierske und Werner Schmidt hatte er 1964 einen Katalog zu einer Berliner Privatsammlung 150 Jahre russische Graphik 1813–1963 herausgebracht. Eine Postkarte mit einer Zeichnung, die ich von Winfried Dierske erhielt, stammte vom Dresdner Maler Peter Graf. Ich rief ihn an und dann saßen wir für viele Stunden in meiner kleinen Wohnung auf der Leipziger Straße und er erzählte von Wini, wie man ihn damals nannte, und vom Freundeskreis um Peter Herrmann, Peter Makolies, Ralf Winkler (A. R. Penck) und Jürgen Böttcher (Strawalde). Winfried Dierske, der eigentlich Schriftsteller werden wollte, hatte sich den Malern angeschlossen, weil er keine Schriftsteller in Dresden gefunden hatte und meinte, über die Maler könne ihm das gelingen.

Angefangen hat der Wini mit dem Malen dadurch, dass er bei uns das Malen so intensiv gesehen hat. Irgendwann hat er dann gesagt, auf seine Art: »Na, so Bilder malen, das kann ich och.« Da haben wir auch ein bissel gelacht. Aber irgendwann kam er dann mit seinen kleinen Bildern an und da haben wir nicht mehr gelacht.[2]

Peter Graf und ich äußerten fast zeitgleich den Wunsch, eine Ausstellung mit den Arbeiten von Winfried Dierske in Dresden zu organisieren und ihn damit vielleicht sogar zu seinem 65. Geburtstag zu überraschen. Dass dieser – zwar etwas später – in Erfüllung gehen würde, und zwar durch das Engagement einer wackeren Galeristin und ihrer Familie, das konnten wir zu diesem Zeitpunkt noch nicht ahnen.

Rudolf Mayer, mit dem Winfried Dierske kurzzeitig im Verlag der Kunst in Dresden zusammenarbeitete, schreibt über Winfried Dierske:

»Bei einer Kollegin meiner Frau sahen wir zuerst ein kleines Ölbild, das in seiner linkisch scheinenden Art, bei klarer Durchgestaltung neugierig machte. Es war eine der frühen Stadtlandschaften, bunt, mit Mustern naiver Kunst kokettierend, aber auch eindringlich. Später wurden die Bilder zurückhaltend in den Farben, beherrscht und reich in der Malerei. Auffällig an Dierskes Person und ihrem Auftreten waren die Ungebundenheit im Umgang und in den Ansichten und Äußerungen. Verpflichtet fühlte sich der damals wohl Fünfundzwanzigjährige offenbar niemandem und nichts [...] In äußerer Hinsicht führte er ein ziemlich bedürfnisloses Leben. Das nötige Geld verdiente er sich durch andere Beschäftigungen, etwa das Sammeln von Heilkräutern auf den Elbwiesen. Zeitweilig hatte ihn das Kupferstichkabinett als wissenschaftliche Hilfskraft zur Erarbeitung eines Kataloges angestellt.«[3]

Eines Tages steckte mir Winfried Dierske einen Briefumschlag mit der Adresse des Johannes-Bobrowski-Zimmers in Berlin-Friedrichshagen zu und der Bemerkung, dort solle ich doch mal schauen, »was der Dierske so zusammengeschmiert hatte«. Ich machte mich auf den Weg, vertraute mein Kind auf dem Bahnsteig einem Freund an, stieg in die U-Bahn und hörte beim Fahren, wie der Junge schrie, weil ich mit dem Zug im Dunkeln verschwand …

In der Ahornallee klingelte ich mit Herzklopfen und wurde von Justus Bobrowski, einem schmalen, ernsthaft blickenden jungen Mann, begrüßt. Anfangs war er etwas wortkarg, doch als ich mein Anliegen vorbrachte, führte er mich in das Arbeitszimmer seines Vaters. Dort hingen zwei Bilder von Winfried Dierske: Blick vom Veilchenweg (1962) und Im Gebirge (1963). Ich nahm im Sessel des Dichters Platz und betrachtete sie lange. Dann wurde ich zum Essen in die Küche gerufen, die wunderbare alte Frau Bobrowski hatte Königsberger Klopse gekocht.

Justus Bobrowski, selbst Maler vor allem abstrakter Arbeiten, reichte mir später eine sorgfältig mit Füllhalter auf Mathematikpapier geschriebene Liste. Er hatte begonnen, ein Werksverzeichnis mit Winfried Dierskes Arbeiten zu erstellen, und hatte eigentlich eine Ausstellung geplant, doch ihm fehlte die Kraft dazu. Ich solle die Liste doch mitnehmen, vielleicht würde ja etwas daraus.

Justus Bobrowski erzählte, dass im Jahr 1962 die erste Einzelausstellung von Winfried Dierske im Berliner Künstlerklub »Möwe« stattgefunden hatte. Der Handel mit Bildern hatte damals einen anderen Charakter als heute, man »tauschte« Kunst gegen Essen, Nachtquartier, Bücher oder geringe Summen Geld. Und dennoch ist es erstaunlich zu wissen, wer Dierskes Bilder erwarb: Gerhard und Christa Wolf, Fritz Cremer, Fritz Löffler, Stefan Hermlin, Peter Huchel und eben Johannes Bobrowski, um nur einige Namen zu nennen. Winfried Dierske besaß keine seiner Arbeiten mehr, wusste jedoch recht genau vom Verbleib jeder einzelnen.

Und der Zufall wollte es, dass gerade in dieser Zeit in der Galerie Hieronymus der Film »Drei von vielen« gezeigt wurde, den Jürgen Böttcher 1961 als Abschlussarbeit seines Filmstudiums über seine Freunde Peter Makolies, Peter Graf und Peter Herrmann gedreht hatte. Ralf Winkler (A. R. Penck) spielte die Rolle des unabhängigen Künstlers, den die Gruppe einmal in der Woche besuchte. Er blieb jedoch im Vorspann ebenso unerwähnt wie Manfred Krug, der die Texte geschrieben und gesprochen hatte. Der Film wurde verboten und erst 1988 in Ost-Berlin gezeigt.[4] Winfried Dierske war nicht dabei.

Dierske hob sich ab – auch von den malenden Freunden. Deren Zusammenhalt durch gemeinsame Interessen hatte in ihm vermutlich wenig Unterstützung. Die Begeisterung etwa für Jazz als Ausdrucksform von Opposition fand er – Leser zum Beispiel von Adorno – eher belustigend. […] Als eine Gemeinschaft, gar Phalanx hat zumindest er die Gruppe nicht empfunden. Vordergründig war vielmehr das Bedürfnis nach Unterscheidung. Zur Ausstellung im Puschkinhaus [1965] hat er seine Arbeiten abgeliefert und sie noch vor der Eröffnung wieder zurückgeholt – das Wort von der Schülerschaft war anscheinend in Umlauf gekommen; Schüler wollte er von niemand gewesen sein. Wirklich verbunden und treu war Dierske […] nur seinen Ideen.[5]

Nach dem Film gab ich Angelika Makolies die Liste von Justus Bobrowski, auch sie hatte schon lange den Wunsch gehabt, seine Bilder auszustellen. Ob nun mein eher zufälliger Aufenthalt in Arnsdorf und die damit verbundenen Recherchen den Ausschlag dazu gaben – ich weiß es rückblickend ebenso wenig zu sagen wie Angelika Makolies. Sie jedoch ging auf Reisen, sammelte wacker die Bilder ein, ihr Sohn baute kleine, feine Kästen für die Arbeiten, um weitere Beschädigungen zu vermeiden (denn die Bilder waren oft unsachgemäß und teilweise auf Dachböden gelagert worden).

Inzwischen besuchte ich Wini Dierske regelmäßig. Kleine Geschenke, die ich ihm mitbrachte, schenkte er immer gleich weiter, nur nicht die Zigarillos, die rauchten wir auf der Raucherveranda um die Wette, bis wir uns kaum noch sahen. Immer erkundigte er sich nach meinem Sohn Jakob und wollte Bilder von ihm sehen, die er nachdenklich betrachtete und mir immer wieder zurückschob, auch wenn ich sagte, er könne eines behalten. Auch fragte er häufig nach Unternehmen oder Dingen in meinem Viertel, die schon lange verschwunden waren. Zunehmend wirkte er wie aus der Zeit gefallen, lebte im Vergangenen oder hielt sich an Versen und Zitaten fest. Einmal besuchte er mich zu Hause und schaute nachdenklich aus dem Fenster über die Leipziger Straße zur Elbe. Doch dann wollte er plötzlich nach Hause, aber er wüsste nicht, wo das war. Ich brachte ihn zum Bahnhof, hielt ihn die ganze Zeit untergehakt, ab und zu lächelte er unsicher und sagte die ganze Zeit nichts mehr.

In dieser Zeit schrieb ich einige Gedichte, die ich ihm widmete. Einige davon wurden in der SINN UND FORM abgedruckt, was ich damals als große Ehre empfand, war doch in diesem Heft auch ein Text von Peter Weiss abgedruckt ... Später erkundigten sich einige Leser bei mir nach Wini Dierske, das hat mich gefreut. Ich brachte ihm ein Exemplar der Literaturzeitschrift mit nach Arnsdorf, er blätterte beiläufig darin, bedankte sich, sagte, er werde darin lesen. Doch als wir uns verabschiedet hatten, sah ich, wie er das Heft einer Krankenschwester in die Hand drückte.

Die Wartehalle
(zu einem Bild von Winfried Dierske
unter Verwendung eines Gedichtes von
Friedrich Hölderlin)

DIE MAUERN STEHN
Inmitten der Mensch aufgespachtelt
Wartet er dunkel
Das Gesicht im Gepäck

SPRACHLOS UND KALT
Ist das Land in der Zeitung Wind fährt
In die Mäntel Wir leben und gehen
Im Stehen davon

IM WINDE KLIRREN
Die Herzen wie Glocken zum Fest aneinander
Unterm groben Gewirk unsrer Mäntel
Sind wir

DIE FAHNEN
Und wehen im Frostwind
Bis eine Straßenbahn kommt
Die uns mit nimmt

Am 1. Dezember 2001 schließlich wurde in der Galerie Hieronymus die Ausstellung »Winfried Dierske Bilder 1959–1964« eröffnet. Es waren unglaublich viele Gäste gekommen, viele von ihnen kannte ich nicht. Und plötzlich standen wir uns im Gedränge gegenüber: der kleine Mann in einem braunen Anzug, dessen Hosenbeine ein bisschen zu kurz waren und die Ärmel der Jacke auch, und ich mit meinem Blumenstrauß in der Hand. Er sah mich eine Weile an, dann sagte er: »Ach, die Frau Materni. Wie geht's dem Jakob?« Ich versuchte eine Umarmung, die aber gelang uns nicht ganz. Wini Dierske wirkte ein bisschen verloren in dem ganzen Gewimmel, er blickte sich oft unsicher um, als wolle er sichergehen, dass das Ganze, was um ihn herum passierte, wirklich mit ihm zu tun hatte. Dann nahm er an einem kleinen Tischchen Platz, um Kataloge zu signieren. Dabei malte er immer ganz langsam mit einem Kugelschreiber die gleiche Blume in jeden Katalog und setzte seinen Namen sowie das Datum darunter.

Winfried Dierskes kleinformatige, reliefartige Bilder geben Auskunft über seine Art der Träume – auf den ersten Blick wirken sie durchaus realistisch: Häuser, Straßen, der Elbbogen und überall Himmel, in all seinen möglichen Erscheinungsformen. So bezeichnete ihn auch der Berliner Kunstwissenschaftler Dr. Werner Schade als einen »Himmelsmaler«, als seien die Gebäude aus dem Himmel gekommen, wie Bleitropfen. Dierskes Technik gehorchte mehr oder weniger auch dem Mangel, dem Mangel an Material. So nahm er von Paletten Farbreste, mischte sie, verdickte sie teilweise mit Kreide und trug sie auf Hartfaserplatten auf. Die Zeit tat ihr Übriges in den Jahren, so weisen die Arbeiten Sprünge und Risse auf, was jedoch erstaunlicherweise den Reiz der Bilder noch verstärkt.

Seine Sicht ist eine poetische, er lässt die Dinge aus dem Grund treten, damit der Betrachter dahintersehen kann. Nie sind sie fertig, diese kleinen Bildausschnitte, immer gibt es noch etwas hinzuzufügen, doch jene Vollendung überlässt der Maler dem Betrachter.

Peter Graf schreibt im Katalog: »Mir fällt das nicht ganz leicht, und das hat seinen Grund: Ich bin etwas näher dran an der Tragödie meines genialen Freundes, der auf kleine Pappen herrlich große Bilder gemalt hat, der hundertmal mehr weiß, als ich weiß, der mehr als 30 Jahre im gottverdammten Arnsdorf zugebracht – nicht gelebt – hat, ohne dabei seinen scharfen Verstand verloren zu haben, was das Dasein noch unerträglicher macht, denn sein Verstand hat ihm gesagt, dass alles ausweglos ist […]«

Ein Jahr später war die Sammlung seiner Bilder von Mai bis Juni in der Akademie der Künste in Berlin zu sehen, Winfried Dierske selbst war dort und staunte über seine eigenen Bilder.

In dieser Zeit hatte ich mich auf die Suche nach einem Manuskript begeben, das er verfasst hatte. Die Schwester einer Dresdner Malerin mit ungarischem Namen, so hatte ich von ihm erfahren, habe das Manuskript abgetippt. Bedauerlicherweise war die Dame gerade verstorben und ihr Nachlass bereits aufgeräumt. Das Manuskript schien verloren.

2004 schließlich erfuhr ich dann eher zufällig von einem Film, den die Dresdner Dokumentarfilmerin Heide Blum über Winfried Dierske gedreht hatte. Er trug den Titel »Vom Leben jenseits der Möglichkeiten«, der mir sehr gut gefiel. Und dann saß ich im ehemaligen wunderbaren Metropolis-Kino inmitten eines eher älteren Publikums. Einige von ihnen waren offensichtlich Bergsteiger, so drahtig und verwegen wirkten sie. Heute wundert mich das nicht, dass sie Winfried Dierske im Kinosaal Ehre erwiesen, denn sein Name weckt bei vielen der wackeren Bergfreunde, zu denen ich erst kürzlich den Kontakt fand (insbesondere Dietmar Heinicke und Achim Schindler), sehr lebendige Erinnerungen.

Der Film war still und eindringlich und da lief dieser Mann über die Leinwand, so wie ich ihn kannte und der mich seit einer Weile nicht mehr losgelassen hatte. Dann gab es einen Moment im Film, der mich erstaunte und erfreute: Die Kamera schwenkte auf einen Stapel von eng mit Schreibmaschine beschriebenen Seiten. Während der Arbeit am Film war das Manuskript aufgetaucht. Und ich wollte es nun unbedingt lesen.

Dann hielt ich das Manuskript in den Händen und zusammen damit einen Brief des Kunsthistorikers Werner Schade, der einige Zeit in Dresden im Kupferstichkabinett tätig war und das Manuskript, so sorgfältig es ihm möglich war, geordnet hatte. Über den ersten Tag des Krieges schreibt Winfried Dierske aus der Sicht eines Kindes, das er damals war:

»Damals war es auch eine Art Krieg gewesen. Grosse blaue himmelwärts gerichtete Kanonen gegen Flieger hatten an jedem Neustädter und Altstädter Ende unserer starken Elbbrücken Wache gestanden. Ich war mit der Mutter beim Spazierengehen dazugekommen. Zwischen Bäumen die anzeigten dass unter ihnen wieder erdiges Ufer und keine gemauerten Brückenbogen mehr waren hatten sie halb im grünen Astwerk und Blätterschatten versteckt gestanden. Feldtelephone führten in diese Nester der graublauen Flaksoldaten. Einer im Stahlhelm hatte frei dagestanden und mit weit hintergelegtem Kopf durch ein schweres schwarzes Fernglas zum leeren Sommerhimmel hochgeschaut. Leute in Strassenkleidung die herumstanden hatten alle ihm diese Haltung nachgemacht und mit bloßen Augen sicher noch weniger gesehen als er. Vielleicht weil sie von den Soldaten hinter dem Steilabsprung gar nicht beachtet wurden hatten sie anderen Leuten erzählt dass ein Flugzeug aus der Luft in den dunklen tiefen Elbfluss hinein abgeschossen worden war. Beim Weiterlaufen über die Brücke an der Hand die die Mutter zu mir herabhängen hatte konnte ich dann tiefer als sie zwischen den Eisengeländerstäben zum Fluss hinabblicken Aber ich hatte nichts weiter gesehen als ihn selbst denn wir standen über ihm und bräunlichflockig im hineinleuchtenden Sonnenlicht kam er unten in seinem gemauerten Wiesenufer mir entgegengeflossen von dem grünen Hügelzug mit den blanken Häusern des Stadtteils Weisser Hirsch ganz hinten. [...] Und dann hätte mir an diesem ersten Abend des Krieges noch einfallen sollen dass unsere kleine Familie ja erst vor ein paar Wochen nun schon einmal einen einfachen Fleck in der Landschaft gesehen hatte wo Krieg war. Wir drei hatten uns einen kleinen Urlaub leisten können eine Stunde Eisenbahnfahrt an der Elbe hin ins Sandsteingebirge. Es war nicht mal eine Woche gewesen. In einem kleinen Sommerfrischedorf hatten wir bei einem Bauern zu dritt in einem engen Stübchen mit zwei Betten gewohnt und uns aus einer plumpen Waschgeschirrfamilie waschen müssen aber so schön war ein Urlaub noch nie zuvor gewesen. Einmal waren wir auf einer einsamen sandigen Waldstraße in einem Tal mit schwarzen Felsen gewandert und dort hatten wir im festen Gras des Strassengrabens einen niedergebrochenen bunten Grenzpfahl gefunden. [...] Jetzt konnte uns keiner verbieten weiter zu wandern denn jetzt war alles deutsch wie der Wald. [...]

Auf der Vorderseite unserer Zeitung waren die dicken Schwarzbuchstaben von denen ich schon einige kannte sie hießen nur noch Krieg und nannten Vormarsch und Siege. Was konnte noch geschehen und dennoch hielten die Frauen Lebensmittelkarten in den Händen bereit gross wie halbe Briefbögen und dabei hatte ich sie mir nach dem Hörensagen klein wie Briefmarken vorgestellt – Ich konnte mich an ihnen nicht sattsehen während die Frauen ihre Sonnabendeinkäufe erledigten Die stumpfe Papierfarbe der einzelnen Karten stimmten meistens mit den Farben der Lebensmittel überein die es darauf geben sollte. Die Reichszuckerkarten mit Hakenkreuzadler und Zeilen für unsere Tintennamen im Mittelfeld waren weiß wie rieselnder Zucker die Reichsfettkarte hellgelb die Nährmittelmarken rosa wie unaufgelöstes Puddingpulver aber schon die Brotkarte war dunkelrot und die Marmeladenkarten gar sahen violett aus obwohl keine Marmelade diese Farbe hatte.«

Anfang der 1960er-Jahre malte er ein Bild, das »Erinnerung an das zerstörte Dresden« heißt. Und bei dem der Himmel wie Blei auf die Stadt niederfällt ...

Winfried Dierske beendete sein Leben 2006 selbst, für ihn war da wohl alles gesagt und getan. Dank der wunderbaren Familie Makolies ist er in Dresden-Loschwitz in guter Gesellschaft seiner Künstlerkollegen, wie etwa Josef Hegenbarth, Hans-Theo Richter oder Oskar Zwintscher, begraben. Der schlichte Grabstein, den Peter Makolies gefertigt hat, trägt in ganz feiner Schrift nur den Namen Winfried Dierske. Manchmal, wenn die Schrift durch Staub oder Erde zu verschwinden droht, kommt Peter Makolies mit einer Bürste vorbei und legt die Buchstaben wieder frei. Ja, und vielleicht hat ja dieser Text eine ähnliche Wirkung wie diese Bürste ...

1 Siehe Kletterführer Sächsische Schweiz, Band: Wehlener Gebiet, Rathener Gebiet, Brandgebiet, Dresden, 2016. Mein herzlicher Dank gilt Dietmar Heinicke und Achim Schindler für ihre Geduld, die vielen hilfreichen Informationen und Fotos, die nicht alle in diesem Beitrag Platz finden können.
2 Peter Makolies in: »Vom Leben jenseits der Möglichkeiten«, Film von Heide Blum, Dresden 2004
3 Rudolf Mayer: Winfried Dierske. In: Erste Phlanx Nedserd. Jürgen Böttcher/Strawalde, Winfried Dierske, Peter Graf, Peter Herrmann, Peter Makolies, Ralf Winkler/A. R. Penck – Ein Freundeskreis in Dresden 1953–1965. Hrsg. von Lucius Griesebach aus Anlass der gleichnamigen Ausstellung in der Kunsthalle Nürnberg vom 10. Oktober bis 1. Dezember 1991 in der Kunsthalle Nürnberg und vom 9. Februar bis 5. April im Staatlichen Lindenau-Museum, Altenburg. Verlag für moderne Kunst Nürnberg 1991, S. 102 f.
4 Siehe »Drei von vielen.« In: Erste Phalanx Nedserd. Jürgen Böttcher/Strawalde, Winfried Dierske, Peter Graf, Peter Herrmann, Peter Makolies, Ralf Winkler/A. R. Penck – Ein Freundeskreis in Dresden 1953–1965, S. 82 ff.
5 Rudolf Mayer: Winfried Dierske. In: Erste Phalanx Nedserd. Jürgen Böttcher/Strawalde, Winfried Dierske, Peter Graf, Peter Herrmann, Peter Makolies, Ralf Winkler/A. R. Penck – Ein Freundeskreis in Dresden 1953–1965, S. 102

UNDINE MATERNI

Die Lyrikerin und Autorin wurden 1963 in Sangerhausen geboren. 1982 legte sie ihr Abitur ab und studierte zunächst Chemie. Sie arbeitete unter anderem als Forschungsingenieurin, Altenpflegerin und Kellnerin und war Mitherausgeberin der Zeitschrift »reiterIn Dresden«. Von 1990 bis 1993 studierte sie am Deutschen Literaturinstitut Leipzig. Später war sie als Verlagsmitarbeiterin im Goldenbogenverlag Dresden, arbeitete zudem im Ausländerrat Dresden e. V. Seit 2006 lebt sie als freie Autorin, Lektorin und Publizistin, Kolumnistin, Kunst- und Literaturkritikerin. Sie war mehrfach Stipendiatin des Freistaates Sachsen und ist Mitglied des Literaturforum, 2003 gewann sie den Christine-Lavant-Literaturwettbewerb, 2006 erhielt sie den Literaturförderpreis des Sächsischen Staatsministeriums für Wissenschaft und Kunst, 2008 den zweiten Preis zum Silberberg-Lyrikpreis, Gardelegen 2013. Zuletzt erschien von ihr das Buch »Herr Kästner, was machen die Kondome?«. Zurzeit schreibt sie an einem Roman über Winfried Dierske. Für Stadtluft gab sie erste Einblicke in das Leben des Malers.

GLÄSERNE STADT

Text × **Michael Schindhelm**

GLÄSERNE STADT

Kein Einheimischer, ein Keinheimischer

In der Nacht vom 11. auf den 12. Juli 1939 tauchte ein greller Feuerball am Himmel südöstlich von Dresden auf und wurde noch aus mehreren hundert Kilometern Entfernung beobachtet. Ein Meteorit von vierzig Kilo Gewicht, der sich im Garten von Herrn Solomon zwei Meter tief in den Boden grub. Herr Solomon buddelte die Sendung aus dem Universum am nächsten Morgen aus und verkaufte sie schließlich für einen Spottpreis an einen Zahnarzt, der von der Sache Wind bekommen hatte und den Stein dem alten Herrn abschwatzte. Der zunächst ahnungslose Finder musste jedoch bald mit eigenen Ohren hören, der Meteorit sei teuer an die nahegelegene Universität verkauft worden und habe dem Zahnarzt mehrere hundert Dollar eingebacht. Kanadische Dollar. Die Stadt Dresden, in der Herr Solomon zu Hause und der kosmische Stein niedergegangen war, liegt in Ontario.

In Nordamerika gibt es mindestens ein Dutzend Mal diesen Ortsnamen. Dörfer oder Kleinstädte, sind sie oft die Gründung deutscher Aussiedler aus dem neunzehnten Jahrhundert. Zwei davon gibt es allein im Staat New York. Als im Big Apple der 1970er-Jahre Kriminalität und Randale überhandnahmen, fanden manche für den Osten der »Fear City« oder für Brooklyn angesichts der verbreiteten Brandstiftungen keinen treffenderen Vergleich als »Dresden«.

Die angloamerikanische Welt hat die sächsische Residenzstadt, deren historischer Körper im Februar 1945 für immer vernichtet wurde, nicht vergessen. Auch die jüngere Populärkultur erinnert sich. In North Carolina entstand vor etwa zwanzig Jahren die Punkband »Sorry about Dresden«, die Bostoner »Dresden Dolls« lieben das Genre der Mythen und Monster und haben 2002 sogar das Unterhaltungsprogramm zur Nobelpreisfeier in Cambridge, Massachusetts, ausgerichtet. Was die Damen offenkundig an dem Bandnamen gereizt hat, ist die Kombination aus Zerstörung (Dresden) und Unschuld (Puppen).

Ich bin kein Punkmusiker, auch kein Dresdner, kein Heimischer, eher ein Keinheimischer. Den Ort, den Dresden in meinem Leben einnimmt, kann ich nicht recht definieren. Das hat mich veranlasst, aus Neugier und Verwunderung darüber, hin und wieder in die Stadt zurückzukehren. So auch gerade jetzt, in diesen Wochen und Monaten.

Sie beherrschte bereits die kindliche Fantasie. Die Zeit, da nicht Meteoriten, sondern Jagdbomber und Flakgeschütze für die Illuminationen am Himmel über Deutschland sorgten, war noch nicht allzu lange vorbei. Vater und Mutter erfuhren, da sie in meinem Alter waren, jenes unvergessliche Grauen, und in ihren Erzählungen von damals lebte es auf, so heftig, wie ich es mir nur wünschen konnte.

Vielleicht war es die unter Kindern bekanntlich nicht ungewöhnliche Lust am Makabren, die mich veranlasste, den Vater zu drängen, mir die Geschichte von Dresden immer wieder zu schildern. Die Vorstellung, dass schwimmende Menschenkörper im Fluss weiter brannten, war und ist unauslöschlich, lodert bis heute, gleißend, wie wohl die phosphoreszierenden Körper von einst.

Vater hatte nach dem Krieg in der Stadt studiert und führte mir an den Schwarz-Weiß-Fotografien aus Bildbänden, die er von seiner Mutter geerbt hatte, vor, wie Dresden vor 1945 ausgesehen haben musste. Als wir ab 1964 regelmäßig Sommerwochen bei Studienfreunden von ihm in Dölzschen verbrachten, erkannte ich die Stadtansichten in den Trümmerhaufen zwischen Zwinger und Grünem Gewölbe freilich nicht wieder. Zwanzig Jahre nach seinem Ende war der Krieg eine unmissverständliche Wirklichkeit, klang die an sich längst zur ideologischen Routine gewordene Sowjetparole »den Weltfrieden sichern« immer noch plausibel.

Unbestätigten Nachrichten zufolge hätte die Bombenlast im Februar 1945 nicht Dresden, sondern ein aus irgendwelchen Gründen militärisch bedeutenderes Ziel treffen sollen: Gera etwa, in Ostthüringen. Ich erinnere, wie die Mutter einmal sagte, in dem kleinen Gera hätte die Bombardierung wahrscheinlich niemand überlebt. »Dann wärst du gar nicht auf der Welt.« Mutter war in Gera geboren worden.

Nichts regte damals meine Vorstellungskraft an, auch nicht die brennenden Körper, wie jene Kuppel und die Minarette, die über die realsozialistische Tristesse der Stadt triumphierten und schon vor fünfzig Jahren die Möglichkeit einer fremden, reizvolleren Welt hinter dem Horizont versprachen. Das Kind sah damals stets nur die ferne Silhouette, und so blieb der Zauber erhalten. Kommt man dem Yenidze zu nahe, verwandelt es sich in ein Gebäude. Immer noch ein interessantes Gebäude, das Legenden umranken wie die des Architekten, dem der erste Stahlbetonbau der Industriearchitektur gelungen war und der Jahrzehnte später Adolf Hitlers Schwager wurde. Aber eben ein Gebäude.

Es mag an der sichtbaren Zerstörung gelegen haben, dass ich einen Sinn entwickelte für das heikle Gewerbe der Baukunst. Dresden hatte ja nicht nur Semper, sondern zum Beispiel auch William Lossow, den Baumeister des Leipziger Hauptbahnhofs und des Dresdner Schauspielhauses. Vom Tor der Sempergalerie wirkte das Dach des Theaters wie ein Sargdeckel über dem Kronentor. Ich vernahm das Gerücht, der Architekt habe sich von dort heruntergestürzt, als ihm das – zu spät – aufgefallen war. Lossow starb in Wahrheit an einem Nierenleiden in Heidelberg, sein Assistent hatte noch Jahrzehnte vor sich.

Die Fabel vom Architekten-Suizid passt zu dem Bild eines angeblich modernefeindlichen, traditionsbesessenen Stadtmilieus. Doch die Zeit vor und nach der Jahrhundertwende, als unter anderem ebendieses Schauspielhaus entstand, widerspricht diesem Bild. Dem Edlen von Schuch hatte die Oper zu verdanken, eines der mutigsten Häuser Europas zu sein. Richard Strauss hatte hier einige seiner wichtigsten Uraufführungen. Der Edle, für den die Stadt einen »Schuch-Zug« einrichtete, mit dem er rechtzeitig für Probe und Vorstellung zwischen dem Königlichen Hoftheater und Radebeul pendelte, war sich nicht zu schade, hinter dem Vorhang des Schauspielhauses die bizarren Auftritte von Madeleine Guipet zu begleiten, die georgische Schlaftänzerin. Eine Frau steht in weißem Tüllkleid auf der Bühne und wird von einem Magnetiseur in Hypnose versetzt. Sie sinkt in einen Lehnstuhl, erhebt sich jedoch wieder, nachdem dank Schuch hinter dem Vorhang die cis-Moll-Nocturne einsetzt. Die Frau ist jetzt sie selbst und nicht sie selbst. Obwohl immer noch schlafend, bewegt sie sich in dramatischen Figuren über die Szene, das Gesicht von namenloser Leidenschaft gezeichnet, wie nach einer perfekt einstudierten Choreografie. Mit dem letzten Klavierton kehrt sie, von einer rätselhaften Macht geleitet, zu dem Lehnstuhl zurück.

Die Guipet beschäftigte damals die wissenschaftlichen und gesellschaftlichen Kreise gleichermaßen und zog als parapsychologische Attraktion durch die Theater und Opernhäuser des Reiches. Für viele Zuschauer schien sie der Beweis der noch immer umstrittenen Behauptungen Sigmund Freuds, dass nicht das Bewusstsein, sondern das Unbewusste im Menschen bestimmend sei. Eine geheimnisvolle Spur führte von diesen Schlaftänzen hinaus aus den konventionellen Beschränkungen dessen, was vor einem Jahrhundert als Kunst galt und was nicht.

Hinaus führten Heckel, Kirchner und Freunde, die in der Berliner Straße ein paar Jahre zuvor in einem Ladenlokal »Die Brücke« gegründet hatten. Hinaus führten die Deutschen Werkstätten, die vor dem Weltkrieg den Plan für eine Gartenstadt gefasst und sich John Ruskins Idee des Arts and Crafts Movement zum Vorbild genommen hatten. Spätestens nachdem Émile Jaques-Dalcroze das Institut für Musik und Rhythmus gegründet hatte, wurden Hellerau und die jährlichen Festspiele mit ihren eurythmischen wie sozialen Experimenten »zur Veredelung der menschlichen Rasse« über Dresden und Deutschland hinaus zu einem utopischen, glamourösen Ort, die Künstler wie die Schriftsteller Theodor Däubler, George Bernard Shaw und Rainer Maria Rilke oder den Impresario Sergei Djagilew anzog.

Dem Kind, das ich in den sechziger Jahren war, hat sich natürlich der »Gläserne Mensch« ins Gedächtnis eingetragen. Allen Transformationen zum Trotz, die dieser Begriff seitdem erlebt hat, habe ich ihn als eine Metapher für das Verhältnis von Technik und Natur verstanden. »Das ist kein richtiger Mensch«, dachte ich bei der ersten Begegnung im Hygiene-Museum. Vor ein paar Monaten beobachtete ich, wie ein Roboter eine internationale Konferenz moderiert, und die Damen und Herren von der Wissenschaft unterwarfen sich gerne und amüsiert seiner Gesprächsführung. Die Frage, was ein richtiger Mensch ist, lässt sich nicht mehr so einfach beantworten wie vor fünfzig Jahren.

Auch Karl August Lingner führte hinaus aus dem stickigen Reich der Konventionen. Mit der Internationalen Hygiene-Ausstellung von 1911 schrieb sich der Hersteller des Mundwassers Odol in die apokryphe Geschichte der Alltagsmoderne ein, in der Absicht, »einmal im großen Stile eine Belehrung der Allgemeinheit über die Gesundheitspflege zu unternehmen«. Mehr als fünf Millionen Besucher wurden in sorgfältig kuratierten Pavillons über die hygienischen Gefährdungen von Jung und Alt, über die Ursachen von Tripper, Malaria und Tuberkulose, über Krankenversicherung und Berufsunfälle aufgeklärt. Die Aussteller kamen aus elf Ländern, darunter China und Brasilien, Japan und Russland. Der Mensch, ein Arbeiter, eine Maschine, ein Mysterium.

Vielleicht lag es an dem offenkundigen Widerspruch zwischen dem Gläsernen (also technischen) und dem romantischen Menschen, jener inzwischen raren Spezies, die die poetische Peripherie dem zwitschernden Zeitgeist vorzieht, dass mich bereits zu DDR-Zeiten und erst recht danach apokryphe Künstler-Gestalten zu interessieren begannen. Menschen, die aus unterschiedlichen Gründen das Exil, die Fremde, das Abenteuer suchten, gab es auch in Dresden. Sascha Schneider gehört zu ihnen, der Russlanddeutsche aus Sankt Petersburg, der, als Homosexueller immer auf der Hut vor dem Paragrafen 175, Karl Mays Romane illustrierte, für die erste Schwulenzeitschrift »Der Eigene« arbeitete und sich nach ruhelosem Leben in Loschwitz und Hellerau niederließ.

Oder Gerhard Wolf, Dresdner Großbürgersohn und Absolvent des Vitzthum-Gymnasiums, der nach Erstem Weltkrieg und Studium unter Gustav Stresemann in den diplomatischen Dienst eintrat. Gegen Ende des nächsten Weltkrieges rettete Wolf, inzwischen Konsul des Dritten Reiches in Florenz, das Leben von Juden und politisch Verfolgten und verhinderte die Sprengung des Ponte Vecchio durch die Wehrmacht. Menschlichkeit, erzählt die kompliziertere Geschichte, gab es auch unter NSDAP-Mitgliedern. Seit nunmehr zehn Jahren erinnert eine Tafel auf der Brücke an den Mann aus Dresden, den die Italiener trotz seiner politischen Vergangenheit bereits in den fünfziger Jahren zum Ehrenbürger machten.

Die Moderne zeigte wie überall, so auch in Dresden zunächst das rußverkrustete Antlitz von Industrialisierung, Ausbeutung und Landflucht. Die Droge des Tabaks machte von hier aus deutsche Karriere, nachdem Moskau und St. Petersburg zu Umschlagplätzen geworden waren und 1862 der baltendeutsche Baron von Huppmann in Dresden eine Filiale seines Unternehmens »La Ferme« gegründet hatte. Jahrzehnte später war Deutschland der weltweit größte Tabakimporteur. Viele Händler waren Juden aus Südrussland, die vor Pogromen aus der osteuropäischen Heimat flüchteten, oder Griechen, die ihre Laufbahn bei La Ferme begannen, zum Beispiel Georg Anton Jasmatzi. In diesem Namen kommen sie zusammen, das biedere, gründerzeitliche Abend- und das abenteuerliche, genussverheißende Morgenland. Eine seltsame Melange aus Ost und West, wie sie durch die Pulp Fiction mit Kara Ben Nemsi und Winnetou zieht oder die Tanzexperimente von Hellerau berauscht.

Der wohl heute unbekannten und in meinen Augen zugleich magischsten dieser apokryphen Figuren habe ich vor ein paar Monaten die erste Biografie in deutscher Sprache gewidmet: dem Musiker, Künstler und Weltreisenden Walter Spies, der nach zwanzig Jahren in Niederländisch-Indien und vor allem auf Bali 1942 als holländischer Prisoner of War vor der Küste Sumatras mit einem durch japanische Bomben versenkten Gefangenenschiff im Indischen Ozean unterging. Spies war Teilzeit-Dresdner gewesen. 1895 in Moskau als Sohn in eine großbürgerliche Familie von Russlanddeutschen geboren, hatte Spies vor dem Ersten Weltkrieg zusammen mit dem bereits erwähnten Gerhard Wolf die Bank des Vitzthumschen gedrückt. Onkel Albert leitete gerade die berühmte Striesener Zigarettenfabrik »La Ferme« und bewohnte die Villa Asta in der Wachwitzer Grundstraße. Im Sommer begleitete Spies Freund Wolf auf das Familiengut Nekljudowo südlich von Moskau. Beide wurden vom Krieg überrascht. Spies verbrachte die folgenden vier Jahre als Kriegsgefangener im eigenen Land, unter Baschkiren, Tataren und Kirgisen im südlichen Ural. Wie noch oft machte er aus der Not ein Fest, lernte die Sprachen der Nomaden, spielte ihre Musik. 1919, nachdem er sich auf eigene Faust von der asiatischen Steppe bis ins Revolutionsdeutschland durchgeschlagen hatte, zog er für einige Zeit wieder zurück an die Elbe. Die erste Ausstellung der Dresdner Sezessionisten war soeben eröffnet worden. Spies wurde von der Gruppe 1919 aufgenommen, zu der neben Otto Dix und Conrad Felixmüller auch Gela Forster, die Bildhauerin und spätere Frau Alexander Archipenkos, und der Verleger Hugo Zehder gehörten, sowie der ältere Kokoschka. Nachrichten über Chagall, die Oktober-Revolution, den Konstruktivismus und vor allem die baschkirischen Volkslieder trugen ihm unter den Dresdner Revoluzzern Respekt und Sympathie ein. Bianca Segantini, Schauspielerin und Tochter des österreichischen Symbolisten Giovanni Segantini aus dem Bündnerland, hatte besonders rasch Feuer gefangen. Sie war vielleicht nicht die erste und gewiss nicht die letzte Frau, die von Walter über seine Veranlagung für eine quälend lange Weile im Ungefähren gelassen wurde. Obwohl mit dem Verleger Hugo Zehder verheiratet, machte Segantini dem großen, blonden Russlanddeutschen offenbar unverhohlen den Hof und ließ sich unter ihren Freundinnen amüsiert über Walters seltsames Geplänkel zwischen Scheu und Hingabe aus.

Walter Spies zog nach Hellerau, zu Hedwig Jaenichen-Woermann, Malerin und Tochter eines Reeders und Kolonialwarenhändlers in Hamburg, die Sommermonate in der Gartenstadt. Einst Schülerin von Auguste Rodin und ehemalige Mitarbeiterin von Antoine Bourdelle, erlaubte sich Hedwig eine Lebensform in der Freizügigkeit, nach der Walter sich seit den trostlosen Berliner Tagen sehnte. Es wimmelte von Klavieren, Haustieren und vor allem von Kindern aus diversen Ländern, die sie adoptiert hatte und die in ihrem Hause dieselben Privilegien genossen wie die Künstler, die regelmäßig bei ihr logierten. Hedwig war von Walters Schönheit derart entzückt, dass sie seinen Kopf modellierte, während der »Jüngling« auf dem Balkon schlief. Selbstredend hatte er bei ihr uneingeschränkten Zutritt und durfte im Studio arbeiten.

Hans Jürgen von der Wense, ein weiterer heute unsichtbarer Geist jener Zeit, der parallel zu Schönberg atonale Musik komponierte, dichtete, fotografierte und in den sechziger Jahren einsam in Göttingen starb, kam zu Besuch. Spies feierte gerade seinen 24. Geburtstag. Jürgen notiert in seinem beredten Tagebuch: »Jeder Tag ist unser Äon.« Sie sind wie Sommerwolken, die in die weite Ferne ziehen. Sie dringen mit dem Tag in die Nacht, mit Äxten ziehen sie über Stoppelfelder, es gibt keine Gesetze. In der Tram werfen sie dem Conducteur Sprüche arabischer Meister hin, stören ein Klavierkonzert, geben sich in einer politischen Versammlung als Ausländer aus und stürmen lärmend und respektlos durch die zweite Sezessionsausstellung, in der auch Pastelle von Walter hängen, auf denen monströs verunstaltete Kobolde Szenen sadistischer Folter und schauriger Menschenfresserei beobachten. Hand in Hand ziehen sie durch den Garten der Lüste, dessen Betreten Paragraf 175 unter Strafe stellt. Doch immerhin im Hause Woermann, in der Gartenstadt Hellerau, dürfen sie vorübergehend träumen: »das Gleiche. Wenn wir aufwachen, geht die Sonne unter. Wir verschwenden uns. Unser Leben ist ein Fragment.«

Kurz darauf sind es wieder zwei Fragmente. Trotzdem arbeiten sie mit Berthold Viertel an Hamsuns »Spiel des Lebens« für das Schauspielhaus. Viertels Frau Salka, die gerade den ersten Sohn geboren hat, wird später in Santa Monica die engste Vertraute von Greta Garbo werden. Das ist das »Roaring Dresden« der Weimarer Republik.

Spies zieht es bald nach Berlin, wo er der Geliebte von Friedrich Murnau wird, und weiter nach Java, wo er am Hof des Sultans von Yogyakarta den Dienst eines Kapellmeisters versieht. Später entdeckt er Bali, das trotz Kolonialismus unverwüstliche Land der Träumenden, und steht unfreiwillig am Beginn der ersten globalen Tourismusbewegung. Die »Happy Few« werden ihn besuchen, Charlie Chaplin, Margaret Mead, Vicky Baum, französische Aristokraten, Barbara Hutton, die damals reichste Frau der Welt. Spies, der in Dresden mit Dix die alten Meister studiert und ihre Maltechnik angewendet hatte, wird zum Begründer eines tropischen Surrealismus, Erforscher des Gamelan, Choreograf balinesischer Tänze.

Seit achtzig Jahren ziehen Generationen von Andersdenkenden und Aussteigern mit seinem Beispiel vor Augen in die Tropen auf der Suche nach einem alternativen Leben. Manche dieser meist jungen Leute sind für immer dort geblieben, andere sind später nach Hause irgendwo zwischen Sydney, Köln und Kalifornien zurückgekehrt und wohlbestallte Anwälte oder Tourismusunternehmer oder Künstler geworden. Walter Spies steht für die unbedingte Freiheit, den eigenen Weg zu gehen. Auf der Suche nach einer unverlorenen, unverlierbaren Utopie.

Von Moskau nach Dresden nach dem Ural nach Dresden nach Bali. So verlaufen die unvorhersehbaren Reiserouten jener Nomaden, die manchmal im Stillen, manchmal von der Rampe der Gegenwart ihre Werke tun, die, gelangen sie einmal ans Licht der Öffentlichkeit, diese zum Staunen erwecken. Das war schon zu Heinrich Schütz' Zeiten so und das erfährt sicher auch Stefan Senf alias Noize Creator, ein Dresdner, der seit einigen Jahren die Technohallen Asiens zum Glühen bringt.

Wenn Dresden also eine Heimat der Moderne ist, ein Ort der Nomaden, woher kommt dann der konservative Geist? Woher Pegida und das Bild von der ausländerfeindlichen Stadt? Auf diese Frage hat es viele Antworten gegeben, und man möge mir nachsehen, wenn ich hier meine eigene anbringe.

Als mich die Landeshauptstadt Dresden vor ein paar Monaten dazu einlud, ihr bei der Bewerbung um den Titel der »Kulturhauptstadt Europas 2025« zu helfen, habe ich in eigenen Texten aus dem ersten Jahrzehnt der deutschen Einheit nach einer Vergewisserung gesucht, warum ich damals aus Deutschland weggegangen bin, um nur noch sporadisch und meist aus beruflichen Motiven hierher zurückzukehren. Ich entdeckte den »Terror der Zeit« wieder, deren Opfer wir in diesem Land nach 1989 geworden waren und den ich später selbst in Dubai oder in China nicht so gewalttätig erlebt habe. Er, der Terror der Zeit, hatte mich aufbrechen und von Deutschland Abschied nehmen lassen.

Erschöpft wirkte das Land im Jahr 2000, wenig aufgelegt zur Jubiläumsfeier, der Aufbau Ost hatte seine Vehemenz verloren, auf den kleinen Fortschritt waren viele Rückschritte gefolgt, das Diktum von blühenden Landschaften hatte sich in seltsamer Künstlichkeit erfüllt, Menschen, die hier anfangs heftig Freiheit und Marktwirtschaft gefordert hatten, zogen sich, sofern sie nicht in den Westen ausgewandert waren, enttäuscht zurück und schluckten den Einheitsfrust mit Köstritzer und Vita Cola runter.

Ein Politologielehrer aus Frankfurt/Oder wollte in den Ostdeutschen den »atomisierten Menschen ohne Geschichtsbewusstsein und überlieferte Wertesysteme« erkennen, »der, ehrfürchtig den Staat anbetend, seine Existenz sichert und sein ganzes Leben organisiert«: den Homo sovieticus. So konnte man das anscheinend auch sehen.

Jenes paradoxe Verhalten, erst frenetisch nach der sozialen Marktwirtschaft zu verlangen und, nachdem sie da ist, sich einer überspannten Sehnsucht nach der einstigen, dürftigen Schein-Idylle der DDR zu überlassen, wurde in den frühen

neunziger Jahren als eine ostdeutsche Gegenwartsverweigerung interpretiert und ließ helle Empörung aufflammen. Ostalgie war ein anderes Wort für Undankbarkeit.

War es wirklich nur das? Der krasse Wandel aller Lebensumstände evozierte im Osten Deutschlands und wohl überhaupt im Osten Europas eine Inflation des Neuen. Wer um das Jahr 1995 herum Städte in Sachsen, Thüringen oder Mecklenburg-Vorpommern im Abstand von Monaten oder gar Jahren besuchte, erkannte sie nicht wieder. Immer neue und wieder erneuerte Autobahnen mit immer wachsenden Verkehrsströmen. Die trendigsten Kommunikationsmittel. Die Ruinen der DDR planiert, der Dreck des Sozialismus fortgekehrt. Buchstäblich war die Hardware einer Epoche – in Gestalt halb verfallener Urbanität – weggerafft worden.

Meine Kindheitserinnerungen, zum Beispiel an das zerstörte Dresden und die glorreiche Vergangenheit, liefen plötzlich rückwärts ab. Die Ur-Vergangenheit, das Deutschland vor 1945, ja vor 1933 erstand, während die Wirklichkeit von gestern, jene der ungeliebten DDR, übersprungen ward. Grauer Rauputz, Sprelacartwände, Dederon-Gardinen, der Gestank von Auspuffgasen und verbrannter Braunkohle, das war nicht schön, aber es bildete doch die – wenn auch triste – Aura eines Lebens, das siebzehn Millionen oftmals unfreiwillig, aber doch mit Würde und einem kleinen Glück gelebt und vor inzwischen knapp dreißig Jahren hastig abgebrochen hatten, ohne dass es verarbeitet und tatsächlich zu Ende war.

Seitdem herrscht der Terror der Zeit. Zunächst kam der Druck der Anpassung, der ungewohnte Mangel an Gewissheiten, gefolgt von einander jagenden Nachrichten über einen ultimativ bedrohten Planeten, über Terror und Krieg, schließlich der wohlgemeinte Aufruf, Migranten und Flüchtlinge willkommen zu heißen.

Und anderes mehr. Keiner hatte sich so die Zukunft vorgestellt (auch nicht im anderen Teil des Landes), eine Zukunft, die inzwischen eine beschleunigte und zugleich stillstehende Gegenwart zu sein scheint. Verschwindigkeit, so könnte man das Phänomen dieser Verluste beschreiben.

In Nostalghia erzählt Andrej Tarkowskij die Geschichte des leibeigenen russischen Komponisten Sosnowskij. Dieser Leibeigene wurde von seinem Gutsbesitzer zum Studium nach Italien geschickt, wo er sich jahrelang aufhielt und mit großem Erfolg Konzerte gab. Selbst dieser Erfolg rettete ihn nicht vor der Nostalgie. Der Mann wird von Heimweh verzehrt. Er entschließt sich, in seine Leibeigenschaft nach Russland zurückzukehren, wo er sich kurz darauf erhängt. Tarkowskij spricht von den Russen als schlechten Migranten und einer tragischen Unfähigkeit zur Assimilation.

Heute wissen wir, dass dies nicht nur auf Russen zutrifft. Und die Verwirrung von Auswanderern auf unvermutete Weise auch jene treffen kann, die zu Hause bleiben. Migranten begeben sich in der Regel auf eine Reise, deren Ziel die Fremde ist. Zu den Ostdeutschen ist diese Fremde mit der Einheit und dem Aufbau Ost gekommen. »Auf der Stelle«, in der eigenen Stadt, im Zuhause, wurde Migrant, wer geblieben war und bleiben wollte.

Heidegger verstand Zeit als »Abfolge des Jetzt«. Sie wird zum Terror, wenn wir mit dieser Abfolge nicht Schritt halten können. Knapp dreißig Jahre nach der Gründung eines neuen Deutschlands scheint mir, viele seien bereits hinter dem »Jetzt« zurückgeblieben.

Ich bin kein Dresdner, kein Einheimischer. Eher ein Keinheimischer. Mit dem unvorhersehbaren Reiseplan der Nomaden. Stolz überkommt mich bei dieser Feststellung nicht. Eher ein bisschen Dankbarkeit, und, ja, Nostalgie.

Nun will Dresden werden, was es ist: eine europäische Kulturhauptstadt. Die Veranstalter in Brüssel gewähren noch ein paar Monate, bis die Bewerbung eingereicht werden muss, und ein paar Jahre für die eventuelle Vorbereitung. Doch droht auch in dieser Sache eine Zeitschmelze. Das, was jede Bewerberin auf dem Weg an den Zeit-Ort »2025« beschäftigen wird, ist die veloziferische Abfolge des Jetzt. Wo sind heute die Themen, die Ängste, die Hoffnungen von morgen, die wir gestern sahen?

Der Geist der Zeit ist tiefer, als der Zeitgeist denkt. Wer über fünfzig Jahre aus neugieriger Ferne das Leben in dieser Stadt mit Sympathie verfolgt hat, lernt, dass das Auf und Ab ihrer Geschichte, Elend und Glanz, Heimat und Fremde, Vergangenheit und Zukunft nur gemeinsam angenommen werden können. Es gibt kein Entweder-Oder. Kultur ist Zeithaben. Für die Konflikte des Daseins, für das Mysterium des Menschen. Sei er nun gläsern oder romantisch.

MICHAEL SCHINDHELM

1960 kam er auf die Welt, wohnt heute im Tessin und in London. 1979 begann er an der Internationalen Universität Voronezh, UdSSR, zu studieren und beendete das Studium mit dem Master of Science in Quantenchemie. Von 1984 bis 1986 war er wissenschaftlicher Assistent der Abteilung Theoretische Chemie im Zentralinstitut fuer Physikalische Chemie in Ost-Berlin. In den folgenden Jahren arbeitete er als freischaffender Übersetzer (Gorki, Tschechow, Gogol), Dolmetscher und Schriftsteller in Ost-Berlin. 2007 war er Gründungsdirektor der Dubai Culture & Arts Authority, VAE, zuvor Generaldirektor der Berliner Opernstiftung (2005–2007) und Intendant des Theater Basel (1996–2006). Heute ist er Schriftsteller, Filmemacher und seit Frühjahr 2009 unter anderem als Kulturberater und Kurator für internationale Organisationen tätig. Zurzeit berät er Dresden bei der Bewerbung für die Kulturhauptstadt Europas. Michael Schindhelm wurde in den Achtzigerjahren vom Ministerium für Staatssicherheit der DDR als inoffizieller Mitarbeiter geführt. 2001 in der Schweiz und 2004 in Deutschland eingesetzte Ehrenräte kamen übereinstimmend zu der Auffassung, dass diese Kontakte Schindhelms Wirken in öffentlichen Ämtern nicht infrage stellen.

»DRESDEN. OHNE TITEL.«

Text × **Kurt Drawert**

»DRESDEN. OHNE TITEL.«

(Auszüge)

Ich bin mit allem, was ich entwickeln muss, ehe ich sterbe, in Verzug. Jacques Lacan

I

[1] Ich suche etwas, von dem ich nur weiß, dass es mir fehlt. So bin ich zurück nach Dresden gekommen, ein halbes Jahrhundert danach. Aber auch, wenn ich meine Koffer auspacke, komme ich nicht an. Vielleicht gerade deshalb auch nicht, weil ich die Stadt aus den 70er und 80er Jahren noch kenne, davon heute aber nichts mehr wiederfinden kann. Die gleichen Straßen sind andere Straßen, die gleichen Häuser andere Häuser. Alles ist anders, auch wenn es, seiner Form nach, seiner Hülle, seiner Haut, überhaupt nicht anders ist. Doch es geht eine Bewegung durch die Dinge hindurch, die noch die alten Dinge sind, durch die sie andere werden, fremde, rätselhafte Wesen. Es sind die Menschen, durch die sich alles, auch das Unveränderte, ändert. Und man selbst ist ja auch unentwegt ein anderer. Nur der Fluss ist mir vertraut, sein ruhiges Gleiten in weichen mäandernden Bögen, von Wiesenlandschaft gerahmt und an den Hängen der Loschwitzer Höhe vorbei, heute wie gestern wie vor einhundert Jahren. Der Dresdener Dichter Heinz Czechowski, den seine Freunde, so er am Ende noch welche hatte, liebevoll Czecho nannten, schrieb einen der schönsten Verse dazu: Sanft gehen wie Tiere die Berge neben dem Fluss.

[7] Der Kleiderschrank im Vorraum ist schmal, mehr ein Spind in zwei Reihen, zur Hälfte mit Handtüchern und Bettwäsche und den vergessenen Sachen früherer Gäste gefüllt. Ich hänge ein paar Hemden und Jacketts auf die von mehrfacher Nutzung schon etwas verbogenen Bügel aus Draht, wie man sie von der Reinigung bekommt, und lasse alles andere im Koffer. Ich habe keine Lust, mir weitere Fächer zu suchen oder sie mir durch Umschichtung der Innenablagen frei zu räumen; es kommt mir plötzlich absurd vor, dieses Hiersein, dieses Ankommen und Auspacken und Einräumen der Dinge des täglichen Bedarfs, im Grunde geübt und erfahren durch x andere Stipendien an allen möglichen Orten der Welt, die besser oder schlechter, größer oder kleiner, vornehmer oder einfacher waren; dieses »Zurück-in-der-Heimat-sein-Wollen«, das ich mir als ein mögliches Motiv so konkret bis zu diesem Moment gar nicht eingestanden habe und das ich, in einer anderen Verfassung, entschieden bestritten und mit einem Zitat aus »Spiegelland« (von vor fast dreißig Jahren) fortfolgend widerlegt hätte: »Die Geschichte des Körpers ist hinlänglich beschrieben, und man muss sie verlassen, man muss seine Herkunft verlassen und deren Bilder und alles, was an sie erinnert. Und man verlässt sie, indem man sie ausspricht, wir

müssen alles erst einmal sprechen, um es dann zu verlassen, wir sagen unseren Namen, und wir haben unseren Namen verlassen, wir sagen unsere Liebe, und wir haben unsere Liebe verlassen, wir haben eine Sprache, um die Sprache zu verlassen, und so verlassen wir uns selbst, um uns selbst zu erreichen, ich kann eine Stadt und eine Landschaft und eine Herkunft, ob es dieser holsteinische Ort ist oder das Sachsen oder das Märkische meiner Kindheit, ohne Trauer verlassen, ich kann mich ins Auto setzen und losfahren und ohne Mühe alles und für immer verlassen, denn es gibt keine Heimat, wenn es sie in uns selbst nicht gibt. Und heimatlos sind wir doch alle.«

[8] Ein surrender Ton ist zu hören, wie von einem Kühlschrank, nur lauter, schneidender, unablässig. Er breitet sich in der gesamten Wohnung aus, wie ein Geschwür, gegen das nichts getan werden kann. Ich stecke mir Watte in die Ohren, setze Kopfhörer auf – der Ton kommt meinem Gehör hinterher, leiser, gedämpfter, aber hörbar genug, um genau dadurch, dass er gehört werden kann, unerträglich zu sein. Gerade zur Nacht, wenn alle anderen Geräusche verschwunden sind, bleibt dieser grelle, schneidende Ton und zerrt und sägt an den Nerven. Ohne Schlaftabletten komme ich nicht durch die Nacht. Am nächsten Morgen rufe ich in der Stadtverwaltung an. Da könne man nichts tun, heißt es, es sei eine Klimaanlage, die automatisch, sobald eine bestimmte Außentemperatur auf einem Sensor erscheint, zu laufen beginnt. »Aber«, setzt die Frau auf der anderen Seite der Telefonleitung noch hinterher, »wir haben deshalb auch noch niemals Beschwerden gehabt. Vielleicht sind Sie ja auch besonders empfindlich?« – »Ja«, sage ich, »ich bin besonders empfindlich, weil ich hier den ganzen Tag bin und arbeiten muss, wofür ich diesen Lärm ganz bestimmt nicht gebrauche.« – »So? Was machen Sie denn, wenn ich so neugierig sein darf?« – »Schreiben, so es denn geht.« – »Schreiben? Sie schreiben?«

[9] Kunst und Idiosynkrasie, was für ein Thema. Völlig unmöglich, einem, der nicht schreibt, verständlich zu machen, was einem, der schreibt, alles störend und hinderlich sein kann. Es ist ein solches empfindsames Gewebe an innerer und äußerer Reizbarkeit, das gesponnen werden muss, um eine Stimme, die es nicht gibt, zu hören – nicht zu halluzinieren, sondern in sich zu finden, zu imaginieren, zu transformieren und produktiv werden zu lassen –, dass kleinste Störungen in diesem Netz aufeinander reagierender Gefühlswahrheiten, die schließlich Sätze und Gedanken werden, fatale Wirkungen haben und schließlich etwas außer Kraft setzen können, blockieren und verhindern, das es nur vor dem Hintergrund dieser Möglichkeiten gab. Das klingt kompliziert und ist es wohl auch. Das Einfache ist immer kompliziert. Es muss die Kompliziertheit passieren, um sich dann hin auf eine Form zu bewegen, die klar und leicht und einfach ist. Und wenn man sich dann das Einfache anschaut, sieht man es wieder als etwas Kompliziertes. Einfachheit und Kompliziertheit ergänzen einander und komplettieren den jeweils anderen Teil. Es ist unser Blick, unsere Frage, unsere Wissenssehnsucht, nicht nur ein Ding zu besitzen, sondern es auch zu verstehen – und schon wird es schwierig.

[10] Auch Gerüche sind eine Sprache, die eine Geschichte erzählt, und diese Wohnung riecht nach Desinfektionsspray, wie man ihn von den Toiletten einer Arztpraxis kennt.

Aber das ist nur der erste, flüchtige Eindruck, denn dahinter, hinter dieser strengen, scharfen Geruchswand, die zweifellos die Spuren einer letzten Putzbrigade sind, die im Auftrag des Vermieters kurz vor meiner Ankunft hier gesaugt, gefegt und aufgeräumt hat, liegen leichtere, wärmere, schwebende Gerüche, etwas süßlich, wie ein Parfum, oder Atem der Haut, oder Träume, die zu einem Duft geworden sind, und nur ich, in diesem Moment, nehme ihn wahr.

[37] Dresden. Der weich klingende, Geborgenheit versprechende Name war es, der mich versöhnte, als wir 1967 von Hohen Neuendorf, einem Ort an der Havel, in die ferne sächsische Stadt gezogen sind. Dresden, immer wieder sagte ich diese zwei Silben vor mich hin. Ihr warmer Ton nahm mir die Angst vor dem Fremden, Ungewissen, das mich erwartete, es lag etwas Gutes darin, etwas von Illusion getragen Schönes. Aber es gab noch einen anderen Grund, meine Ankunft in Dresden mit dem Gefühl einer grandiosen Hoffnung zu verbinden, einer Hoffnung, die nur eine Verklärung sein konnte und weniger mit einem neuen, anderen Leben zu tun hatte und der Erwartung, die Stadt würde mir jetzt etwas geben, das mir das kleine brandenburgische Siedlungsmilieu unweit der Havel mit einer Barackenschule im Stile eines Feldlazaretts, in der man nur bis zur 5. Klasse unterrichtet werden konnte, weil es an Räumen und Lehrern fehlte, niemals hätte geben können, wie ich es nach außen vertrat, immer wieder: »Ich freue mich auf Dresden!« rufend, »Ich freue mich auf Dresden!«, und dieser andere, tiefere, und, wie ich es erst heute sagen kann, eigentliche Grund war die Hoffnung, eine Schuld loszuwerden, eine zutiefst mich quälende und im Inneren meiner Selbstverurteilung als geradezu untilgbar empfundene Schuld, wie sie durch ein Unglück, ein Versehen, eine Überreiztheit im Spiel über mich kam.

[38] Kurz vor unserem Umzug geschah es auf der weiten, von tiefen Bombenlöchern zerfurchten Heide hinter dem Haus, wo wir, ich und mein kleinerer Freund Robert, Cowboy und Indianer spielten, oder Russe und Nazi, oder Nazi und Partisan – es gab so viele feindliche Bilder in unseren ideologieverdorbenen Köpfen –, dass ich ihm, nachdem ich ihm in seinem Versteck aufgelauert hatte und selbst wie in einem Zustand von Rausch darüber war, nun gleich gewonnen zu haben und der Stärkere zu sein, der Gute, der Partisan, mit dem Pfeil meines gut gespannten Bogens ein Auge ausschoss, nicht gänzlich ausschoss, aber so stark verletzte, dass es an Sehkraft verlor und irgendwann später – denn ich hörte nicht auf, mich über eine noch erhalten gebliebene Kinderfreundschaft danach zu erkundigen, die ganze Zeit, die ich in Dresden verbrachte, hindurch – erloschen war.

[39] Er jammerte, schrie, krümmte sich auf der Erde und hielt sich mit den Händen den Kopf. Als der Schmerz etwas nachgelassen hatte und ich seine Verletzung anschauen konnte, sah ich einen Splitter in der Mitte des Auges. War es schlimm? War es nicht schlimm und sah nur schlimm aus? Ich bat ihn flehend, mich nicht zu verraten und etwas anderes zu erzählen, wenn sein Vater, der unser Schuldirektor war und vor dem wir alle eine Angst verspürten, die nicht nur die Angst vor einem mit persönlicher Macht ausgestatteten Menschen war, sondern vor etwas um vieles Größerem und Mächtigerem, das er mit Strenge und Klassenbewusstsein vertrat, ihn fragen

würde, woher diese Verletzung kommt. »Erzähle«, sagte ich, »du wärest gestürzt oder hast dich verletzt an einem Ast im Gestrüpp.« – »Ja«, sagte er, »ich bin gestürzt und habe mich verletzt an einem Ast im Gestrüpp.« Anderntags kam er nicht in die Schule. Wir hatten Unterricht in Heimatkunde bei seinem Vater, der es uns gleich auch erzählte, dass sein Sohn, der Robert, einen Unfall hatte und nun im Krankenhaus liegt mit einem zerschossenen Auge. – »Wenn ich den«, sagte er und schaute mich dabei an und zerdrückte einen Käfer, den er dafür vom Fensterbrett aufgehoben hatte, zwischen Daumen und Zeigefinger der rechten Hand, »in die Finger bekomme, der das getan und zu verantworten hat, dann wird er«, und er schaute noch immer mich dabei an, ohne wirklich zu erkennen zu geben, ob er mich mit diesem bösen, bohrenden Blick auch gemeint hat, »seines Lebens nie wieder froh!«, und dann gab es ein kurzes, knackendes Geräusch, deutlich vernehmbar, weil wir alle wie erstarrt still gewesen sind.

[40] Hatte Robert geschwiegen? Oder hatte er nicht geschwiegen, und ich würde doch noch überführt und bestraft werden können, ehe wir umgezogen wären? Oder würden wir umziehen, und ich wäre erlöst? Denn Dresden schien mir so unendlich weit weg, dass ich tatsächlich glaubte, dort könnte niemals jemand mich finden und dort wäre ich für immer erlöst. Dresden war mir, ohne dass ich es damals verstand, ein Erlösungsort, aber nur für kurze, sehr kurze Zeit. Denn kaum waren wir in Dresden angekommen und ging ich mit André und Ludwig auf den Hof, um zu spielen, oder besser, um aufzupassen, wie André und Ludwig spielten, ohne eine der Regeln zu verletzen, die es auf dem Hof einzuhalten galt und die einzuhalten wir von unserem Leben auf dem Land her nicht kannten, sah ich in jedem Mann, der plötzlich durch einen der Durchgänge von der Straßenseite auf unsere Hofseite kam, Roberts Vater. Überall und immer wieder sah ich Roberts Vater, wie er den langen Weg nach Dresden gekommen war, um mich in meiner elenden Schuld aufzuspüren und zu vernichten.

[41] Wo waren mein Vater, meine Mutter? Wussten sie über all das Bescheid und ließen mich, der es ihnen und allen gegenüber verschwiegen hatte, und Robert, seinen Freund, darum bat, es auch zu verschweigen, mit Absicht in dieser Angst, ich könnte eines Tages doch noch von diesem Mann, der Roberts Vater war und als Direktor der Schule mit Macht ausgestattet, aufgesucht und bestraft werden, zerquetscht werden wie ein vom Fensterbrett aufgehobener Käfer zwischen Daumen und Zeigefinger der rechten Hand? Hatten sie alle, sein und mein Vater, seine und meine Mutter, auch Robert, eine Verabredung darüber, mich in dem Glauben zu belassen, niemand außer Robert und ich wüssten Bescheid, in Wahrheit aber schon lange eine Einigung gefunden, wie sie den Unfall, denn natürlich war es ein Unfall, auch wenn er hätte verhindert werden können, hätten wir nur etwas anderes gespielt, zur Entschädigung bringen? Dann wäre alles, nachdem es geschehen war, in kurzer Zeit schon geregelt gewesen, und nur ich, der kleine schuldige Mensch, lief jahrelang mit diesem Alptraum herum und blieb in der Angst eingesperrt, eines Tages kommt doch noch heraus, was du damals im blinden, grausamen Spiel mit Robert getan hast. Dann auch wäre ihr Schweigen zu meinem Schweigen die Strafe gewesen, die deshalb kein Ende fand, weil sie niemals erhoben worden ist. Aber alles das bleibt Vermutung.

Interview mit Kurt Drawert × **Axel Helbig**

NICHTS WIEDERHOLT SICH

Die Literaturkritiker schauen oft herablassend auf Romanciers, die einen Gedichtband vorlegen, oder auf Lyriker, die einen Roman veröffentlichen. Die Leistung des Kritikers scheint dann nur noch darin zu bestehen, dem in die Irre gegangenen Fremdgänger nachweisen zu müssen, dass er besser »bei seinem Leisten« geblieben wäre. Bei Kurt Drawert verbietet sich bekanntermaßen diese Art von Kritik. Er stellt innerhalb der deutschen Literatur ein Phänomen dar, ist Lyriker, Romancier, Dramatiker, Essayist und Herausgeber in einem und hat auf allen Gebieten nicht nur Beachtliches geleistet, sondern geradezu Standards gesetzt.

Kurt Drawert (Jg. 1956) hat zwischen 1967 und 1984 in Dresden gelebt. Sein 2008 erschienener Roman »Ich hielt meinen Schatten für einen anderen und grüßte« ist eine sprachgewaltige Fiktion, für die Dresden stellenweise den Hintergrund bildet. In Anverwandlung an den spektakulären Kriminalfall des Kaspar Hauser im 19. Jahrhundert nimmt der Roman das Motiv des verwahrlosten Findlings auf, um vom Untergang der DDR und dem Übergang in eine neue Zeit zu erzählen.

In diesem Jahr ist Kurt Drawert Dresdner Stadtschreiber. Axel Helbig hatte Gelegenheit, für Stadtluft Dresden mit Kurt Drawert zu sprechen.

Herr Drawert, 1967 sind Sie als Sohn eines hohen Kriminalbeamten nach Dresden gekommen. Wie kann man sich diese Kindheit vorstellen?
Wir lebten bis 1967 in Hohen Neuendorf bei Berlin, einer kleinen, idyllischen Siedlung nahe der Havel. Ich vermute, mir ging es dort gut. Jedenfalls habe ich nicht viele Bilder gespeichert, die mit einem Schmerz verbunden sind. In Dresden wurde das anders, was natürlich auch damit zu tun hat, dass ich, so ab dreizehn, vierzehn Jahren, sehr ernste Dinge zu lesen begann, die mich vieles reflektieren und nachfragen ließen, auf das es plötzlich keine Antwort mehr gab. Zum Beispiel, wir schreiben das Jahr 68: Was machen die Russen in Prag? Das war die erste, empört gestellte Frage, mit der ich meinem politisch vorgeformten Umfeld in Schule und Familie gehörig auf die Nerven ging. Wir haben sie, die russischen Soldaten, die Soldaten der ruhmreichen Sowjetarmee, jubelnd begrüßen müssen, als Pioniere mit wehendem Halstuch am Straßenrand der damaligen Ernst-Thälmann-Straße, in der ich mit meinen Eltern wohnte. Dieser Einmarsch der sowjetischen Truppen in die ČSSR und die Zerschlagung des Prager Frühlings – heute auf den Tag genau vor fünfzig Jahren – war für mich die erste Initiation, Geschichte bewusst zu erleben, und sie wurde dann auch gleich zu einer ersten Konfrontation, die nicht ohne Folgen blieb. Bis dahin war ich ja, als Sohn eines höheren Beamten im Staatsdienst, dessen Karriere schon »im Sandkasten des Kindergartens« beschlossene Sache war, privilegiert. Nur hätte ich eben nicht diese Fragen stellen dürfen, die für mich zwingend geworden waren und mich immer weiter abtreiben ließen vom Pfad der ideologischen Tugend ins dunkle Gelände des Feindes. Wenn Sie nun fragen, wie meine Kindheit als Sohn eines Kriminalbeamten war, der natürlich durch mich ernsthafte Schwierigkeiten bekam, weil ihm mangelhafte Erziehungsarbeit vorgeworfen wurde und vorgeworfen wurde, er habe seinen renitenten Sohn nicht im Griff, dann braucht es wenig Phantasie, sich diese Beziehung als äußert gespannt – um nicht zu sagen: für uns beide unmöglich – vorzustellen.

Auch wenn Ihr Roman eine Fiktion ist, kann man herauslesen, dass Dresden in Ihrer Jugend, in der Zeit der Berufsfindung mehr Stolpersteine als Teppiche vor Ihnen aufgebaut hat?
Ich habe vieles vergessen, und ich möchte vieles vergessen haben. Vielleicht auch, um es erinnern zu können, wie jetzt, wo ich in Dresden bin. Erinnern und Vergessen bedingen einander, bringen sich gegenseitig hervor, ermöglichen sich. Romane nun sind immer fiktional. Aber auch jede Autobiographie ist eine Erfindung, mehr oder weniger, und es hat gar keinen Sinn, diese beide Wahrheitsansprüche, den des realen Lebens, der sich nicht einlösen lässt, und jenen einer ästhetischen Referenz, die immer interpretierend ist, in ein Verhältnis zu bringen. Auf das, was Wirklichkeit ist, das Reale, haben wir keinen direkten Zugriff – wir wissen es einfach nicht. So ist die Erzählung, also die Vermutung vom Wahren, dem Wahren, das sich nicht sagen lässt, stets voraus. In meinen Romanen »Spiegelland. Ein deutscher Monolog« von 1991 und »Ich hielt meinen Schatten für einen anderen und grüßte« von 2008 ist nun vieles erzählt, was autobiographisch grundiert ist und die Dresdener Jahre zum Gegenstand hat. Anders aber als in meinem ersten Roman ist der zweite eine große Allegorie und fern davon, sich die Welt in Form eines Abbilds zu denken. Vielmehr wird eine eigene Welt evoziert, die jener, von der sie redet, im innersten Wesen entspricht. Das Wahre ist dann nicht mehr das Erzählte, sondern das, was das Erzählte bewirkt: die Aktualisierung eines Gefühls, einer Stimmung, einer Atmosphäre, kurz: einer subjektiven Verfasstheit, die auch eine Traumatisierung sein kann. Das lässt sich mit Fakten nicht zeigen. Fakten sind für Historiker wichtig, nicht so sehr für Schriftsteller, die sagen wollen, wie etwas war, und eben nicht nur, dass etwas war. Denn jeder sitzt anders im gleichen Gefängnis. Und was das Gefängnis ist, bestimmt die Differenz.

Die DDR war in geistiger Hinsicht ein Land, in dem »Giftschränke« jene Literatur beherbergten, die dem Durchschnittsleser nicht zugemutet werden konnte. Als Mitarbeiter der Sächsischen Landesbibliothek in Dresden konnten Sie diese Barriere überwinden. Wie bedeutsam war das für Ihre spätere Entwicklung?

Die Jahre in der Sächsischen Landesbibliothek waren meine Universität. Ich hatte Zugang zu aller Literatur – das war ein immenses Kapital, das ich Tag und Nacht nutzte. Ich habe nie mehr in meinem Leben so vieles gelesen, und es hat mich geprägt, auch mein eigenes Schreiben. Im Grunde, wenn ich heute daran denke, konnte ich nur Schriftsteller werden, das war meine Möglichkeit, meine einzige Chance. Und zu dieser Chance gehörte eben auch, nicht nur auf das angewiesen zu sein, was es in der DDR zu lesen gab, sondern von den großen Diskursen der Moderne, vor allem auch in der Philosophie, dem Existentialismus oder dem Strukturalismus oder dem Surrealismus in der Kunst und Literatur, zu profitieren. Schon allein dadurch, durch diese Lektüren, war ich quasi nicht mehr im Land. Anwesend abwesend wie so viele meiner Generation.

Dresden war und ist eine Kulturstadt – wie haben die reichhaltigen Kunstsammlungen, die Dresdner Musikkultur, das Erbe des Barock und die zahlreichen Traditionen (Frühromantik, Künstlergruppe Die Brücke u. a. m.) Ihre Entwicklung geprägt?
Das lässt sich in der hier erforderlichen Kürze unmöglich sagen. Alles, was einer aufnimmt, hinterlässt Spuren. Einige davon sind tiefer, haltbarer, andere verlieren sich wieder. Dresden verfügt über einen immensen kulturellen Reichtum, der sich seinerseits aus vielen Ein- und Zuflüssen speist. Das sind, wenn man damit aufwächst und umgeht, Einschreibungen, die etwas Eigenes, eine eigene Stimme, fördern und vorbereiten, der Boden gewissermaßen, auf den sich die Saat streut. Für mich war von jeher die Schrift von größter Bedeutung, weil sie das Medium meines Ausdrucks ist, meiner Produktionsmöglichkeit. Dann kommen die visuellen Künste, dann die akustischen, wobei mir die Musik doch auch immer wichtiger wird.

Wie sehen Sie heute als Stadtschreiber auf Dresden? Welche Veränderung zu Ihrer Jugendzeit nehmen Sie an der Stadt und an den Menschen wahr?
Ich glaube, Lacan sagte es, in Abwandlung von Heraklit: Nichts kann man zweimal verrichten. Das heißt, nichts wiederholt sich. Dennoch gibt es einige Konstanten, die den Schein der Wiederholbarkeit wahren – das Gleiten des Flusses durch eine Landschaft, das Reguläre in der Natur, die Symmetrie sozialer Verläufe und technischer Rhythmen. Aber dasselbe täuscht dasselbe nur vor, weil man selbst ja stets ein anderer ist, der dasselbe empfängt. Darüber versuche ich gerade zu schreiben.

KURT DRAWERT

Kurt Drawert, geb. 1956 in Hennigsdorf (Brandenburg). Autor von Lyrik, Prosa, Dramatik und Essays, Herausgeber und Kritiker. Zahlreiche Preise, u. a. Ingeborg-Bachmann-Preis, Uwe-Johnson-Preis, zuletzt: Lessingpreis des Freistaates Sachsen 2017. Dresdner Stadtschreiber 2018. Zahlreiche Veröffentlichungen, zuletzt: »Schreiben. Vom Leben der Texte«, Monographie, Verlag C. H. Beck 2013, »Was gewesen sein wird«, Essays, Verlag C. H. Beck, München 2015, und »Der Körper meiner Zeit. Gedicht«, Verlag C. H. Beck, München 2016. Lebt in Darmstadt, wo er auch das Zentrum für junge Literatur leitet. Mehr unter: kurtdrawert.de

AXEL HELBIG

Axel Helbig, Jahrgang 1955, lebt als Autor und Herausgeber in Dresden. Er ist Redakteur und Mitherausgeber der Zeitschrift für Literatur und Kunst OSTRAGEHEGE. 2011 hat er im Leipziger Poetenladen Verlag gemeinsam mit Andreas Altmann die sächsische Lyrikanthologie »Es gibt eine andere Welt. Neue Gedichte aus Sachsen« herausgegeben. Im Leipziger Literaturverlag sind von Axel Helbig u. a. erschienen: »Der eigene Ton. Gespräche mit Dichtern« (zwei Bände 2007, 2015).

ACKI's
Sportsbar
täglich ab 12 Uhr
wolf
Tabakwaren
sky
sky
DRESDEN
Acki's
Radeberger
täglic

TOHUWABOCKWURST

Text × **Cornelius Pollmer**

TOHUWABOCKWURST

In jeder Ausgabe besucht unser Autor Dresdner Orte. Sein Antrittsbesuch führt ihn an den Tresen von Acki's Sportsbar, den ultimativen Durchlauferhitzer für Anhänger von Dynamo.

Im Anfang ist die Wurst, und die Wurst ist bei Rainer, und Rainer isst die Wurst. Er balanciert sie auf einer Pappe an den Stehtisch, greift zu mit Daumen und Zeigefinger. Er lässt sie durch den Klecks Senf fliegen wie einen Seetaucher und führt sie sogleich mit Schwung zum Mund. Die Schneidezähne setzen einen präzisen Schnitt, die in den Backen beginnen zu mahlen. So steht Rainer da, ein unförmiger Mann, mit einer unförmigen Bockwurst in seiner Hand. Kauend, glücklich.

Willkommen am Straßburger Platz, willkommen bei Acki's, willkommen also an einem jener Orte Dresdens, die Touristen besonders schlecht zu erklären sind. Das Acki's ist ja nicht nur eine »Sportsbar«, wie es blätternd an seiner Fassade steht. Es ist, an den Spieltagen von Dynamo, ein ultimativer Durchlauferhitzer. Eine Tankstelle für alle, die vor oder nach der Schlacht im Stadion »eens naschen« wollen. Oder zwee. Oder neune.

Von weitem muss das Acki's auf Touristen wirken, als hätte ausgerechnet in Dresden ein indigener Stamm bis in die Gegenwart überlebt. Wie von der Zeit vergessen liegt die kleine Hütte da, unweit vom Großen Garten und vom Stadion, eingekesselt von der Moderne. Von Gläsener Manufaktur und sprießendem Wohneigentum auf der Cockerwiese. Über dieser Hütte steigt Dunst auf, vielleicht sind es auch Rauchzeichen. Könnte ja sein, dass da keine zufälligen Wölkchen über dem Grill stehen, könnte ja sein, dass ich hier Zeuge eines stummen und vorzeitlichen Wechselgesangs werde, mit einem Widerpart irgendwo draußen, außerhalb der Stadt. Dy-na-mo.

Vor bald einem Vierteljahrhundert, am 10. Dezember 1994, ging ich das erste Mal in jenes Stadion, das nun wieder nach Rudolf Harbig heißt. Ein 1:1 gegen Bayer Leverkusen. Wolken und Regen, Ekström (69.) und Völler (78.). Später ging ich nicht mehr an der Hand meines Vaters, sondern mit Freunden. Wir kauften geklaute Schals vom mobilen Hehler-Trödel im Block. Wir kauften auch Besenstiele und schwarzen und gelben Stoff bei Karstadt, unsere Mütter nähten Fahnen daraus. Wir sahen die zweite Mannschaft im Pokal gegen Leipzig spielen und die erste auswärts bei 1860. Wir verpassten kaum ein Spiel, Fußball ward uns nie zu viel.

Seit einer Weile gehöre ich dem Verein als ordentliches Mitglied an. Dynamo, das ist für mich im gar nicht so Kleinen, was die Gesellschaft im Großen ist: Bei weitem nicht alles gefällt mir. Speziell Hass und Gewalt sind mir bis ins Mark zuwider. Aber ich sehe das deutliche Mehr an Schönem – und ich bin lieber mit dabei, als immer nur zu schimpfen.

Was ich an Dynamo schon immer geliebt habe, das ist die selbstverständliche Abwesenheit von Perfektion. Das geht los bei unserer dämlichen Bauernhymne vom »12. Mann«, in der das ›ö‹ gedehnt wird, bis die Gaumensegel schlackern. Ich singe es immer besonders laut mit, aus vollem Herzen. Das hört nicht auf beim weltweiten Revierpinkeln der Fans, das mich immer wieder staunen lässt. Egal, in welche Länder ich in den vergangenen Jahren in den Urlaub gefahren bin, immer habe ich irgendwo ein Stromhäuschen gefunden, auf dem das D von Dynamo pappte. Neulich habe ich irgendwo gelesen, dass selbst in der Arktis an einem Wartungshäuschen ein Dynamo-Graffito leuchtet. Es würde mich nicht wundern, wenn auf dem Mond …

Vom Mond nun aber zurück zum Mondgesicht, zurück zu Rainer und seinen Stammesbrüdern am Acki's. In all den Jahren habe ich es nicht geschafft, hier mal einen kompletten Spieltag zu erleben, das soll sich heute ändern. Der Sommer glüht nach, die Fans glühen vor. Es ist das Nachholspiel gegen den HSV und über den Gesichtern liegt noch die Bräune, die in Hurghada erworben wurde oder in der Datsche.

Wer ist anwesend? Natürlich die Typen, bei denen einem auf den ersten Blick nur ein Wort einfällt: Vorstrafenregister. Natürlich die herrlich durchschnittlichen Kunden in kurzen Hosen und bunten Sneakern. All die Vatis, die ihre Dauerkarte wie einen AAA-Pass vor der Brust tragen. All die Alten, deren graues Haar vergilbt ist und deren Poren der Alkohol längst zu Kratern geweitet hat. Auch ein paar rischtsche Muttis, mit guter Laune und Rotkäppchen in Piccolos. Und natürlich dieser Kader der Tausenden mit gedrucktem Unfug auf T-Shirts und Kutten: »Deeskalationsshuulz – unorganisiert seit 1996«.

Dieses Durcheinander schwillt immer weiter an, bis eine Stunde vor Anpfiff. Billige Beats platzen ins Geschnatter, man hört beim Herumtapern nur Schlagworte: Regensburg. Ausländer. Walpurgis. Stadionverbot. Mingus. Umhau'n. Kunde. Am Grill werden im Sekundentakt Fleischprügel gewendet. Das dicht geknüpfte Netz an Leergutkästen kann den Pfand gerade so aufnehmen. Auch auf den Stehtischen sammeln sich soldatische Verbünde leerer Bierflaschen. Das Regiment Radeberger.

All dies ist getragen von dieser eigentümlichen Vorfreude, die sich vor jedem Spiel aufbaut und die, wie sich herausstellt, nicht nur im Stadion bald nach Anpfiff erstirbt.

Bei Acki's zu sein, das heißt ja in aller Regel, vor der Bar herumzustehen und dünne zu quatschen. Als ich aber hineingehe, um mir einen Platz für die Übertragung zu sichern, winkt der Wirt enttäuscht ab: »Mir könn' ni mehr, mir könn's einfach ni mehr bezahl'n, 's kotzt uns übelst an.« Genau genommen möchte er sich nicht selbst, sondern den hier also nicht mehr ausstrahlenden Bezahlsender ankotzen. Dieser, so sagt es der Wirt, habe jetzt noch einmal 200 Euro mehr und damit 800 Euro pro Monat verlangt. The Sky is the limit, die Fernseher bleiben heute stumpf.

Alle paar Minuten muss der Wirt nun um Erbarmen bitten, die Gespräche laufen fast baugleich ab.

Wirt: 800 Euro, weeßte.

Gast: Wahnsinn, he?

Wirt: Das könn' mor eefach ni.

Gast: Das sind Kundn, he?

Wirt: Gehd eefach ni.

Gast: Verbreschr sin das, he?

Die neue Gebührenordnung leert das Acki's in Minuten, denn was mer könn', das ist ausweichen. Ein kleiner Tross setzt sich Richtung Torwirtschaft in Bewegung, dort steht ein Zelt und darin eine Leinwand. Es ist eine Behelfskirche, gleich neben dem Stadion, eine Art Notunterkunft. Immer wieder tragen Menschen Tabletts in dieses Zelt. Ich fühle mich ein bisschen wie damals in der Schulcafeteria, nur tragen die Menschen hier nicht Hagebuttentee herein sondern randvolle Bierbecher. Dann und wann klatscht es heftig, wenn sich ein Dicker mal wieder auf den Rand einer unbesetzten Bierbank sacken lässt.

Auch in meinen Notizen taucht nun immer häufiger das Wort Bier auf, da kann ich mir auch gleich selbst eines holen gehen. Die Zielankunft am Bierwagen gewinne ich knapp gegen eine Frau. Wir lächeln, wollen einander vorlassen, kommen stattdessen aber ins Gespräch und lassen einen Dritten passieren. Was sie hierher führe, frage ich.

Frau: Or, das is ne lange Geschischde.

Ich: Jetzt machen Sie's aber spannend.

Frau: Na, mir wolldn echndlich zum Rea Garvey, nach Leibzsch.

Ich: Aber?

Frau: Na, dann mussde mei Mann noch orbeedn und Schdau war ooch noch und da simmer zurück, aber da haddsch meim Sohn schon de Dauerkardn gegäbn.

Ich: Und jetzt schau'n Sie hier? Das ist wirklich schön.

Frau: Nuja, mor had ja nur noch eene Liebe. Also, eene zweede. Mei Mann, klar, der is' nadierlich ooch wischd'sch für mich.

Wir stoßen an, die Mannschaften im Stadion ebenso. Zweite Halbzeit. Ich bleibe noch ein bisschen, bei Abpfiff aber will ich zurück im Acki's sein. Im Gehen drehe ich mich noch einmal um, ein atmosphärisches Leuchten liegt über dem Stadionkessel, ein kalter Sternennebel. Wellen von Ohs und Ahs suppen über den Rand nach draußen und auf meinen Weg. Letzte Hoffnung vor der Gewissheit: Heimniederlage, 0:1.

Das Ergebnis aber scheint heute seltsam egal zu sein. Überhaupt habe ich in den vergangenen Jahren den Eindruck gewonnen, dass sich die Fanszene ein wenig vom

DYNAMO
DRESDEN

eigentlichen Spielbetrieb – wie soll man das nennen: emanzipiert hat? Eine bemerkenswerte Selbstgenügsamkeit hat sich eingestellt. Die Choreographien, das Vor- und Nachglühen, die sozialen Verbünde – darum scheint es im Kern zu gehen. Spielgeschehen, Spielergebnis, sogar: Ligazugehörigkeit? Womöglich nachrangig.

Im Acki's jedenfalls stellt sich alsbald wieder Normalbetrieb ein. Am Blinke-Blinke-Automaten »Magic Monk« gibt ein Vadi seinem Sohn eine kleine Einführung in die Spielsucht. Am Tresen gibt ein Mann »ne ganz ungewöhnlische Bestellung« auf, er hätte nämlich gerne ein alkoholfreies Bier. Die Gespräche an den Stehtischen verlagern sich aus der spielanalytischen Pressingzone wieder ins Mittelfeld des Lebens.

Mann I: Und sonsd, alles gudd bei dir?

Mann II: Blendend. Siehsde doch, ich schdeh' hier. Aber du ja ooch.

Mann I: Naja, ich muss morschn um halb zwölfe im Gorbitz-Cendr sein.

Mann II: Da liegsch noch im Bedde.

Mann I: Arzddermin. Ich hab Leesde, krank geschriebn seid zwee Wochn, aber ich kämf' mich durch. Ich muss mei Chef underschdüdzn dun, der is' in Grieschenland. Ich bin eb'n e Werdvollr, is' so.

Mann II: Naja, gesdrn mussd' ich ooch früh naus. Um sieme. Hecke schneidn.

Mann I: Zum Glück habsch keene Hecke. Die drei Haare offm Kobb reischn mir.

Mann II: Naja, bei 300 Quadradmedr Gardn, da hasde immer was zu dun.

Die Gespräche verlieren mit jedem weiteren Bier an Zusammenhang. Ein Mann III erzählt vom Rentenbescheid, der ihm gerade zugegangen sei. 50 Jahre habe er als Maler geschuftet, er bekomme fast nichts, jetzt aber immerhin 35 Euro mehr im Monat. Kannste ni meckern. Ein Mann IV erzählt von etwas Eigenheimischem, das er gedübelt und geschliffen oder lackiert und armiert habe, vielleicht auch andersherum, es sei nun jedenfalls und zum Glück: fertsch. Ein Mann V berichtet mit eigentümlichem Stolz, »seit zwanzsch Jahr'n keene Bücher mehr gelesen« zu haben. Die Runde um ihn nickt beifällig, dann geht noch mal einer zum über dem Bierwagen leuchtenden Fixstern vom Lieblingsgetränkefachgroßhandel Flack & Schwier und holt eine weitere Runde.

Ich bleibe bei Mann VI und Mann VII hängen, die gerade beraten, wie lange der Abend hier bei Acki's wohl noch dauern möge. Um genau 21 Uhr und 13 Minuten dreht sich Mann VI zur Anzeige an der Grunaer Straße um, die allerdings – erschwerte Bedingungen – um 18 Uhr und 17 Minuten stehen geblieben ist. Er dreht sich wieder zu seinem Kumpel und sagt fröhlich: »Mensch, 's is' erschd dreivierdl sieme, da hammr ja noch Zeid«.

Fünfer nach zwölf kann es kaum werden, denke ich, und trete meinen Heimweg an. Vor dem Taxi, das seit vier Phasen an der Ampel wartet und eine Spur blockiert, versuchen noch immer zwei kräftige junge Männer einen dritten kräftigen jungen Mann in den Fond der Fahrgastzelle zu befördern. Er sträubt sich beharrlich und ruft immer mal wieder, wie zum Widerspruch: Dynaaaaaaamo! Zur Linken des Taxis staucht ein Zivilfahnder des Acki's gerade einen Pfandsammler zusammen, der sechs Flaschen Leergut gemopst haben soll. Zur Rechten des Taxis hechten zwei Männer auf einem Moped über den Fußgängerüberweg auf die andere Seite des Straßburgers, der hintere von beiden schwingt dabei eine aufblasbare Bambam-Keule durch die Sommernacht. Es knattert und knattert, dann sind beide endgültig davongeröllheimert.

Das ist Dynamo an einem normalen Dienstag. An den Wochenenden sieht das natürlich noch einmal ganz, ganz anders aus.

CORNELIUS POLLMER

Geboren 1984 in Dresden, schreibt für die Süddeutsche Zeitung über den Osten Deutschlands und Medien. Stationen zuvor waren die Sächsische Zeitung, wo er die Jugendseite leitete sowie Kritiken und Kolumnen schrieb. Für die Jugendzeitschrift SPIESSER arbeitete er weitgehend diszipliniert als Textchef, an der Deutschen Journalistenschule jedoch wurde ihm wegen zivilen Ungehorsams fast der Abschluss verwehrt. In einem Arbeitszeugnis wiederum der Süddeutschen Zeitung überlebte bis zur finalen Ausfertigung der Platzhalter, demzufolge er »vom 1. März an im Auftrag der Weltgemeinschaft den Atomkonflikt in Nordkorea und das Sexismus-Problem in der FDP« lösen werde. Stattdessen aber nahm Pollmer zuletzt allen Mut zusammen und ging 2018 für ein Buchprojekt außer Bundeslandes, nämlich nach Brandenburg.

(Das Sächsische unterliegt keiner Regel. Der Autor schreibt die Dialoge in seinem Dresdner Sächsisch.)

Text × **Julius Fischer**

WAS HEISST HIER SCHAUBUDE?

Julius versucht seinem Kumpel Enrico das lustige Festival in der Dresdner Neustadt lustig zu erklären

Ich treffe meinen Kumpel Enrico, seines Zeichens Proll und Dynamo-Ultra, an einem schönen Tag im Juli im Dresdner Alaunpark. Ich habe leichte Kopfschmerzen. Der letzte Wodka war drei zu viel.
»Sou Alder! Warum nochema konnten wir uns ni gestern Abend treffen? Normalerweise bin ich jetze um die Zeit noch keene drei Stunden im Bett!«
Es ist 10 Uhr morgens.
Enrico macht sich ein Bier auf. Dann mir. Ich trinke vorsichtig einen Schluck.
»Entschuldige bitte, dass ich dich um deinen wohlverdienten, hart erarbeiteten Schlaf bringe«, grummle ich.
Wir müssen beide lachen. Enrico hat seit Jahren nichts Vernünftiges gearbeitet. Er boxt mir an die Schulter. Zu heftig, als dass es nur liebevoll gemeint sein könnte.
»Keene Sorge, Alder!«, sagt er und trinkt noch einen Schluck, »ich hab durchgemacht. Pennen kann ich ooch später. Oder gar ni mehr. Is ooch egal. Muss ja ni fit sein, Dynamo hat soundso keen Spiel die nächsten Wochen!«
Ich lache. Enrico lacht nicht.
»Alsou!«, sagt er ernst, »Warum konntest du gestern Abend ni saufen wie jeder normale Mensch?«
»Ich hatte nen Auftritt beim Schaubudensommer.«
»WTF, Alder? Is das wieder deine Studentenscheiße oder was?«
»Erstens«, erwidere ich, »bin ich kein Student mehr. Zweitens: Du weißt nicht, was der Schaubudensommer ist? Hast du je wirklich gelebt?«
»War das enne rhetorische Frage?«
Ich schaue ihn verblüfft an.
»Wow!«, sage ich dann stolz, »Ich hab dir offensichtlich echt ein bisschen was beigebracht.«
Er rülpst.
»Sie werden so schnell groß!«, seufze ich.
»Und war meine Frage eigentlich ooch enne rhetorische Frage?«, will Enrico wissen.
»Nein.«
»Und die Frage jetzt grade?«
»Nein. Nicht jede Frage ist eine rhetorische Frage.«
»Echt?«
»Ja.«
»War das ›Echt?‹ von mir rhetorisch?«
»Willst du mich verarschen?«
Er guckt mich an, dann fragt er:
»Das war jetzt keene rhetorische Frage, oder?«
Er lacht und öffnet sein zweites Bier. Wann hat er das erste ausgetrunken?
»Willst du jetzt wissen, was der Schaubudensommer ist?«
»Du erzählst es mir doch soundso.«
»Stimmt! Also, der Schaubudensommer ist ein Theaterfestival aufm Scheunegelände.«
»Welche Scheune?«, fragt Enrico.
»Na die in der Dresdner Neustadt. Das Kulturzentrum.«
»Achsoooo!«, sagt er und grinst schelmisch, »ich dachte

einfach irgendeene Scheune irgendwo in Zschopau. Irgendwelche Hippie-Bauern oder sou.«
»Nicht ganz falsch, das war im ersten Jahr auch mal woanders, hat mir Helmut erzählt. Aber da kam keiner, das war zu sehr am Arsch der Heide.«
»Wer is denn Helmut? Kohl oder was?«
»Nee, Helmut Raeder, der Initiator des Schaubudensommers. Der hat schon in der DDR so Sachen gemacht. Ist mit seiner Theatertruppe durch's Land gezogen.«
»Durch die Scheunen der Zone oder was?«
»Mann ey!«, rufe ich genervt, »Langsam habe ich keine Lust mehr!«
»Ziel erreicht«, feixt Enrico.
»Neenee, so leicht kommste mir nicht davon. Also: Nachdem es im ersten Jahr eher so naja lief, sind sie 1998 in die Neustadt gezogen, haben ihre Zirkuszelte aufgebaut und sind davon ausgegangen, dass das schon voll wird.«
»Und?«
»Kam auch keiner. Eine Besucherin, am ersten Abend. Aber auch nur, weil ihr Hund mal aufs Klo musste auf der Wiese hinter der Scheune.«
»Lol!«
»Ja, ey, die hatten es echt schwer. In Dresden was Neues aufzuziehen ist schwierig.«
»Man muss doch ooch ni bei jedem neumodischen Quatsch mitmachen.«
»Genau das ist die Einstellung, von der ich rede«, sage ich, »deshalb bin ich 2003 hier weg.«
»Aber vorher warste ooch ni beim Schaubudensommer.«
»Stimmt. Aber was hat das jetzt damit zu tun?«
»Na du hast dor gesagt, den gibts seit 98«, sagt Enrico mit einem Grinsen.
»Naja, ich kannte das halt noch nicht.«
»Genau das ist die Einstellung, von der ich rede! Lol!«
Ich nehme meinen zweiten Schluck Bier. Enrico öffnet mit Siegergrinsen seine dritte Flasche.
»Klingt jedenfalls übelst lame!«, sagt Enrico. »Ich hasse Theater! Immer schon! Wenn wir mit der Schule ma

irgendwas gucken mussten, bin ich immer am Anfang off Toilette gegangen und dann habsch draußen geroocht, bis es zu Ende war!«

Er zündet sich eine Zigarette an.

»Rauchst du immer noch Menthol?«, frage ich.

»Nu klar. Für de Ladies. Damits ni so stinkt.«

»Du bist ein Fuchs!«, sage ich lachend. »Aber ohne Scheiß, das würde dir auch gefallen. Es gibt ja nicht nur eine Aufführung. Im Gegenteil: Das Festival hat ganz viele Spielorte, Zirkuszelte, die Scheune selber, andere Orte in der Neustadt ... Und dann kommt dazu, jede Vorstellung dauert nur eine halbe Stunde. Wenn du den Festplatz betrittst, kannst du entweder gezielt für einzelne Sachen Tickets kaufen oder du kaufst ne Fünfer-Karte und lässt dich einfach treiben. Das Coole ist, die Zelte sind um eine kreisrunde Tribüne aufgestellt, den sogenannten Affenfelsen. Da hocken dann die, die einfach nur Leute gucken wollen. Ich will jetzt gar nicht so viel rumschwärmen, aber sowas gibt es woanders einfach nicht. Ich kenn zumindest nichts Vergleichbares. Und ich war schon echt viel unterwegs.«

»Uhhh, der feine Herr Künstler!«, ätzt Enrico.

»So meine ich das nicht. Das ist mein Job. Deshalb komme ich viel rum. Es gibt auch woanders tolle Festivals, aber die gehen dann eben nicht zwei Wochen. Und sind dabei die ganze Zeit so magic. Was da für eine Arbeit drin steckt.«

»Ich hasse Arbeit!«

»Ja doch. Im Ernst, das ist ja nicht nur Helmut, da hängen so viele Leute dran, seine Frau, alle.«

»Sehr konkret.«

»Ich bin doch einfach nur begeistert. Das ist ein Verein, die kennen sich teilweise seit 40 Jahren. César, der Chilene, zum Beispiel, den hat Helmut in den Siebzigern an der Kunstakademie angequatscht. Und der übernimmt jedes Jahr die Gestaltung des Außenbereiches. Da stehen ja nicht nur ein paar Bierzelte, das ist ne richtige kleine Stadt. Als Gegenentwurf zum schicken barocken Dresden auf der anderen Elbseite. Am Anfang gab es da natürlich auch Stress mit den Anwohnern, aber das haben die kreativ gelöst. Um Mitternacht gibt's immer eine Überraschung, da zieht der Festivaltross an irgendeinen Ort in der näheren Umgebung und dann führt irgendjemand was auf. Da wird getanzt oder es singt ein Chor. Anna Mateur zum Beispiel hat sich auf diese Weise in Dresden einen Namen gemacht. Das ist doch super! Dass sowas noch geht. Oder?«

»Ich wusste gar ni, dass es in Dresden so viele Hippies gibt, die das interessiert.«

Ich schüttele den Kopf.

»Da kommen nicht nur Hippies, da kommen auch zum Beispiel die Rentner aus Laubegast. Letztes Jahr hatte das Ding 25 000 Zuschauer. Bunt durchmischt. Bei 100 internationalen Künstlerinnen und Künstlern in 14 Tagen ist die Wahrscheinlichkeit, dass etwas für dich dabei ist, sehr hoch. Da gibts Zauberer und Weltmusik und Tanz und Komiker. Und Komikerinnen.«

»Überzeugt mich ni.«

»Kennst du Zärtlichkeiten mit Freunden?«

»Bist du eklig, Alder?«

Enrico steht auf.

»Ich meine doch die Band, nicht die Handlung. Die machen da seit Jahren Quatsch. Oder Michael Hatzius! Die Echse! Aber auch internationale Künstlerkollektive wie DEREVO.«

»Wer? Wo?«

Ich verzweifle langsam.

»Es gibt Bockwurst. Sogar vegan! Eigentlich komme ich nur wegen der Essensbuden!«

»Ich geh mal pissen. Aber erzähl ruhig weiter. Ich hör ooch ganz bestimmt zu.«

Enrico verschwindet hinter mir im Gebüsch.

»Naja, wenn du meinst«, sage ich beflissen, »also ich hätte ja am Anfang auch nicht gedacht, dass mir das gefällt. Aber das Konzept mit der halben Stunde ist einfach top. Die komprimierte Ekstase quasi. Und mit wie viel Sorgfalt das gemacht ist. Das Artwork. Da kriegt halt auch jeder Act sein eigenes Plakat. Sogar so Typen wie ich. Die in einer Zwei-Mann-Band spielen, die »The Fuck Hornisschen Orchestra« heißt. Allerdings heißt der Grafiker auch Spacke. Aus irgendeinem Grund mögen die uns. Wir haben insgesamt schon fünf Mal da gespielt. Am Anfang hatten wir Schiss, dass niemand uns sehen will. Und dass wir dann auf den Festplatz raus müssen, um nochmal Werbung zu machen. Ich bin super schlecht im Werbungmachen. Aber dafür gibt es zum Glück die Rekommandeure.«

»Was für Kommandeure? Bund oder was?«, ruft Enrico aus dem Busch.

»Nei-enn! So nennt man die Marktschreier-Leute beim Schaubudensommer. Die haben schicke Westen an und trommeln das Publikum zusammen. Das sitzt da ja rum und will informiert werden. Bei jedem Wetter. Ich erinnere mich

noch, in einem Sommer war es megaheiß und wir haben in einem sehr kleinen Zelt gespielt, das komplett mit dicken schwarzen Vorhängen verkleidet war. Nach dem ersten Durchgang war mein Hemd komplett nass geschwitzt. Ich habe gestunken wie ein Iltis. Glücklicherweise ging es dem Publikum nicht anders. Schaubudensommer ist eben auch, wenn man weiß, dass irgendwann alle stinken. Und dass es okay ist. Mittlerweile habe ich aber immer ein Handtuch dabei, wie ein Rapper. Gestern habe ich das ins Publikum geworfen, wegen Style und so – es wurde sofort wieder auf die Bühne geschmissen.«

Enrico kommt zurück, sich die Hände an den Hosenbeinen abwischend.

»Naja, wollt ihr das ni als Künstler? Dass von den Leuten ooch ma was zurückkommt?«

»Haha!«

Trinkste das noch?«, fragt er und zeigt auf mein fast volles Bier.

»Nee, ich hatte gestern glaube ich ein paar Shots zuviel. Das Fest ist ja mit der Mitternachtsüberraschung nicht zu Ende. Danach wird noch zu Live-Musik in der Scheune abgedanced. Bis die Sonne aufgeht. Ich glaube, das mag ich am meisten. Auch wenn ich an viele der Abende eher schemenhafte Erinnerungen habe. Ich glaube sogar, dass mal jemand mit mir knutschen wollte.«

»Never ever, Alder.«

»Wie gesagt, meine Erinnerungen sind da leicht verschwommen. Das Brot der Künstler besteht nämlich nicht, wie gemeinhin angenommen wird, aus dem Applaus ihres Publikums, sondern vorwiegend aus Freigetränken. Und es gibt seit ein paar Jahren so einen Stand, da experimentieren die mit Kaffee und Wodka.«

»Ach echt?«, fragt er, »So richtig wie so Chemiker mit Brille und so? Wie hier die eene, von dem Gymnasium, wie hieß die?«

»Das Marie-Curie-Gymnasium?«

»Genau!«

»Ja, so kann man sich das vorstellen!«, stimme ich zu, »Und wie Marie Curie sind wir von den Wodka-Experimenten alle am nächsten Morgen total verstrahlt.«

»Lol, Alder! Den hab sogar ich ma verstanden.«

Wir lachen beide.

»Was bedeutet eigentlich Schaubude? Ich kenn nur Dönerbude«, sagt Enrico und stellt mein mittlerweile leeres Bier zu seinen Flaschen.

»Naja, das stammt von den Jahrmärkten aus dem Mittelalter.

Bei Faust wird das auch erwähnt.«
»Faust kenn ich«, sagt Enrico und boxt mich erneut.
»Aua. Und bei den großen Volksfesten früher wurden in Schaubuden so Kuriositäten ausgestellt. Der stärkste Mann der Welt, die Hungerkünstlerin. Der erste Film der Welt wurde in einer Schaubude gezeigt. Naja, und Helmut hat halt in den 60ern mal so eine Schaustellertruppe bei sich im Ort gehabt, ab da war er angefixt. Die hatten einen echten mumifizierten Blauwal. Der hat mega gestunken.«
»So wie du beim Konzert.«
»Genau so wie ich, ja!«, erwidere ich knurrend.
»Gibts da eigentlich viel Kohle?«, fragt Enrico.
»Definiere viel.«
»Na mehr als hundert Lappen?«
»Jo.«
»Kann ich da ooch ma spielen?«
»Ich dachte, du wolltest nicht mehr arbeiten.«
»Na komm, das is doch keene Arbeit, was du da machst.«
Ich lache. Dann lache ich nicht mehr.
»Nee, guck dir das erstmal an«, sage ich skeptisch.
»Gibste mir nen Wodka aus?«
»War das ne rhetorische Frage?«

JULIUS FISCHER

Der Slam-Poet, Autor und Kabarettist wuchs in Dresden auf. Geboren wurde er 1984 in Gera. Fischer studierte an der Universität Leipzig Geschichte und Germanistik und tritt seit 2004 auf Poetry-Slam-Bühnen in Deutschland, Österreich und der Schweiz auf. Er stand mehrfach im Finale der deutschsprachigen Meisterschaften im Poetry Slam. Sein Slam-Duo Team Totale Zerstörung (mit André Herrmann) gewann 2010 in der Jahrhunderthalle Bochum den Titel des Vizemeisters, 2011 folgte der Meistertitel in der O_2 World in Hamburg. Seit 2006 ist Fischer Mitglied der Dresdner Lesebühne Sax Royal, 2008 war er Mitbegründer der Leipziger Lesebühne Schkeuditzer Kreuz. Seit Juni 2011 ist er zudem festes Mitglied der Berliner Lesebühne Lesedüne (u. a. mit Marc-Uwe Kling). Seit September 2014 tritt er in der MDR-Fernsehshow Comedy mit Karsten auf. Seine Satire »Die schönsten Wanderwege der Wanderhure. Kein historischer Roman« löste einen Gerichtsstreit aus, weil eine Verwechslung mit »Die Wanderhure« von Iny Lorentz angenommen werden konnte. Fischer ist Sidekick in der Olaf-Schubert-Show des MDR. Er liebt den Schaubudensommer.
(Das Sächsische unterliegt keiner Regel. Der Autor schreibt die Dialoge in seinem Sächsisch.)

DIE LETZTE ATTRAKTION

Text × **Christina Wittich**

DIE LETZTE ATTRAKTION

Alles am Königsbrücker Platz hat sich geändert

Der Königsbrücker Platz hält ein Nickerchen. Orangegelb scheint die Sonne durch grünes Lindenlaub. In diesem Sommer hat es der Rasen unter den Bäumen nicht wirklich geschafft. Dreckig braun reckt er rebellisch ein paar Halme in die Luft. Sieben Bänke gruppieren sich um eine Eiche. Zigarettenstummel im Kies. Wie auf einem verlassenen Dorfplatz fühlt es sich an, hier zu sitzen: Gleich geht es los, gleich kommt jemand und setzt sich dazu, redet, Kaffee und Kuchen vielleicht. Und dann passiert – nichts. Das Leben findet in den Kneipen und Cafés seiner Peripherie statt, in den Läden, in der Sankt-Pauli-Ruine. Der Königsbrücker ist nur ein altes, müdes Herz in einem pulsierenden Viertel. Wäre er eine Person, er wäre ein Dresdner Großvater. Mehr so der durchschnittliche Typ, verwachsen mit der Stadtgeschichte, ohne jemals eine tragende Rolle darin gespielt zu haben. Große Geschichten hat er nicht zu erzählen. Sein früheres Gesicht, zuweilen abweisend und hässlich, hat die Gentrifizierung geschliffen und geglättet.

Was klingt wie eine Krankheit, ist für die einen Fluch, den anderen ein Segen. Billiger Wohnraum lockt erst Künstler und dann Studenten. Deren Anwesenheit macht das Viertel attraktiv. Die Studenten bekommen Kinder und bleiben, der Mittelstand entdeckt die Gegend. Gemeinsam sanieren sie, hübschen auf, schaffen Ordnung. Wer wegen der billigen Preise und der Kneipe am Eck dort wohnte, kann sich die steigenden Mieten bald nicht mehr leisten und mit den hippen Getränken in der Bar ums Eck nichts anfangen. Im Lauf der Jahre tauscht sich so eine ganze Bevölkerungsgruppe, tauscht sich ein Lebensgefühl aus. So geschehen auch in der benachbarten Neustadt.

Im Hecht ist der Prozess so gut wie abgeschlossen. Das AZ Conni ganz am anderen Ende des Königsbrücker Platzes, noch hinter dem Spielplatz, ist das letzte Projekt auf dem Zettel der Stadtsanierung. So sehr es vielleicht den eigenen Werten widerspricht: Das Alternative Zentrum muss schöner werden. So verlangt es der Sanierungsplan. Als würde man einem Punk eine Schleife verpassen. Früher befand sich hier ein mehrstöckiger Kindergarten. Heute sind das Haupt- und Vorderhaus angegraut und verziert mit Graffiti und Plakaten. »Mit der Sanierung sind wir auch Teil der Gentrifizierung«, sagt Thomas Fischer, beim AZ Conni verantwortlich für die Koordination der Arbeiten. Der 30-Jährige betont, dass seine Meinung nicht stellvertretend steht für alle Mitglieder des Zentrums. »Bekommen wir eine hübsche Fassade, wird das Viertel aufgewertet«, sagt er. Fischer sieht nicht aus, als fühle er sich sonderlich wohl mit dem Gedanken. »In den Neunzigern konnte man mit geringem Einkommen noch ins Hecht ziehen, jetzt geht das nicht mehr«, sagt er.

Wie eine Sandbank der Glückseligen bettet sich der Königsbrücker Platz inzwischen ins Hechtviertel. Am schmalen, unteren Ende die Fichtenstraße, rechts Rudolf-Leonhard-, links Schanzenstraße. Aus der Luft betrachtet, versucht er, sich durch einen schmalen Weg abzugrenzen vom mehr als doppelt so großen Spielplatz, der sich ausladend ins Grüne öffnet. Da oben tobt das Leben. Hier ruht es sich aus. Im Halbschatten einer Pergola liegen zwei Obdachlose auf Bänken. Wie choreografisch abgesprochen weisen ihre Köpfe nach Osten, die Arme über der Brust gekreuzt, die Gesichter auf eine intime Art entspannt.

Leises Schnarchen verlässt die halbgeöffneten Münder. Mit ihnen zu reden bietet sich in dem Moment nicht unbedingt an. Der von der rechten Bank steht kurz auf, richtet schlaftrunken seine an der Rückseite angelehnte Krücke, schaut sich kaum um, tappert zurück und nimmt die alte Position wieder ein. Das halb ausgetrunkene Bier am Kopfende der Bank bleibt unberührt.

Hin und wieder, nicht an diesem Tag, lockert sich das Ensemble der Sankt-Pauli-Ruine auf dem staubigen Rasen. Die Frauen und Männer sprechen dann laut, glucksen oder lassen die Lippen vibrieren. Sie hüpfen und schütteln sich den Alltag aus den Gliedern, um frei zu sein für Shakespeare, zum Beispiel. Dessen »Ein Sommernachtstraum« steht bereits seit einigen Jahren auf dem Spielplan des inzwischen recht etablierten Laientheaters in der Kirchenruine. Ein Dauerbrenner. Jörg Berger, der Regisseur und Vereinsvorsitzende und damit in gewisser Weise auch Intendant der Bühne, lässt seine Schauspieler darin kalauern und Koffer schleppen. Die Nebenhandlung stiehlt dem eigentlichen Schauspiel knapp die Show. Selbst eine Art besorgter Bürger verirrt sich irgendwann ins Geschehen. Man versteht ihn kaum, was vermutlich kein Verlust ist. Mehr Gegenwartskritik kommt allerdings nicht unter im Lustspiel.

Die Saison der Sankt-Pauli-Ruine beginnt im Mai und endet im Oktober. »Im Sommertheater sollte man nicht zu viel Politik machen«, sagt Jörg Berger und lehnt sich zurück. Er, ein großer, kräftiger Mann mit schütterem, beinahe weißem Haar, sitzt auf einem der Caféstühle im Foyer der Kirchenruine. Die Sonne scheint durch das Glasdach. Seit sechs Jahren schützt es Bergers Publikum vor Regen und seine direkten Nachbarn vor dem Lärm, den die Kunst manchmal so mit sich bringt. Die Ruine selbst ist nur noch vorbildliche Ruinendarstellerin. Auch hier vorbei die liederlichen Zeiten. Jörg Berger vermisst sie hin und wieder: »Früher war sie präsenter«, sagt er. »Efeu wuchs innen und außen an den Mauern. Etwas ungebundener zu sein ist auch nicht unbedingt schlecht für kreative Prozesse.« Oder Muße. Aber auch die ist dem Mann über die Jahre

abhanden gekommen. Der 57-Jährige hat praktisch nie Zeit. Seit mehr als 20 Jahren treiben ihn sein Theater und der damit verbundene Verein bereits um. Das Vereinsleben verlangt es, dass er organisiert, dass er Geld auftreibt, dass er Menschen gewinnt. Eigentlich hat Jörg Berger mal Hydrologie studiert an der TU-Dresden. Eine Kunst, die sich, kombiniert mit ökologischem Idealismus, zu DDR-Zeiten als noch brotloser erwies als Laientheater. Zur Sankt-Pauli-Ruine kam er über Zufälle, wie es sie womöglich nur in den 1990er-Jahren in der ehemaligen DDR geben konnte. Der Raum stand einfach zur Verfügung. Berger ergriff die Chance. Heute ist »die Ruine im Grunde genommen das Zentrum des Viertels. Nicht der Königsbrücker Platz«, sagt er und lächelt dabei breit wie ein Vater, der stolz ist auf die Erfolge seines erwachsenen Kindes. Theater, Konzerte, Kleinkunst, die ersten Impulse zum Hechtfest – über die Jahre hat sich sein Projekt zum kulturellen Motor am Königsbrücker Platz entwickelt.

Das Hechtfest, zum Beispiel, ist entstanden, weil nicht nur Jörg Berger auffiel, dass es etliche reizvolle Hinterhöfe im Viertel gibt. Er wollte sie sehen. Er wollte sie zeigen. Er wollte das Hechtviertel öffnen und dessen ramponiertem Ruf eine kleine Runderneuerung geben. Verkommen, verfallen, verwahrlost – die realsozialistischen Obrigkeiten hatten es nicht gut gemeint mit dem Hecht. Dabei war es einmal entstanden aus einer halbwegs guten Absicht heraus: In den Dreißigerjahren des 19. Jahrhunderts kaufte der ehemalige Dresdner Polizeidirektor Hans Ludwig von Opell einen früheren Artillerie-Übungsplatz. Einer der Urväter heutiger Immobilienspekulanten in Dresden mag er damit gewesen sein. Mietshäuser in offener Bauweise ließ Opell errichten auf dem sandigen Boden. Das Blütenmeer zahlreicher Gärtnereien erstreckte sich rechts und links der Gebäude. In der Nachbarschaft Industrie und Handwerk. Die Bevölkerung entwickelte sich explosionsartig in dem nach seinem Erbauer benannten Opellviertel. Arbeiter lebten hier.

Dörflich sieht aus auf alten Zeichnungen, was Opell damals vorgefunden haben mag: kleine Häuschen, unbefestigte Wege, stillstehende Zeit. Ein Ort zum Vorübergehen auf dem Weg zum Weinberg oder zum

Gasthaus des Försters Hecht. Am Ende gewann der Wirt auch den Wettbewerb um die Beliebtheit. Sein Name steht heute für das Viertel und eine Straße, die dort entlangführt, wo früher die Zecher einkehrten. An Opell erinnert nur noch eine Kneipe.

Die Sankt-Pauli-Kirche war 1891 ein Geschenk der Stadt, als das Viertel zu blühen begann. Den Königsbrücker Platz gab es damals schon. Eine Schule war bereits 30 Jahre vor der Kirche entstanden. Ansonsten kaum Hinweise auf dessen Präsenz in den Akten des Stadtarchivs. Erst wieder 1952. Am 26. Februar beschloss das Dezernat Aufbau »die Ausgestaltung des Trümmergeländes der früheren Schule am Königsbrücker Platz als Kinderspielplatz«. Zwei Luftangriffe hatten dort nur noch Ruinen hinterlassen. Für deren Beseitigung waren 70.000 DM angesetzt, abgerechnet wurden fünf Monate später 87.256,56 DM. Zwei Sandkästen finden Erwähnung in den Akten.

Einer, der später am Platz wohnte, ist heute nicht mehr dort zu erreichen. Noch vor dem Fall der Mauer ist er ausgereist. Seinen Namen möchte der Mann nicht nennen, ein bisschen plaudern am Telefon schon. Heute lebt er, bereits etwas betagter, in München. Das Haus seiner Großeltern am Königsbrücker Platz vermietet er. Er erinnert sich: »Ich hatte um die 100 Brieftauben im Hinterhof.« Man hört einen leichten bayrischen Einschlag in der Sprache. Das Sächsische ist verflogen. »Wenn die anderen um die Häuser gezogen sind, hab ich mir das immer erzählen lassen.« Häufiger aber hätten sich die Kinder und Jugendlichen des Viertels sowieso auf dem Spielplatz getroffen. »Das Hecht war ne verrufene Gegend. Da war nicht viel«, sagt er. »Meistens haben wir rumgesessen und Kofferradio gehört.« Heute mag er das Viertel seiner Kindheit lieber. Es finanziert auch seinen Lebensabend.

Mit dem Sankt Pauli hat sich zum Beispiel ein gut gehendes Restaurant in den Räumen einer ehemaligen Fleischerei eingerichtet. Im Hinterhof, sagt Inhaber Dirk Vogel, befindet sich noch der Schuppen, in dem früher Fleisch zerteilt und Würste gedreht wurden. »Da riecht es immer noch ein bisschen nach Eiweiß«, sagt er und rümpft die Nase. Vogel, 48, ist Barbesitzer aus der Neustadt. Das Hechtviertel ist seit den späten 90ern in seinen Radar gerückt. Vorher, sagt er, »war das hier die dürftigste Ecke und die Klientel dann selbst in der DDR schon eher Randgruppe«. Fotos von einer besseren Zeit hängen in seinem Laden: Ernst blickt ein Junge in Matrosenanzug in die Kamera. Hinter ihm grinsen dick in Wolle und dunkle Strumpfhosen eingepackte Kinder unter kahlen Bäumen. »Dresden – Königsbrückerplatz und Opellstraße« hatte der Fotograf am unteren Bildrand vermerkt. Glaubt man Vogel, ist das Viertel zu seiner damaligen Ruhe zurückgekehrt. »Im Endeffekt ist hier nichts los«, sagt er. »Sonntag früh kommst du dir hier vor wie auf dem Dorfanger.«

Nur, dass die Alten verschwunden sind. Junge Familien mit Kindern dominieren die Gegend. Mit der Sanierungswelle, die begonnen hat Mitte der 90er-Jahre und allmählich ihr Ende findet, ist das Arbeiterviertel Geschichte. Noch kurz nach der Wende, sagt Ingrid Lommatzsch, haben sie und ihre Kollegen ihren älteren Kunden geholfen, Formulare auszufüllen. Dafür war sie als Apothekerin nicht unbedingt zuständig, aber was will man machen? »Die Menschen waren doch völlig überfordert mit dem System.« Die 80-Jährige lebt nicht am Königsbrücker Platz. Hat sie nie. Ingrid Lommatzsch lebte schon immer in Blasewitz. Heute gibt sie eine elegant gekleidete Ruheständlerin ab, die man sich gut vorstellen kann als resolute Dame hinterm Apotheken-Tresen. Durchsetzungsvermögen brauchte Lommatzsch damals. Übernommen und wieder eröffnet hatte sie die Apotheke, weil es, kurz gesagt, jemand machen musste. Mit 53 hatte sie kaum andere Perspektiven im wiedervereinigten Deutschland. Für die russischen Soldaten, die damals noch in der Nähe stationiert waren, stockte sie seltene Tees auf, die die Kameraden gern »zu ihren Babuschkas nach Hause« schickten. Windige Händler musste sie sich vom Hals halten. Anfangs war es schwer, zu unterscheiden, ob kleine Geschenke für ihre Kunden wirklich ihr Geld wert waren. Etwa 1000 Mark kostete sie die Erfahrung. Drogenabhängige kamen in die Apotheke, schlugen Alarm. Bäume am Straßenrand gingen ein, weil jemand sie vergiftet hatte, um eigenmächtig Parkplätze zu schaffen. Ein kleines Drama mit der Apotheke im Verdacht. »So ein Blödsinn!«, schimpft die alte Dame heute noch. »Aber so war das damals.« Heute betreibt ihre Tochter das Geschäft. »Gibts eigentlich die Trinker noch, die waren doch immer auf dem Platz«, erkundigt sich Ingrid Lommatzsch zum Abschied.

Die Trinker sind noch da, aber weniger. Birgit Lange erinnert sich, wie einer sie manchmal auf dem Weg zu ihrer Arbeit gegrüßt, sich nach ihrem Befinden erkundigt habe. Heute sei der Mann zu sehr mitgenommen durch seinen Alkoholkonsum. Aus den Fenstern ihrer Praxis sieht sie ihn hin und wieder auf der Bank schlafen. Eine Etage über der Apotheke haben die Kinderärztin und ihr Kollege Tilman Hacker beste Voraussetzungen, den Platz und die schleichende Erneuerung drumherum zu beobachten. An ihren Patienten stellen sie die Symptome einer veränderten Zeit fest.

Gemeinsam betreiben Hacker und Lange eine gut frequentierte und angesehene Kinderarztpraxis. Vor 25 Jahren eröffnete Tilman Hacker die Räume, Lange schloss sich ihm fünf Jahre später an. Seine ersten Patienten empfing Hacker praktisch auf der Baustelle. »Eines Tages kamen ein paar Jungs mit einem Bollerwagen an und brachten ihren vielleicht sieben, acht Jahre alten Kumpel«, erinnert sich der 58-Jährige. »Der war vom Klettergerüst gefallen und hatte sich den Arm gebrochen.« Vorstellen kann er sich ein ähnliches Szenario heutzutage kaum. Auch nicht so etwas wie den Fall eines Jungen, der vor allem morgens Kopfschmerzen hatte. Wie sich herausstellte, litt das Kind unter einer chronischen Kohlenmonoxidvergiftung, weil der Ofen im Kinderzimmer nicht richtig zog. »Das würde heute höchstens noch in der Schischa-Bar passieren«, sagt Hacker.

Derzeit behandeln seine Kollegin und er chronische Kopfschmerzen vor allem durch Überlastung, überforderte Eltern, Kinder, die die Hauptlast einer Scheidung trügen, diffuse Symptome einer schnelllebigen Zeit. »Wir erleben momentan recht komplizierte Patienten«, sagt Lange, »deswegen kommen einem Fälle wie solche damals recht unkompliziert vor.« Inzwischen müssten sie Familien schon raten, einmal auf den Spielplatz zu gehen, damit ihr Kind ausreichend Bewegung bekommt.

Bedrückend ist die Diagnose der Mediziner über den Zustand der Gegenwart. Schickes Viertel, verkorkstes Miteinander. Dabei wirkt das Leben so leicht, betrachtet durch die Augen von jemandem, der am Spielplatz auf der Bank sitzt und dem Treiben der Kinder zuschaut. Längst gibt es mehr als zwei Sandkästen. Ein Holzfort, beinahe nicht zu erklettern durch viel zu ungelenke Eltern, bietet Raum und Schutz vor besorgten Blicken. Es gibt Rutschen und eine Bahn zum Skaten, Tischtennisplatten und ja, auch Sandkästen. Eine ausrangierte Telefonzelle dient als Minibücherei: der katholische Katechismus neben einem Lohnsteuer-Handbuch von 2015, neben Schmonzetten, dem Medicus und Krimis. Ein Mädchen im Kindergartenalter studiert die Bilder auf den Einbänden. Ein Plakat bittet um Hilfe bei der Suche nach Kater Kasimir. Hunde müssen draußen bleiben. Darum bleibt Jörn Kiele neben seinem »Watson« sitzen, während Constanze Wagenschwanz mit dem gemeinsamen zweijährigen Sohn Carl Arthur durch den Kies tobt. Sie ist Zahnärztin, er Ingenieur, beide Mitte 30. Die Familie steht exemplarisch für die neue Bevölkerung des Hecht: jung, berufstätig, akademisch ausgebildet, kleine Kinder. Ihr Kinderarzt ist Tilman Hacker, ihre Lieblingskneipe das Sankt Pauli, hin und wieder gehen sie zu Vorstellungen in die Ruine. »Unser Leben hier spielt sich rund um den Platz ab«, sagt Constanze Wagenschwanz. »Der Königsbrücker Platz versammelt eher die Dinge. Er ist eine Verbindung und selbst nicht so wichtig.« Seit einem Jahr wohnen sie im Hecht, einen Kleingarten pflegen sie in der Rudolphia ein paar Straßen weiter. »Wir müssen aufpassen, dass wir uns hier nicht einigeln«, sagt sie. »Wir verpassen sonst das Leben in der Stadt.«

Das Hechtviertel als junges Dorf in Dresden und der Königsbrücker Platz sein Anger. Andreas Ullrich hält nicht besonders viel von dem Bild. Direkt gegenüber vom Spielplatz befinden sich die Wildsmile Studios, deren Inhaber Andreas Ullrich ist, ein von Efeu umranktes Gebäude, das nicht einlädt und wenig preisgibt von dem, was sich hinter der Eingangstür verbirgt. Im Hinterhof befindet sich auch das C. Rockefeller Center for the Contemporary Arts des Deutschland & Friends e. V., ein Offspace und Projektraum für zeitgenössische Kunst. Clark Rockefeller oder besser Christian Karl Gerhartsreiter ist der Namensgeber für diese Mischung aus Werkstatt, Atelier und Galerie und auch ein bisschen Schrottplatz im Hinterhof. Moderne Kunst kann alles gebrauchen. Rockefeller war ein Hochstapler, der seine Lügen perfekt verkörperte, und was ist Kunst denn anderes als eine Variante der Wahrheit? Andreas Ullrich fragt so etwas nebenbei, während er zügig die Räume seiner Druckerei durchschreitet und redet wie eine Maschine. Seine Themen reihen sich aneinander: Kapitalismus, Kunst, Gentrifizierung, Bücher, Sticker. Blonde Rastas, barfuß, Bart und legere Klamotten – der 41-Jährige gibt nicht das Bild eines klassischen Unternehmers ab. Dabei ist der Beinahe-Anwalt und Fotokünstler unter anderem auch das. Die Bücher stimmen, erzählt er nicht wenig stolz und zeigt auf Hefter, die sich penibel aneinanderreihen in einem ansonsten unglaublich unaufgeräumten Büro. Hier bekommt das kreative Chaos ein Gesicht. Ullrich und sein Team stellen Künstlern Raum zur Verfügung. Sie drucken graphisch anspruchsvolle Bücher und sie produzieren Aufkleber. In den Räumen steht der Geruch nach Druckfarben und Leim.

Über den Daumen gepeilt stammt so ziemlich jeder Sticker an jeder Bank, an jeder Laterne, an jeder Klotür im Dresdner Raum aus Ullrichs Druckerei. Längst allerdings bezieht sich Ullrichs Wirkungsbereich nicht allein auf Dresden oder Sachsen. International arbeiten sie inzwischen. »Ich mache mir zum Beispiel überhaupt keine Sorgen um Geld, weil ich weiß, dass die Dinge, die wir machen, auf der Höhe sind«, sagt er. Das Haus und der Garten gehören ihm. Es könnte überall stehen. Mit dem Platz, dem Viertel, fühlt sich Ullrich nicht mehr verbunden als nötig. Er hat 2004 eine Gelegenheit ergriffen. Vor 2004 besetzten er und einige Weggefährten das Haus Rudolf-Leonhard-Straße 52 auf nicht sehr legale Weise. Der Kauf von Gebäude und Hinterhof für einen Bruchteil dessen, was es heute wert wäre, war »eine Art Selbstermächtigung. Wenn ich besitze, gibt es kaum einen Hebel, mich von dem abzuhalten, was ich daraus mache«, sagt er. »Was wir früher als Hausbesetzer praktiziert haben, praktizieren wir heute als Besitzer.« Gekaufte Freiheit. Wenn ihm danach sei, flexe er eben auch mal am Sonntagmorgen in seinem Hof. Kunst kennt keine Zeiten. »Wir sind gewissermaßen eine kleine alternative Attraktion hier«, sagt er. Inzwischen womöglich sogar die letzte.

CHRISTINA WITTICH

Christina Wittich stammt aus dem schönen Örtchen Quedlinburg. Geboren wurde sie 1979 allerdings in Leipzig, verbrachte dort aber erst wieder Zeit, als sie alt genug war, eine Universität zu besuchen. Sie studierte Journalistik und Psychologie und schrieb ihre Diplomarbeit über die Arbeit deutscher Korrespondenten in Moskau. Volontariat dann bei der Sächsischen Zeitung, Ausflüge nach Berlin, Braunschweig und Halle verbunden mit einem Abstecher zum MDR-Hörfunk. Am Ende ein Umzug nach Dresden. Bei der Sächsischen Zeitung arbeitete Christina Wittich bevorzugt im Ressort Kultur/Magazin/Seite 3. 2007 bis 2008 entsandte sie das Institut für Auslandsbeziehungen als Kulturmittlerin ins sibirische Omsk. Seit 2010 arbeitet Christina Wittich als freiberufliche Journalistin und Autorin in Dresden. Am liebsten schreibt sie Reportagen und Porträts. Lesen kann man die dann zum Beispiel in der Sächsischen Zeitung, dem Tagesspiegel, auch schon bei Zeit Online oder in Publikationen der Deutschen Kinder- und Jugendstiftung.

WEBER
aus der

DER HOSTERWITZER AFFENSTEIN

Text × Thomas Rosenlöcher

DER HOSTERWITZER AFFENSTEIN

»Hinkmarie« im Tal der Ahnungslosen?

1. Ewigkeitsfestung

Auf dem Hosterwitzer Friedhof herrscht seit Jahrhunderten Gräbergedrängel. Doch während die Gräber die Toten begraben, hat der Efeu die Gräber begraben; Dauer die Vergänglichkeit, Vergänglichkeit die Dauer. Und während der Efeu den Efeu begräbt und hier und da über die Sträucher hinweg seine eigenen Grabmonumente aufführt, zerfressen die Elbtalnebel die Stelen, so daß hinter dunkel beblätterten Kreuzen die schneeweiße Seele des Sandsteins vorleuchtet. Wenn nicht wieder eine Jahrhundertflut über die Uferwiesen hinweg tritt und hinter der Mauer den Friedhof begräbt, im Urstrom also die Ewigkeit auf den Augenblick trifft.

2. Spontini

Hier, an der Außenmauer, ein wenig abgerückt von den Toten – die hoffentlich leben, so wie auch uns angesichts des Todes nur Hoffen auf Lebendigkeit bleibt – soll Schnuff, der Affe, begraben sein. Jedenfalls befindet sich dort ein Epitaph aus neuerer Zeit, der ausdrücklich an Schnuff erinnert. An den Affen, den Carl Maria von Weber im Jahr 1820, bei einer Konzertreise nach Norddeutschland, einem Matrosen abkaufte, weil seine Frau beim Anblick des kaum spannenlangen Wesens, das »sich so liebenswürdig zeigte, so charaktervolle Gesichter schnitt, sich so tiefernst und bedenklich hinter dem Ohr kratzte« – ausrief: »den muß ich haben, der sieht Spontini zu ähnlich!« So kam es, daß der Primate, gemeinsam mit Webers Jagdhund Ali, der Katze Maune, einem Sprosser sowie einem indianischen Raben, fortan zu den musikalischen Hausgenossen des Komponisten zählte – in den wenigen Sommern, die Weber in Hosterwitz noch blieben. Wobei der laut Caroline so schnuffähnliche Spontini bekanntlich Webers Hauptfeind in Berlin war. Ähnlich wie Morlacchi der Hauptfeind Webers in Dresden war. – »Ich weiß ja ...« – lautet hierzu der berühmte Schlüssesatz, von dem ich wünschte, ihn selber formuliert zu haben – »Ich weiß ja, daß es hier für meine Kunst kein Heil gibt, daß ich keine spornenden Aufträge bekomme, daß hier eine lähmende, jeden hohen Schwung verhindernde Luft herrscht ... Aber ich kann aus dem verflucht hübschen Nest nicht heraus.«

Anmerkung zu Spontini: Nach einem in Hosterwitz aufbewahrten Porträt trug Gaspare Spontini eine betont den Schädel nach oben verlängernde Stutzerfrisur, die, wenn auch durch seitliche Locken aufgehübscht, an den sogenannten Irokesenschnitt erinnert, mit dem eine gegenwärtig auch schon wieder alternde Jugend ihrer Anwesenheit auf der Welt durch vertikale Kopfausdehnung Nachdruck zu verleihen sucht. Jedenfalls läßt Spontinis Frisur darauf schließen, daß es sich bei Schnuff um einen »gehaubten Kapuzineraffen« (cebus apella) gehandelt hat.

3. Hinkmarie

Wegen einer Knochenkrankheit, durch die er erst mit vier Jahren laufen lernte, hieß Carl Maria von Weber in Dresden »Hinkmarie«. – »Das schmale feine Gesicht mit den lebhaften und doch häufig umschleierten Augen bannte mich in Schauern; sein stark hinkender Gang, den ich oft vom Fenster aus wahrnahm, wenn der Meister um die Mittagszeit aus den ermüdenden Proben seinen Heimweg an unserem Hause vorbei nahm, kennzeichnete meiner Imagination den großen Musiker als ein ungewöhnliches, übermenschliches Wesen« – berichtet Wagner, feininstrumentierend, in seinen Lebenserinnerungen. – Gerade mal neun Jahre alt – und schon war Wagner Weberianer. Dem Meister von der Mutter mit den Worten vorgestellt, daß der kleine Richard »auf den Freischütz ganz versessen« sei, hatte er sich also nicht von den Warnungen der damaligen Kulturdresdner abschrecken lassen, denen zufolge Weber »auf der falschen Seite« stünde, insofern sich ein jeder, dem es in Dresden »an Hofgunst gelegen« sei, auf die konservative, zu der Zeit also: »italienische Richtung werfen« müsse. Und heute noch fragt sich der Kenner verblüfft, wieso Webers Euryanthe über weite Strecken klingt, als habe sie Richard Wagner geschrieben. Und warum sich im Nibelungenalberich der Kaspar der Wolfsschlucht windet. Doch während Dankbarkeit sonst nicht unbedingt Wagners Sache war, hat er seinem Vorgänger Weber lebenslang die Treue gehalten. Und sich in seiner Kapellmeisterzeit gegen den anfänglich beträchtlichen Widerstand des Hofes mit der ihm eigenen Leidenschaft dafür eingesetzt, Webers sterbliche Überreste aus London heimzuholen. Und 1844 dann auch in Dresden die Leichenrede gehalten, wobei er sich laut Lebensbericht von oben her unter sich vor Webers Sarg stehen sah. Und als oberer Wagner sprachlos feststellen mußte, daß auch dem unteren Wagner plötzlich die Worte fehlten. So daß eine Generalpause entstand, die keiner – Wagner eingeschlossen – Wagner zugetraut hätte. Denn Wagner machte sonst nie eine Pause, geschweige denn, daß ihm sonst jemals die Worte fehlten. Was aber ist eine Generalpause anderes als der Versuch, im Augenblick die Ewigkeit zu berühren? Beredter als der verdoppelt Verstummte konnte sich keiner vor Webers Sarg äußern. Und als beide Wagners sich wieder vereinten, war Webers Genius in Wagner gefahren. Eine künstlerische Kernfusion, die ihrerseits die Voraussetzung für das Gesamtkunstwerk war, das uns heute allein unter Wagners Namen die Bretter der Welt bedeutet. Und Wagner hielt eine so donnernde Rede, daß ihm – wie er ebenfalls in seiner Autobiographie »Mein Leben mit Richard Wagner« berichtet – der Schauspieler Devrient bezeugte, dergleichen noch nie vernommen zu haben. Und Weber? Ich meine den großen Musiker, den sie ein paar Jahrzehnte zuvor im Tal der Ahnungslosen noch glaubten als »Hinkmarie« bezeichnen zu dürfen? Hätte er seiner Überführung nach Dresden überhaupt zugestimmt? Obwohl ich ebenfalls in dem Wissen, daß es hier für meine Kunst kein Heil gibt, daß ich keine spornenden Aufträge bekomme, daß hier eine lähmende, jeden hohen Schwung verhindernde Luft herrscht, im Elbtal hängen blieb, kann ich mir ein Elysium Webers unmöglich anders als einen endlosen Hosterwitzer Elbwiesensommer vorstellen. Und vielleicht ist es dem der Zeitlichkeit längst Enthobenen so unrecht denn auch wieder nicht, ausgerechnet auf Betreiben seines Nachfolgers – erst mit der John Bull an hundertfach im Hamburger Hafen halbmastflaggenden Schiffen, hundertfach in Beibooten auf dem Wasser harrenden Musikfreunden vorübergeglitten; – dann wegen der am Oberlauf zugefrorenen Elbe auch noch mit dem allerneuesten Fortschrittsvehikel, nämlich der Dampfeisenbahn, auf das Elbtal zugestampft; – am Ende auch in einem irdischen Sinn nicht aus »dem verflucht hübschen Nest« herausgekommen zu sein. Wagner war es bekanntlich dann auch, der – vielleicht auf Bitten Caroline von Webers – im Inseratenteil des Dresdner Anzeigers dazu aufrief: »... eine Summe Gelds zu sammeln, um Webers Hausgenossen, dem Affen Schnuff für dessen Verdienst um die Deutsche Oper unterhalb des Hosterwitzer Friedhofs ein angemessenes Denkmal zu errichten.«

Nachtrag zu Wagners Aufruf: Wie soll man sich den Verdienst eines Affen um die deutsche Oper vorstellen? Könnte sich das Tier eines Instruments bemächtigt haben? Webers noch heute in Hosterwitz als Kopie aufbewahrter Gitarre etwa? So daß der sich schon unter Tränen abwendende Meister dem kakophonischen Zupfsalalat des Primaten denn doch einige ihn affizierende Akkorde entnahm, die hernach an prominenter Stelle im – sagen wir – Waldhornmotiv des Oberon – wiederkehrten? – Nun, ganz so simpel war der Hergang wohl nicht. Und sicher wird sich im Folgenden noch erhärten lassen, daß es sich bei diesem Aufruf eben nicht um ein Beispiel des – ansonsten ja tatsächlich nicht raren – Wagnerschen Humors handeln dürfte. Vorerst aber nur soviel: Auch Wagner ist Tierfreund, ja, Tiernarr gewesen. Ein solcher Tiernarr, daß dem steckbrieflich Verfolgten, außer Peps, dem Hund, auch Papo, der Papagei – von dem er sich bekanntlich sogar den Satz »Wagner ist ein böser Mann« gefallen ließ – ins Züricher Exil folgen mußte. Und doch hat womöglich gerade der Umstand, daß der für Abschied und Feuerzauber besonders Prädestinierte – immerhin besaß der Mann eine eigens für ihn angefertigte Handgranate – daß also der für Abschied und Feuerzauber besonders Prädestinierte seinem künftigen Gesamtkunstwerk auch insofern gewachsen war, indem er sich nach Webers Rückführung durch maßgebliche Beteiligung am Dresdner Maiaufstand vorsichtshalber gleich selber aus »dem verflucht hübschen Nest« hinaussprengte – das geplante Denkmal für den Affen Schnuff verhindert.

4. Aufbewahrschrank

Erst in neuerer Zeit hat man sich wieder des alten Vorhabens erinnert. Und der Bildhauer Joachim Zehme – einer der in Dresden häufigen Nachgänger Pöppelmanns – hat dankenswerterweise die Ausführung übernommen. Denn im sogenannten Aufbewahrschrank seiner weitverzweigten, bis heute vor allem aus Pfarrern und Kantoren bestehenden Familie (ich selber habe bei Zehmes Großvater, dem Superintendenten Zehme, noch das Vaterunser gelernt) fanden sich bei den Aufräumarbeiten nach der Jahrhundertflut von 2002 unter vielfältigen, meist vom Elbwasser verdorbenen Familiendokumenten, die extra in Wachspapier eingeschlagenen Bekenntnisse eines gewissen Zehmek, der sich als Anhänger der italienischen Opernpartei vormals auch

Gemälde von Carl-Maria von Weber im gleichnamigen Museum in Hosterwitz.

Zehmelli nannte; und als solcher in die – nun erstmals rekonstruierbar gewordenen – Hosterwitzer Ereignisse von 1825 involviert gewesen ist. Denn so sehr der König auch nicht mit Kränkungen sparte, so sehr Morlacchi in Dresden und Spontini in Berlin auch gegen Weber intrigierten: Außerhalb Dresdens sind Webers Opern eben doch zur Aufführung gekommen und – spätestens ab der Zeit, da man in Deutschland allenthalben »Wir winden dir den Jungfernkranz« pfiff – mit um so größerem Triumph in die Residenz zurückgekehrt. Da fehlte nur eine weitere Oper von diesem Deutschen – und Weber schrieb eine weitere Oper, einen Oberon. Zwar nur für ein Londoner Possentheater, doch in einem Rundschreiben hatte er im Voraus mitgeteilt, daß dieses Werk »durch eine treffliche ... Bearbeitung« ... »zur Aufführung in Deutschland vorbereitet« würde. Bis zum dritten Akt war skizziert. Und geschah nichts Entscheidendes, war die italienische Prunkoper – trotz der Anhäufung echter Elefanten auf offener Bühne – erledigt.

5. Pistole

So war man auf Zehmelli gekommen. Der laut »Zehmellis Bekenntnissen« am Dresdner Hoftheater als Faktotum beschäftigt war und – bei höchst geringem Salär – auch für damalige Verhältnisse kinderreich, das heißt, sage und schreibe, 14 Bälger durchzubringen hatte. Immerhin bot ihm die italienische Partei die für einen solchen

Mann offenbar unglaubliche Summe von 200 Talern, falls er den Oberon rechtzeitig an sich brachte. Der Fundus stand ihm zur Verfügung, und sich einen fremdartigen Hut aufsetzend, versah er sich außerdem mit einem weitläufigen Mantel und einer zwar altertümlichen, längst außer Gebrauch gekommenen, doch, wie eine Probe im Keppgrund ergab, durchaus noch schießbaren Radschloßpistole. Zwar hatte der nach Kleindiebstählen im Räuberhandwerk nicht Unerfahrene die Umgebung des von Weber gemieteten Winzerhäuschens erst gründlich ausbaldowern wollen, aber der Zufall wollte es, daß unmittelbar nach seiner Ankunft in Hosterwitz der Kutscher Johann vorfuhr, der Weber sonst in die Stadt zu bringen pflegte. Und während Zehmelli beobachtete, wie von der einen Seite die Frau mit einem etwa dreijährigen Jungen samt Kinderfrau und Säugling in die Kutsche einstieg, ja, daß man dankenswerterweise auch den Jagdhund mitnahm, mochte Weber nach Zehmellis Dafürhalten unterdessen von der anderen Seite zugestiegen sein, da sich die Kutsche nun schleunigst in Richtung Fliegender Fähre entfernte.

Ein Leichtes also, die Tür des Winzerhäuschens mit einem Nachschlüssel zu öffnen. Und unbeirrt von dem ihm prompt entgegengeflatterten Sprosser, schritt Zehmelli geradewegs in die Küche, wo er die Katze dabei ertappte, wie sie aus einem Fäßchen einen Hering hervorlangte, so daß er ihr den Diebstahl verbot und hernach mit um so besserem Gewissen die Haushaltungskasse mitgehen ließ.

Anschließend verfügte er sich treppauf, und obwohl der Sprosser auf seinem Hut Fuß faßte, ließ er im Schlafzimmer das Schmuckkästchen der Frau in seinem weitläufigen Mantel verschwinden. Da allerdings hörte er unter sich ein Klavier anschlagen, nur ein paar vereinzelte, suchende Töne, die ihn gleichwohl erstarren ließen. Waren Herr von Hinkmarie etwa nicht mit in die Kutsche gestiegen? Sollte, ja, durfte sich ein Zehmelli mit dem Bisherigen begnügen und unbemerkt wieder entfernen? Doch was war dann mit den zweihundert Talern? Und was mit seinen Kinderchen, die er unterdessen bereits auf 17 Stück taxierte? Nun, die geladene Pistole im Anschlag, schlich er sich, den Sprosser am Hut, in Richtung der musikalischen Darbietung. Die ihm äußerst befremdlich vorkam. Wenn das die neue Oper war, so war ihm um Morlacchi nicht bang. Und erst recht nicht um Spontini, der echte Elefanten auf offener Bühne anhäufte.

Nein, wie Zehmelli an dieser Stelle noch einmal ausdrücklich versichert, war er wirklich kein Freund der deutschen Befindlichkeitsoper. Aber das, was er nun hier – unweit von Schloß Pillnitz, dem Sommersitz König Friedrich Augusts I. – zu hören bekam, hätte er nicht einmal diesem Weber mit seinen Johohotrallallas zugetraut. Denn Jungfernkranz ward hier keiner gewunden. Noch in seinen erst später niedergelegten Bekenntnissen spottet sein Gestotter an dieser Stelle buchstäblich jeder Beschreibung. Und gebe ich ihn richtig wieder, so wäre erst eine künftige, hoffentlich von ihm selbst nicht mehr zu verantwortende, geschweige denn noch zu erlebende Zeit wie die unsere verwahrlost genug, ein derart von Kreischen gespicktes Höllengeklimper für Musik zu halten. – Noch einmal dachte er also an seine Kinderchen schwankender Anzahl – noch einmal an die ihm fest zugesagten 200 Taler – dann steckte er die Pistole vorsichtig durch den Türspalt und spähte mit durchaus schon musikpädagogischer Intention ins Innere der Komponistenstube. »Guten Abend!« krächzte da von der Standuhr gegenüber ein indianischer Rabe. Und derweil von Hinkmarie jede Spur fehlte, hatte das Klavier sich selbständig gemacht und spielte von ganz allein. Und während der Sprosser auf seinem Hut nachtigallisierte, schickte Zehmelli sich an, den immerhin auf dem Klavier aufliegenden Oberon an sich zu bringen und damit diese Art von Darbietung ein für alle mal zu unterbinden. Indem er sich aber tiefer vorbeugte, sah er in das Kindergesicht eines kaum spannenlangen Affen, der Spontini ähnlich sah. Und den Oberon an sich reißend, hatte er nicht mit dem ausgeprägten Gerechtigkeitsgefühl von cebus apella gerechnet. Katapultierte sich der Affe nun doch, den Kronleuchter als Schaukel benutzend, mit einem Satz auf den Rücken des Räubers und entriß ihm das umstrittene Opus, worauf Zehmellis Pistole losging.

6. Wandertheater

Draußen am Haus marschierte soeben die Wache von Schloß Pillnitz vorbei, so daß sie der Räuber fast umgerannt hätte. Mit rauchender Pistole praktisch auf frischer Tat ertappt, konnte er seine eigene Geistesgegenwart nur bewundern, die ihn befähigte, dem Hauptmann das Instrument mit einer Verbeugung zu überreichen. Ein hier im Haus wohnhafter Affe habe ihm die neue Oper von Dero Majestät Deutschkapellmeister entrissen, erklärte er wahrheitsgemäß; wohl wissend, daß die Wahrheit oft die größte Verwirrung anrichtet. Hierauf unterzog er sich der ebenfalls nicht einfachen Aufgabe, sich sowohl möglichst schleunigst als auch möglichst verlangsamt vom Tatort zu entfernen, um keinen hinterwärtigen Verfolgungsreflex auszulösen. Allerdings ward ihm noch in Sichtweite klar, daß er sich soeben nicht nur selber entwaffnet, sondern auch selber angezeigt hatte. Denn hatte ein Affe ihm die neue Oper entrissen, so mußte er sie vorher erst einmal an sich gebracht haben. Zwar war die Schloßwache nach wie vor so gütig, ihm hinterherstarrend nicht zu bemerken, daß unter seinem Fundushut kein anderer als er selber stak; das stadtbekannte Faktotum der italienischen Opernpartei. Aber schon bei geringster Betrachtung würde die altertümliche Pistole via Fundus und Hoftheater in die nämliche Richtung verweisen. Zumal ein ebensolches Faustrohr bei der Pillnitzer Aufführung von Morlacchis Oper über die Jugend Heinrich des IV. wegen des erstmaligen Einsatzes einer solchen Explosionswaffe auf offener Bühne nicht nur bei Hof ein ungemeines Aufsehen erregt gehabt hatte. Spätestens aber die sicherlich bald mit der Kutsche zurückgekehrte Familie würde sich auf Grund seiner Selbstanzeige sofort einen Reim darauf machen, wer hier die Oper an sich zu bringen versuchte. Und vielleicht – füge ich nun hinzu – fanden sie den Affen sogar noch so vor, wie Zehmelli ihn auf der Flucht verlassen haben wollte: zähnefletschend in einer Ecke, den Oberon an die zitternde Brust gedrückt. Leicht zu verkraften war da für Weber und seine Frau das Fehlen von Schmuckkästchen und Haushaltungskasse, indem sich der Affe Schnuff nun als Retter des Oberons erwies. Und nicht umsonst konnte ein Richard Wagner noch zwanzig Jahre später vom Verdienst eines Affen um die deutsche Oper sprechen.

Zehmelli selbst will den ersten Steckbriefen seiner selbst bereits Höhe Stolpen begegnet sein. Nach bangem Sich-in-den-Wäldern-Verstecken beinhaltete der Umstand, daß seine Steckbriefe allenthalben auffällig rasch wieder verschwanden, für ihn die tröstliche Nachricht, daß die italienische Opernpartei sich weiterhin die Gunst des Hofes zu bewahren verstand. Gleichwohl wagte er sich erst 1852, nach Caroline von Webers Tod, in die Residenz zurück. Trotz Anhäufung echter Elefanten auf offener Bühne war da die italienische Prunkoper bereits seit Jahrzehnten erloschen. Umhergereist mit Wandertheatern, hatte das einstige Faktotum der italienischen Oper freilich mittlerweile oft genug auch bei den einschlägigen deutschen Befindlichkeitsopern und ihren Johotrallallas ausgeholfen. Und ohne es selbst zu bemerken, war er zum Weberianer geworden. Ohnehin hieß er wieder Zehmek, seiner dunklen Vergangenheit wegen. So wie sich seine weitläufige, heute vor allem aus Kantoren und Pfarrern bestehende Nachkommenschaft ihrerseits irgendwann in Zehme umbenannte, aber da war der musikliebende Räubervorfahr gewiß nur noch eine Familienlegende. Erst die nach der Jahrhundertflut von 2002 im Aufbewahrschrank vorgefundenen Bekenntnisse haben zu Tage gebracht, was wir alle hoffentlich ohnehin wissen: nämlich, daß wir von unseren Herkünften her allesamt auf höchst fragwürdigem Material fußen. In diesem Sinne ist der Hosterwitzer Affenstein des Bildhauers Joachim Zehme auch als kleine Wiedergutmachung für Carl Maria von Weber gedacht. Denn schon wenige Monate nach Zehmellis Überfall, genauer gesagt, im April des Jahres 1826, saß der Komponist bereits in der Reisekutsche, den Oberon auf den Knien. Nicht etwa, um endlich aus »dem verflucht hübschen Nest« herauszukommen, sondern um, wie er zu Freunden sagte, noch einmal für seine Familie »ein gutes Stück Geld« zu verdienen. Und um – »Still, ich weiß es«, setzte er hinzu – drüben in London »zu sterben.«

7. Oberonlicht

Ja, während der alte Johann vorn auf dem Kutschbock saß, mußte auch Schnuff seinen Meister ziehen lassen. Immerhin soll der Kapuziner für seine Rettungstat allwöchentlich eine damals gewiß nicht leicht zu besorgende Banane bekommen haben. Was aber die Jahrhundertflut von 2002 betrifft, so kam dann auch noch die Jahrhundertflut von 2013 hinzu. Und fürchtete ich, daß solche Fluten sich fortan häufen könnten, so hatte ich mich hier zum Glück zumindest bis heute geirrt. Und während die Elbe nun mit ihren unterhalb der Böschung bis weit in Richtung Mitte aus dem Wasser ragenden Steinen in nichts mehr an die Ströme der Welt zu erinnern scheint, kommt eben Hand in Hand ein Paar über die Wiesen heraufgewandert, um an der Außenmauer des Hosterwitzer Friedhofs vor dem Denkstein Schnuffs zu verharren. Und während der dunkelgrüne Berghang wie Hörnerklang von oben her leuchtet und unter Klarinettengekicher die hellerlichten Wiesen wie Streicherpassagen entgegenschimmern, schaut Dr. Wolfram, der bekannte Reproduktionsmediziner, über die Nachbarmauer herein und fragt das Paar mit leiser Stimme, ob womöglich Nachwuchs erwünscht sei. Und da das Paar verlegen bejaht, rät er ihm, sich nur nicht zu scheuen und Schnuffs Banane still zu berühren. Das habe, was Nachwuchs beträfe, bereits die schönsten Wirkungen gezeitigt. – Ach, helfe Schnuff, der Affe, doch unserem durch Trägheit und Selbstsucht schon fast vermehrungs-, nein, liebesunfähig gewordenen Vaterland auf!

THOMAS ROSENLÖCHER

Er liebt es ironisch, vor allem selbstironisch. Da verfügt er gegenüber anderen Dresdnern durchaus über einen Vorteil. 1947 wurde er an der Elbe geboren, studierte von 1970 bis 1974 Betriebswirtschaft an der TU Dresden, arbeitete für zwei Jahre als Arbeitsökonom. Während dieser Zeit begann Rosenlöcher bereits mit dem Schreiben, verfasste Gedichte, Kinderbücher und Essays, übersetzte deutsche Texte ins Niederländische. Von 1976 bis 1979 studierte er in Leipzig am Literaturinstitut und wurde nach seinem Abschluss am Theater der Jungen Generation angestellt. Seit 1983 arbeitet er als freier Schriftsteller und lebt in Dresden und Beerwalde im Erzgebirge. Sein Buch »Die verkauften Pflastersteine« machte ihn in der Wendezeit in ganz Deutschland bekannt. Er mischt sich immer wieder ein. Dresden liegt ihm so sehr am Herzen, dass es ihn manchmal schmerzt.

DER RHYTHMUS VOM REGGAE AM GASWERK VON REICK

Text × **Gerd Püschel**

DER RHYTHMUS VOM REGGAE AM GASWERK VON REICK

Der Zippel zwischen dem alten Gaswerk und der Pferderennbahn

Nu, machs guddi! – Diese fast klassischen, im feinsten Residenzsächsisch in eine warme Sommernacht gerufenen Worte, von irgendwoher in einer Greifswalder Seitenstraße, waren es wohl, die in mir etwas auslösten, das man in der Literatur das Proust-Phänomen nennt. Die in einem unnachahmlichen Timbre gehaltene Abschiedsformel, die zugleich im Ton immer eine Einladung zum Wiederkommen zu beinhalten scheint, hatte ich vor fast einem Vierteljahrhundert gehört, an manchen Abenden, bevor ich von der Rennplatz- in die Winterbergstraße lief.

Sich zu erinnern, braucht es einen Grund, meinte ein alter Freund, der vor vielen Jahren ein Psychologiestudium abgebrochen hatte. Erinnern ist das Plündern des Gedächtnisses als Tätigkeit des Geistes mithilfe des Gehirns, das überhaupt nur das speichert, was es braucht. Anders gesagt, von dem, was es nicht speichert, weißt du irgendwann nicht einmal mehr, dass du es vergessen hast. Es sei denn, es existiert noch irgendwo in Stein oder Stahl oder einer anderen Form, die dich überdauert. Und du kommst nochmal hin. Erinnern ist einfach, sagte er, es braucht zum Grund nur einen Ort. Also setz dich ins Auto und fahr hin, in dieses Reick.

Genau genommen war es nicht einmal »dieses Reick«, das in immer neueren und schärferen Bildern mir vor das innere Auge wirbelte wie ein Vorhang im Sturm.

Es war dieser *Zippel* zwischen dem alten Gaswerk und der Pferderennbahn, zwischen den Bahngleisen am Bahnhof und der Winterbergstraße, der so merkwürdig unentschlossen zwischen dem alten Reick und Seidnitz liegt wie das alte Reick zwischen dem geschichtsmächtigen Stadtzentrum und den Neubaugebieten von Prohlis und Leuben. Eigentlich gehört dieser Flecken eher zu Seidnitz, schon immer reklamierten die Seidnitzer Bürger die mondäne Pferderennbahn für sich, während sie das verlotterte und wüste Gelände um die beiden Ruinen der riesigen Gasbehälter gern den Reickern überließen, weshalb jeder Dresdener in den seltenen Fällen, wenn ein Gespräch auf diese seltsame Gegend kam, vom Gaswerk Reick sprach. Und seltsam auch waren die Blicke, wenn ich erwähnte, in unmittelbarer Nähe dieser riesigen Schutthaufen zu leben, welche das auf barocke Schönheit getrimmte Auge des Dresdners und seiner Gäste doch nur beleidigen konnten. Unvorstellbar für manche, dass dort gut zu wohnen sei. In der Tat schien der Zipfel in Rufweite des Großen Gartens nur dafür angelegt zu sein, schnell von dort fortzukommen – über die Winterbergstraße in den Großen Garten oder über die Bodenbacher und die Pirnaer Landstraße zumindest bis zur Kiesgrube Leuben, *wo de Nakkschen liegen*, mit der Bahn ins barocke Zentrum oder in die Schweiz, die Sächsische, auch über die Rennplatzstraße zügig in Richtung Elbe. So gesehen ein ungemein zentraler Ort, dem eine gewisse Zentrifugalkraft nicht abzusprechen war. Nicht einmal ein Dorf, sondern ein wahllos überbauter Fleck, fast mitten in der Stadt, unentschieden, roh, unaufgeräumt, unerkannt, belächelt, ein Ort, der nicht so recht

in den Stadtraum passte und aus der Zeit gefallen war, so schien es, von dem aus man in den Achtzigerjahren bis zur Stübelallee laufen musste, um eine funktionierende Telefonzelle zu finden. Ein Ort, an dem sich die Leute fein machten, wenn sie abends in die Stadt hineinfuhren, als wechselten sie das Land. Für den sich meine Freunde aus der Neustadt mit Büchern wie Überlebensrationen bewaffneten, bevor sie mich besuchen kamen.

Ich weiß nicht mehr, ob es der amüsierte Trotz war, dass ich mich in dieses halbbrache Gelände verliebte, oder die niemals ganz auserzählten Geschichten, die nach und nach spürbar wurden, die aus den nächtens weit geöffneten Fenstern wehten, mit dem Wind um die Gasometer pfiffen, vor der Kaufhalle dröhnten und von den Wänden bröckelten. Das alles ist fast dreißig Jahre her.

Und so kam es, dass ich an einem der ganz heißen Sommertage im Juli wieder hineinfuhr in den Zipfel, von der Dohnaer Straße her, unter dem Bahnhof hindurch, in die Gasanstaltstraße und dann in die Zschachwitzer Straße hinein, an deren Ende die bis zum letzten Ziegel sozialdemokratisch entworfene, vormals gemeinnützige Wohnanlage aus den Neunzehnhundertzwanzigerjahren steht, in der einige der Jungs wohnten, die ich damals auf dem Platz vor der Kaufhalle Ecke Winterbergstraße traf.

Fahr hin, hatte der alte Freund gesagt, Erinnern ist einfach. Du brauchst nur einen Grund, einen Ort und eine Stimmung, vielleicht eine Farbe oder einen Klang. Erinnern ist großartig, der einzige Triumph des Menschen über die Zeit, denn nur in der Erinnerung kann er ihre Richtung ändern.

In der Zschachwitzer Straße, das erinnerte ich, war es immer still. So auch an diesem Tag, da die Julisonne noch die letzten Schmuckfugen der renovierten Häuser grell ausleuchtete und die Vögel, falls es welche gab, aus dem dorrenden Geläub der Bäume vertrieben hatte.

Stiller war es als in dem Dorf, in dem ich die letzten Wochen verbracht hatte. Die Tiere fehlten. Es fehlten auch die Arbeiter und Handwerker, an die ich mich erinnerte.

Hier waren es immer die kleinen Leute, die den Ton angaben, die Tischler, die Schlosser, die Autoschrauber. Sollte je eine Architekturgeschichte dieser Gegend geschrieben werden, würden die beiden Gasometer erwähnt, die pittoreske Erlwein-Ruine zuerst, aber den größten Teil würden die vielen Garagen und Handwerksbaracken beanspruchen. Das hier war Arbeitergegend, Handwerksplatz, praktisch, formbar, überschaubar, auch heute noch erfrischend inhomogen. Über Jahrhunderte wurde hingebaut und abgerissen und über die Jahrhunderte hinweggebaut. Nichts, was so erwähnenswert geblieben wäre, dass es Eingang in die Touristenführer finden müsste, nichts so bewahrungswürdig, dass es nicht morgen verschwunden, ersetzt, überbaut sein könnte. So ist es müßig, über die *Town Houses* auf dem Gelände der ehemaligen »Sanierungsanstalt«, in der im Ersten der Weltkriege täglich tausend Soldaten gebadet, entlaust und desinfiziert wurden, auf dass sie im Schlamm der Schützengräben einen sauberen Tod finden konnten, architekturkritische Betrachtungen anzustellen. In Stahlbeton gegossener Massenindividualismus, vollverzinkte Gitter und Zäune – geschenkt. Vergänglich. Die an der Pferderennbahn entstehenden Zitate alter Rennplatzarchitektur mit einem nachempfundenen Fachwerk aus gar anmutigen Bälkchen und Klinkerfassaden, welche achtfach verriegelbare Kunststofftüren rahmen – nicht frei von der historischen Methodik, die auf diesem Areal seit jeher waltet. Die mit Stabmatten säuberlich abgetrennten Grundstücke an der Oskar-Roeder-Straße, mit diesen Mehrparteienhäusern, vorhersehbare Konfektion wie die kleinen Gärtchen davor mit den exakten Heckchen und rundgekugelten Bäumchen. Hier erfüllen sie ihren Zweck ohne große Gesten. Ich hörte, wie sich hinter einem weit geöffneten Fenster jemand durch eine CD von Zelenka zappte. Das Requiem für August den Starken. Insofern ist es von nahezu bezwingender Logik, dass auf der anderen Seite des Zipfels in dem nun glattrestaurierten kleineren Gasometer, heute Panometer genannt, der überschäumende historische Barock der Innenstadt mit einer überwältigenden Illusion gefeiert wird.

Die Gasanstaltstraße. Ein Name, der so deutsch ist, dass Menschen, die nicht zu historischer Selbstvergessenheit neigen, zusammenzucken. Die Verbindung zwischen Winterbergstraße und Eisenbahnlinie. Die Straße nach Altreick, zu den ältesten Gebäuden des Viertels. Für einige Jahre mein Weg zur Arbeit. Immer schon habe ich mich gewundert, warum dieses weitläufige Gelände so unbebaut, so scheinbar achtlos vor sich hin krautete. Gewiss, es ließ den Blick frei nach Strehlen, auf die Zwillingstürme der Christuskirche, es ließ Raum zum Atmen und bot dem Auge: nichts. Nahezu unvorstellbar, dass hier, im Schatten der Gasometer, einmal die modernste Radrennbahn Europas gelegen haben sollte, auf der Anfang des zwanzigsten Jahrhunderts Welt- und Europameisterschaften ausgetragen wurden und im Juli 1932 der KPD-Vorsitzende Ernst Thälmann vor achtzigtausend Dresdner Arbeitern sprach.

Ereignisse, gab mir mein psychologisch halbstudierter Freund mit auf den Weg, wenn dir Ort und Grund und Stimmung nicht ausreichen, dann sind es meist besondere Ereignisse, die den Erinnerungen aufhelfen. Nun war es eher so, dass ich es mit der Zeit schätzen gelernt hatte, in meiner unmittelbaren Wohnumgebung auf eine beinah absolute Ereignislosigkeit vertrauen zu dürfen. Das war nicht immer so. In den frühen Jahren des zwanzigsten Jahrhunderts strömten die Leute nicht nur zu den Pferde- und Radrennen. Die geradezu ideale Lage des Radsportplatzes neben den Gasometern hatte sich unter den Pionieren der Luftfahrt herumgesprochen, sodass regelmäßig Gas- und Heißluftballons von dort aus starteten. Von einiger europäischer Bedeutung war der Start der Schwestern Margarete und Elisabeth Große aus Meißen im Jahre 1910, die mit ihrem Ballon von Reick bis in die Karpaten reisten und später einen Höhenrekord aufstellten. Luftfahrtpionierinnen damals, heute hier vergessen, wie auch in Meißen nur ein schmaler Weg an die beiden Frauen erinnert.

Einen letzten Tipp hatte mir des Freundes Freundin noch zugeflüstert. Musik, raunte sie in das schon anrollende Auto hinein, der absolut wirksamste Katalysator für Erinnerungen ist Musik. Die nämlich fordert das ganze Gehirn und weckt vergessene Emotionen. Musik, das liest man bei Proust, schickt dich umstandslos auf eine urplötzliche, durch nichts aufzuhaltende Reise zurück in die Jugend.

Das war es also, was der eingangs erwähnte Abschiedssatz bei mir geweckt hatte. Das Aufspringen der Erinnerungsblüte, wie Proust schrieb. Man muss sich das als Bild vorstellen. Vor der Kaufhalle an der Ecke Rennbahn-/Winterbergstraße, in der heute ein Fahrradverkaufsunternehmen residiert, lagen auf den rauen, von Wettern verschobenen Steinplatten ein paar Fahrräder. Nicht jeden Abend, aber immer abends. Im Sommer. Oder vielleicht einen Sommer lang. Um einen im Intershop gekauften Ghettoblaster saßen ein paar Jungs, tranken Bier oder Cola und wiegten sich im Gefühl unbedingter, durch Lässigkeit erworbener Freiheit zu Reggaeklängen. Auf dem Platz lagen also ihre Räder, mit denen sie kleine Kunststücke übten, derweil die Großen des Reggae ihnen musikalische Lehrstunden in Sachen Coolness gaben. Peter Tosh, Jimmy Cliff, Leo Perry, Dennis Brown, und – natürlich – The Truly Immortal, Bob Marley.

Hey, willste 'n Bier? Oder biste ooch eener von den Scheißern, die morgens zeitig zur Arbeit müssen?

Die Jungen schienen wirklich frei zu sein.

Was willst'n du bei den Halbstarken, zischte mir ein Rentner zu, neben dem ich im Bus gesessen hatte, der jetzt in Richtung Kleingartenanlage Zum Wiesengrund schnürte, und es klang wie ein Befehl zum Weiterlaufen.

Nee, rief ich in Richtung der Halbstarken. Habt ihr keine Mädels, die mit euch tanzen?

Brauchen wir nicht. Du weeßt doch: No women, no cry. – Keine Frauen, kein Geschrei.

Na dann. Schönen Abend noch. Machts gut.

Du ooch. Machs guddi. Und vergiss nicht – Freiheit ist auch immer die Freiheit der Anderstanzenden.

Ich lief mehrere Stunden durch das schweigende Viertel. Am Nachmittag begegneten mir zwei ältere Frauen in großgeblümten Dederonschürzen, eine Gruppe osteuropäischer Bauarbeiter, die aus einem der älteren Häuser kamen, dessen Fenster mit Folie verhängt waren. Ein Vertreter für irgendwas schleppte große Koffer in ein anderes Haus. Eine junge Frau schob einen Kinderwagen durch die Borthener Straße, immer hin und zurück, hin und zurück. Ein dürrer Mann, dem man seine lebenslange Erfahrung mit inspirierenden Kaltgetränken ansah, mit dicken Krampfadern und etwas zu weit hochgezogener schwarzer Turnhose führte seinen Hund Gassi, schweigend, rauchend. Andere Männer kamen jetzt von der Arbeit, parkten vor den Häusern, in denen sie schnell verschwanden.

Ich traf keinen Menschen, der lächelte. Keinen Menschen, den ich kannte. Keinen, der so lange auf der Straße verweilte, dass ich in seinem Gesicht hätte forschen können, ob er mir bekannt vorkäme. Am Klingelbrett des Hauses, in dem ich ein paar Jahre gelebt hatte, las ich fremde Namen.

Was du erinnerst, wird mit zeitlichem Abstand schöner. Das Wesentliche an der Erinnerung ist die vorgenommene Bearbeitung des Erinnerten, hatte mein Freund doziert.

Aha, denke ich jetzt. Reggae Zweipunktnull. Remastert und von Kratzspuren befreit.

Die Jungs waren herrlich. Unbekümmert, unkompliziert, eigenwillig, etwas renitent. Wie der Reicker an sich. Schon die Ur-Reicker hatten sich aufgelehnt gegen die allzu große Nähe zur Stadt, vor allem deren Amtsherrschaft. Hier laufen die Uhren ein bisschen anders, auch wenn sie nicht mehr stillzustehen scheinen. Auch das Erinnern hier ist ein anderes, man muss anders an den Staubschichten kratzen, aufmerksamer, wortloser.

Vor die Abendsonne schoben sich die fetten Wolken eines Gewitters, das nicht über die Stadt kommen würde. Die Luft roch nach Staub und Pferdeschweiß. An der Litfaßsäule vor der ehemaligen Kaufhalle, an der die Reggae-Fans getanzt hatten, klebte ein Plakat, auf dem Niedeckens BAP zu einem Konzert einlud, das »live und deutlich« hieß und freie Platzwahl bei garantierter Bestuhlung versprach.

In einer kleinen Pizzeria am Gaswerk aß ich noch einen Happen und plötzlich, ich schwöre es, hörte ich von irgendwo her Reggae.

GERD PÜSCHEL

Jahrgang 1961, war fast dreißig Jahre lang Mitarbeiter verschiedener literarischer Verlage. Danach Antiquitätenhändler und Auktionator. Schon länger Lyriker, Liedertexter und Herausgeber. Von 1985 bis 1991 lebte er in Dresden, bevor er sich von der Stadt verabschiedete, um in größer werdenden Kreisen die größer gewordene Welt zu erkunden. Seit jeher fasziniert ihn die menschliche Fähigkeit, das Große mit Kleinlichkeiten zu vergeuden, aber auch im vermeintlich Kleinen das ganz Große zu entdecken. Seit einem Jahr lebt er auf einem Berg, von dem aus er ganz fabelhaft zwischen Wolken und Sternen den Anflug der Flugzeuge auf den Flughafen Dresden beobachten kann.

EINE TONNE JAZZ

Text × **Peter Ufer**

EINE TONNE JAZZ

Musik in der Bedürfnisanstalt unter dem Kurländer Palais

M

Manchmal ist heute wie damals. Damals ist natürlich vorbei, klar, das kommt nicht wieder. Doch draußen vor der Tür der Tonne stehen an manchen Abenden Frauen und Männer zusammen und warten darauf, eingelassen zu werden. Schlange stehen ist von gestern, das ist so DDR. Aber Leute warten schon wieder geduldig, sehnen sich rein in das Gewölbe unterm edel sanierten Palais am Tzschirnerplatz. Sie sehen sich um, nicken anderen mit einem Du-auch-hier-Blick zu. Gut, dass du da bist. Vergewisserung, am richtigen Ort zu sein.

Unten im Sandsteingewölbe gibt es Bier und Bionade von heute. Kein Zigarettenrauch hängt mehr von der Decke bis zum Boden, die Bühne steht jetzt auf der anderen Seite. Heute ist nicht damals. Aber die Vergewisserung schmeckt ein wenig danach. Im Grunde ist doch jeder allein, aber hier nicht, da triffst du die, die du treffen willst. Damals wie heute. »Die Tonne«, sagt der 75-jährige Dresdner Percussionist und Ehrenmitglied des Jazz-Vereins, Günter Baby Sommer, »die Tonne lastet auf den Schultern einer positiven Vergangenheit.« Da wird ihm keiner widersprechen, wobei durchaus die Betonung auf »lastet« liegt.

Damit die Leute von oben aus der Schlange unten im Gewölbe sitzen können, schleppt Steffen Wilde Stühle ran. Er ist einer der beiden Geschäftsführer des Clubs. Wenn der Laden richtig brummt, stellt er auch schon mal 200 Stühle hin. Mehr hat er nicht. Manchmal, wenn der Laden nicht brummt, muss er kreativ sein, dann formt er Sitzecken oder Tischkreise, damit es aussieht, als wäre es voll. Eine Atmosphäre zum Wohlfühlen schaffen, das gehört zu seinem Credo. Wilde reißt auch Karten ab, lüftet durch, bucht die Bands, sagt ihre Konzerte an. »Das gehört dazu, dass man als Chef eines Clubs seine Gäste begrüßt«, sagt der 54-Jährige.

Er kennt viele der alten Tonne-Geschichten vom Hören und nachhaltigen Schwärmen. Oft genug erzählt am Stammtisch der Eingeweihten, aber Stadtgeschichte von damals. Am 18. März 1977 gründeten Enthusiasten die Interessengemeinschaft Jazz innerhalb der Kulturbund-Stadtorganisation, veranstalteten erste Konzerte, aber besaßen noch keine eigene Bühne. Ende der 1970er-Jahre buddelten die Freunde unter der Ruine des Kurländer Palais aus Bombenschutt vom 13. Februar 1945 ihre Räume aus und weihten sie, nach mehr als 15 000 Stunden unentgeltlicher Arbeit, am Freitag, dem 13. März 1981 ein. »Tags in die Sonne – nachts in die Tonne« schrieben sich die Mitglieder der IG Jazz damals als Slogan an die Wand und fühlten sich gut im Untergrund eines musikalischen Schattenreiches, das als begehrte Nische seinen Platz und Freiräume fand. Manche Dresdner gingen nur deshalb hin, um sich zu vergewissern, zu verständigen, zu bestätigen.

1985 fanden in dem Keller 79 Konzerte mit 14 000 Besuchern statt und die Tonne durfte sich als führender Jazz-Club der DDR feiern, Selbstzweifel inklusive. Ab 1989 arbeiteten zwei hauptamtliche, beim Kulturbund angestellte Mitarbeiter für den kleinen Musikbetrieb. Bestätigung für die Mühen der vielen Jahre. Doch Verdienste lagern sich ab, wenn man sich ihrer immer wieder nur erinnert.

Mandy Rosenstiel und Steffen Wilde zu Hause.

Ende der 1980er-Jahre hatte Wilde in Halle bereits ein Landwirtschaftsstudium und eine Karriere bei Halle-Saale-Gemüse hinter sich. Aber er interessierte sich viel mehr für Fremdsprachen, verließ den Gemüseacker, arbeitete in einer Werkstatt für Bilderrahmen, putzte für die Volkssolidarität Wohnungen von Rentnern, betreute zudem schon seit 1988 Konzerte mit zeitgenössischem Jazz. Er hörte die Musik wie andere Schlager. Improvisation liegt ihm mehr als der festgefahrene Rhythmus auf der Taktstraße der Unterhaltungskunst. Nach 1990 studierte er nochmal, diesmal Deutsch-Englisch auf Lehramt, so eine Art Lebensversicherung in unsicheren Zeiten. Er hatte eine Familie zu ernähren. In Dresden löste sich indes der Kulturbund auf, im Juni 1990 gründete die Interessengemeinschaft deshalb den Verein Jazzclub Tonne, der den mühsamen Weg beschritt, das Damals im Heute überleben zu lassen.

Steffen Wilde ging es vor 28 Jahren in Halle ähnlich. Er organisierte Konzerte im Studentenclub Turm, übernahm dann, statt sich als Lehrer fest anstellen zu lassen, bis 2004 gemeinsam mit einem Freund die künstlerische Leitung des Turms und verantwortete ab 2004 die Konzertreihe Take 5 im Objekt 5 in der Saalestadt. Von 1994 bis 2003 kümmerte er sich um das Moritzburg Jazzfestival, betreibt seit 1997 die Künstleragentur Subtone Concerts. Wilde hatte so auch Dresden immer im Blick. 1996 fanden dort in der Tonne 180 Konzerte statt, rund 23 000 Besucher kamen.

1997 dann der Schlag ins Kontor, denn der Freistaat Sachsen schrieb das Kurländer Palais zum Verkauf aus. Für einen guten Preis störte der Jazz-Club da unten in dem Gewölbe nur. Das Damals war plötzlich nicht mehr wichtig, es galt nur noch das Heute, jedenfalls den freistaatlichen Immobilienhändlern. Der Verein zog um in ein großes Gewölbe im Waldschlößchenviertel, das eher für Partys geschaffen schien als für ein musikalisches Nischendasein. Das Stammpublikum wendete sich größtenteils ab, neue Fans wuchsen so schnell nicht nach. Im Jahr 2000 meldete der Tonne e. V. Insolvenz an.

Der Verein Neue Tonne wurde gegründet, aber in dem Viertel am Rande der Stadt zündete die Idee eines Jazzclubs nicht. Erst als die Spielstätte auf die Königstraße, in den Keller des Kulturrathauses, umzog, entstand wieder so etwas wie ein kontinuierlicher Konzertbetrieb mit innovatorischer Qualität. Im Jahr 2009 begann Steffen Wilde seine Arbeit für den Dresdner Jazzclub. Er wurde gefragt, ob er die Tonne übernehmen würde, probierte, sagte zu. Er verließ Halle, pendelte, irgendwann kündigte er seine Wohnung und seine Beziehung in der Heimat. Manchmal passt das Alte nicht mehr, das Neue fühlt sich besser an.

In Dresden hatte er inzwischen Mandy Rosenstiel kenngelernt, die seit 2005 in der Tonne arbeitete. Sie war und ist die zweite Geschäftsführerin, die Rechnerin, verantwortet und kontrolliert die Finanzen im Jazzclub, aber denkt ebenso wie Steffen Wilde ständig darüber nach, wie dieser Club noch schöner, attraktiver und auch kommunikativer werden kann. Die 40-Jährige stammt aus Klingenthal, studierte Betriebswirtschaft, ist Mutter zweier Kinder. Steffen und Mandy arbeiteten zunächst zusammen, jetzt leben sie auch miteinander, wobei nach wie vor jeder seine eigene Wohnung besitzt. Sie haben beide aus der Vergangenheit gelernt. Zu zweit schmeißen sie den kompletten Spielbetrieb, Techniker arbeiten auf Rechnung, genau wie Studentinnen und Studenten, die abends beim Einlass und an der Bar helfen. Der Vorstand des Vereins kontrolliert und unterstützt die zwei Festangestellten.

Im Juni 2015 setzte die Stadt Dresden nach einem Wasserschaden im Keller des Kulturrathauses den Jazzclub vor die Tür. Da hatte die Tonne gerade zum dritten Mal in Folge den renommierten Spielstättenprogrammpreis der Initiative Musik – der Fördereinrichtung für aktuelle Musik der Bundesregierung – erhalten. Die Suche nach neuen Räumen begann und im Oktober 2015 bot sich das Kellergewölbe unter dem Kurländer Palais plötzlich an. Rückkehr ins Damals? Freude und Skepsis vereinten sich. Damals ist nicht heute, das Palais keine Ruine mehr, sondern aufwendig saniert und in Privatbesitz, Mietzahlung nötig, Betriebskosten erheblich.

Matthias Bäumel, bis 2009 langjähriger Wegbegleiter der Tonne, schrieb 2017 zum 40-jährigen Jubiläum der IG Jazz in der Jazz-Zeitung: »Ein Motto der Tonne war es über vierzig Jahre, den Jazzclub nicht vordergründig als Bedürfnisanstalt, sondern vor allem auch als ›Bedürfnisweckanstalt‹ zu führen. Dass die Tonne in den nächsten Jahren diesbezüglich eine interessante Balance finden möge, ist dem Unikat auf der ostdeutschen Jazzlandschaft zu wünschen.« Die Vergangenheit lastet manchmal bleischwer auf den Schultern. Ein Wort wie »Bedürfnisanstalt« klingt ziemlich fäkal, aber bei genauer Betrachtung ist eine Anstalt, in der jeder seine Bedürfnisse nach Musik befriedigen kann, gar nicht mal so schlecht. Kurz nachdem der Anstaltsbeitrag erschienen war, bekam die Tonne zum vierten Mal den Spielstättenprogrammpreis.

Steffen Wilde sagt: »Ich bewege mich gern in den Randbereichen der Jazzmusik, alles andere ist für mich Jazzjazz und viel zu eng.« Aber letztlich erscheint ihm jede Diskussion um die Theorie dieser Musik ziemlich müßig. Etymologisch wird Jazz häufig auf das unter Schwarzen gebräuchliche Slangwort »Jazzy« – erregend, bunt – zurückgeführt. Das gefällt Wilde, er mag alles, was den Jazzbegriff aufsprengt. Aber er muss sich gefallen lassen, dass seine Sicht nicht von allen geteilt wird. Die beiden Geschäftsführer wollen Erlebnisse für die Besucher schaffen, Erlebnisse, die nachwirken und zum Wiederkommen animieren. Und wenn abends alle vorhandenen Stühle im Gewölbe stehen, ist es gut, aber es reicht genauso, dass nach dem Konzert die Leute mit einem guten Gefühl nach Hause gehen.

Mandy Rosenstiel rechnet vor, dass sie über ein Budget von 350.000 Euro pro Jahr verfügen, davon kommen 98.000 Euro von der Stadt Dresden. »Mit dem Verdienst an der Bar, den Einnahmen für die Konzertkarten, Vermietungen, Stadtförderung und Sponsorengeldern schleifen wir jedes Jahr knapp an der Pleite vorbei«, sagt die Rechnerin. 130 Konzerte finden zurzeit pro Jahr statt, 13 000 Besucher kamen 2017, doppelt so viele wie 2014, fast so viele wie damals, 1985. Richtig, heute ist nicht damals und der Vergleich hinkt wie fast jeder Vergleich, der Gesellschaftssysteme überspringt.

Was aber noch immer stimmt, dass dieser Ort gut ist, um sich zu treffen, dass hier Musiker aus der ganzen Welt spielen, England, USA, Niederlande, Frankreich, Finnland, Norwegen, Schweiz, Tschechien, Polen. »Wir sind ein weltoffenes Haus. Mir macht es Spaß, Musiker von Bands zusammenzubringen und Gäste zusammenzuholen. Wir kämpfen um jeden einzelnen Gast«, sagt Steffen Wilde. Er und Mandy Rosenstiel möchten Konzerte nach Dresden bringen, die die Leute hören sollen. Sie fahren auf viele Festivals, um zu suchen, wen sie für Dresden buchen möchten. Lust an der Musik spüren, die Freude weitergeben, das ist ihr Elixier. Sie holten zusätzlich Jazzenthusiasten als Förderer in den Tonne-Verein. Da besteht permanent Ansteckungsgefahr.

Das Gewölbe öffnet anderen Jazzfreunden die Tür, das Dixieland-Festival gastiert hier im Mai genau wie die Dresdner Jazztage im November. Jegliche Animositäten erscheinen Steffen Wilde als unangebracht. »Wir sind ein offenes Haus«, sagt er. »Jazz – Art – Music« steht seit einiger Zeit unter »Tonne«, der Jazzclub verschwand. »Das erschien uns zu eng, zu elitär, zu begrenzt. Wir wollen keine Nische sein, sondern ein Ort, wo gute Musik gespielt wird.« Schon 2012 stellte das Magazin Jazzthing eine Hitliste der wichtigsten deutschen Jazzclubs auf und bescheinigte der Tonne, einer davon in Deutschland und auch international zu sein. Und das heute.

Die finanzielle Förderung von der Stadt für das Konzertgewölbe steht jedes Jahr auf dem Prüfstand. Vielleicht gibt es für 2019 sogar etwas mehr Geld. Das wäre ein gutes Signal. Denn draußen vor der Tür stehen sich an manchen Tagen Leute wieder die Beine in die Hüften, warten darauf, eingelassen zu werden. Sie nicken einander zu. Gut, dass du hier bist. Irgendwann wird auch dieses Heute mal damals. Das kommt nicht wieder. Nur die Vergewisserung, am richtigen Ort zu sein, die bleibt.

WIE AUS SUMSI LAIZOS DER SO WURDE

Abbau einer Losung von hinten

(ohne innere Wertung)

Der Sozialismus siegt
Der Sozialismus sieg
Der Sozialismus sie
Der Sozialismus si
Der Sozialismus s
Der Sozialismus
Der Sozialismu
Der Sozialism
Der Sozialis
Der Soziali
Der Sozial
Der Sozia
Der Sozi
Der Soz
Der So
Der S
Der
De
D

Der Inhalt einer Losung
bewahrheitet sich dann
wenn er sich bei ihrem
Abbau zuspitzt
1987

Schwarzweißfoto links: Matthias Creutziger

Text × Michael Wüstefeld

WIE AUS SUMSI LAIZOS DER SO WURDE

Arteigene und gesellschaftstypische Geschichte eines Gedichtes

Dresdner Stadtzentrum. Pirnaischer Platz. An einem Wohnhaus aus Betongroßplatten zwischen Flachdach und Fenstern der obersten Etage hielt sich über die gesamte Breite der Fassade und viele Jahre die Losung: »Der Sozialismus siegt«. Kaum fiel Dämmerung in die nach Geschäftsschluß leeren Straßen, leuchteten rot die Sieg verheißenden Buchstaben. Gleichgültig ob mit oder ohne Kampfgenossen mußte man dem Morgenrot entgegenstehen, um die Losung lesen zu können, während die Sonne sich tagein, tagaus, Woche für Woche, Monat um Monat, ein Jahr ums andere gen Westen dem »Klassengegner« entgegendrehte. Unten im Vorbau des Wohnhauses die »UWuBu«. Oben an der Dachkante der »SoLiMu«. Für uns Pennäler war es Ende der 1960er alltäglich, daß der »SoLiMu« am Pirnaischen leuchtete. Wenn wir aus dem Schauspielhaus in den Freßwürfel wechselten, galt unser Blick, bevor wir Thälmannstraßen-seitig im Radeberger Bierkeller verschwanden, dem still vor sich hin siegenden »Sozialismus«. Ob wir seine rötlichen Buchstaben gleich einer warnend roten Ampel oder mit weit verbreiteter Gleichgültigkeit betrachteten, überliefert die Erinnerung nicht. Was allerdings zur Überlieferung gehört, daß wir Pennäler verschiedene Trinksprüche auf Lager hatten, die im »Radeberger« in und bei jeder Lage gleich einer Litanei lautstark zu Gehör gebracht wurden. Ohne daß berufsmäßige Mithörer uns zu bremsen vermochten, gehörte zu unseren Favoriten der Spruch: »Der Kumpel aus dem Stollen kriecht. Glückauf, der Sozialismus siecht!« Aber das war noch nicht alles. Im Chorus durstiger Kehlen folgte zwingend die Signatur des Spruchs: »Arthur Schramm, schreibender Arbeiter, Träger der Mainelke und anderer hoooher staatlicher Auszeichnungen. Zum Wohl!« Dabei wußte keiner von uns, daß Arthur Schramm als erzgebirgisches Original in Annaberg real existierte und sich den aus dem Stollen kriechenden Bergmann wirklich zusammengereimt haben soll. Vielmehr dichteten wir den Spruch dem real existierenden »Volksmund« an, der für alles herhalten mußte, wie Frühling, Sommer, Herbst und Winter mit ihren wechselhaften Wettern herhalten mußten für die Nichterfüllung jedweden Plans. Folglich kam es, wie es kommen mußte, aber anders als gedacht. Im strengen Winter 1986/87, als drastische Stromsparmaßnahmen die Stadt nachts in gespenstisches Dunkel trieben, wurde auch am Buchstabensozialismus gespart. Nach diesem Winter leuchteten die Buchstaben niemals wieder. Keiner war so mitfühlend, wissen zu wollen, warum es sich plötzlich ausgeleuchtet hatte. Sabotage? Fehler in allen Teilen? Im Frühjahr 1987 kam alles noch besser oder schlechter, je nachdem, auf wessen Geistes Bein man stand: Die Buchstaben wurden abmontiert.

Die Verallgemeinerung dieses weithin sichtbaren Vorgangs war unter Dresdnern und Besuchern der Stadt beinahe normal. Nicht nur das Wort, sondern der Sozialismus selbst wurde demontiert. Der äußere Vorgang wurde verinnerlicht. Die Rücknahme der Buchstaben kündigte einen Bankrott an. Die hinter den beinahe mannshohen Buchstaben zum Vorschein kommenden gräulich-weißen Flächen waren gleichsam Abbild einer Kapitulation. Das Gedicht begann sich zu schreiben, während am Pirnaischen Platz ein Buchstabe um den anderen getilgt und mit dem Abbau von hinten begonnen wurde, was einer zufälligen Gesetzmäßigkeit oder einem zusätzlichen Ungehorsam geschuldet war, hatte doch der Vorsitzende die Devise ausgegeben: »Vorwärts immer, rückwärts nimmer!«. Den stündlichen Fortschritt im Rückschritt hielten Zufalls- und Berufsfotografen fest. Als nur noch fünf Buchstaben übrig waren, fotografierte sie Freund Creutziger aus dem Trabant heraus und nannte sein Bild: »Der So«. Damit war das kurze deutsche Adverb vermännlicht, das neutral als stoßseufzender Ausruf ebenso bekannt ist wie als quittierende Äußerung für eine endgültig zu Ende gebrachte Sache: So! Das Gedicht schrieb sich im Anblick des Creutziger-Fotos weiter. Die Buchstaben ratterten durch meinen Kopf. Der Sosieg. Der SoMus. Der SoLiMu. Palindrom. Anagramm. Lipogramm. Die Buchstaben ratterten von vorn nach hinten und wieder zurück. Bis auch noch »Sumsi Laizo« die ihr zugedachte Rolle spielte. Aber das ist eine andere Geschichte. »Der Sozialismus siegt«. Das Annullieren einer unverbrüchlich genannten Wahrheit, die Subtraktion von hinten, Zeile für Zeile untereinander geschrieben, zentriert um einen neu gefundenen Mittelpunkt, so spitzte sich der Vorgang zu. Als Letztes blieb der Buchstabe »D«, ein Kennzeichen, auf das alles hinauslief oder auf dem sich das Gebilde kennzeichnend aufbaute. Der Leuchtsatz am Pirnaischen Platz war verschwunden. Auf dem Papier entstand er neu. Abbau einer Losung von hinten. Ohne innere Wertung. Wozu auch? Der bildhafte Abbau, seine Zuspitzung, das Auslöschen einer Behauptung, bedurfte keines Kommentars. Ist das überhaupt ein Gedicht? Oder besitzt dieses Gebilde vielmehr einen optischen als einen poetischen Reiz? Ich schob das Blatt in die Manuskriptmappe, worin mein STADTPLAN Formen annahm. Im Kopf blieb mir das Bild eines auf der Spitze stehenden Dreiecks, bei dem sich der Inhalt eines Satzes oder die Länge der Hypotenuse auf einen einzigen Punkt reduziert. Ist das der Inhalt jeglicher Sätze, der Punkt? Es war so, als stimme die Logik wieder. Die Utopie war am Ende, das Gedicht war fertig. Oder war es umgekehrt? Inzwischen wurde ich eingeladen, mich an einer mail-art-Aktion zu beteiligen. Ein Chilene im halleschen Exil, selbst Grafiker und visueller Poet, initiierte eine nahezu weltumspannende Briefaktion. Einzige Bedingung für die Teilnahme war, ein geeignetes Blatt fünfzigmal zu vervielfältigen. Ich zog die abgebaute Losung wieder aus meiner Mappe hervor, kopierte sie, schickte fünfzig Stück nach Halle an die Saale. Zwar hatte ich als Produzent des Buchstabengebildes meine innere Zensur beinahe umgangen, was ich aber nicht von Lesern aller (mail-) Art erwarten konnte. Der Chilene aus Halle trat den Rückzug an. Er lehnte die postalische Verbreitung meines auf den Kopf gestellten Sozialismusmodells ab. Aus einer militärischen in eine proletarische Diktatur entkommen, fühlte er sich letzterer verpflichtet. Mir blieb nichts anderes übrig, als meinen Beitrag zurückzuziehen. Zum eigenen Trost verschickte ich die Zettel, um Freunde und Bekannte mit dem abgebauten Sozialismus im neuen Jahr zu begrüßen: 1988. Zum Jahreswechsel hatte ich auch das Manuskript für meinen STADTPLAN zusammengebaut und ihn mit meinem Abbau-Gedicht in das Haus passenden Namens gegeben: Aufbau-Verlag. Im Frühjahr 1988 erhielt ich aus Berlin (Hauptstadt der DDR) das Angebot, mich mit verschiedenen Arbeiten an einer Ausstellung »visueller Poesie« zu beteiligen. Unter den eingereichten Blättern wurde ausgewählt. Die abgebaute Losung fand unter den Initiatoren der Ausstellung allgemeine Zustimmung, ausgestellt wurde sie nicht. Der erfolgreichen Ausstellung folgte noch 1988 die Idee, für den Mittelmäßigen Verlag Halle eine Anthologie zusammenzusammeln, die visuelle Poesie enthalten sollte. Obwohl ich den mitteldeutschen Chilenen unter den Herausgebern wußte, reichte ich meinen spitzfindigen Abbau erneut ein. Bekanntlich mahlen göttliche Mühlen langsam und göttliche Verleger noch langsamer. Was sie zu Beginn des Jahres 1989 entschieden hatten, kam zu spät. Der folgende Herbst bestrafte sie. 1990 erschienen die Anthologie wortBILD in Halle und mein Gedichtband Stadtplan in Berlin – beide ohne die Losungsspitze, die inzwischen eine überraschende Bestätigung im Leben gefunden hatte.

MICHAEL WÜSTEFELD

Er nennt sich selbst Taldichter. Geboren wurde er am 12. September 1951 in Dresden. Nach Abitur und Facharbeiter für Maschinenbau studierte er von 1970 bis 1974 Landtechnik an der Technischen Universität Dresden, arbeitete bis 1991 als Diplomingenieur und Technologe in einem Dresdner Ingenieurbüro, war 1992 arbeitslos und 1993 für vier Monate Bürosekretär, seither ist er freiberuflicher Autor und Kritiker. 1986 war er Teilnehmer an der Internationalen Poesiebiennale in Liège/Belgien, 1988 Stipendiat in Paris und 1989 Gast der Europaschule Brüssel. Ebenfalls 1989 war er Mitbegründer der Unabhängigen Schriftsteller-Assoziation Dresden, die er 2009 verließ. Seit 1996 ist er Mitglied im PEN-Zentrum Deutschland. Er schrieb außerdem in Aachen, Amsterdam, im Künstlerdorf Schöppingen, in der Villa Waldberta, in Pécs in Ungarn, war in Rheinsberg Stadtschreiber, aber sein großes Thema heißt Dresden. Zudem sorgten verschiedenste künstlerische Partnerschaften für eine Belebung seines Schreibens. Er veröffentlicht Lyrik und Prosa. Er bezieht gern andere Medien mit in seine Arbeit ein, zum Beispiel Druckgrafiken.

www.dresden.de/kulturhauptstadt
facebook.com/dresden2025
twitter.com/dresden2025
DRESDEN
2025
KULTUR
HAUPTSTADT
MACHER
Dresden.
Foto: ddpix.de

Impressum

Herausgeber:
Stadtluft Dresden GbR
Dr. Peter Ufer, Amac Garbe, Thomas Walther
c/o Ö GRAFIK agentur für marketing und design
Wittenberger Straße 114 A | 01277 Dresden
www.stadtluft-dresden.de
Dresden, 2018

Lektorat:
Dr. Peter Ufer,
www.peterufer.de

Redaktion:
Dr. Peter Ufer, Amac Garbe,
Thomas Walther,
Ö GRAFIK,
agentur für marketing und design
Hinweis: Einige Autoren haben ihre Texte in der alten Rechtschreibung verfasst.

Fotografie, Fotoredaktion:
Amac Garbe,
www.amacgarbe.de

Grafische Gestaltung:
Thomas Walther, BBK

Satz, Bildbearbeitung:
Ö GRAFIK agentur für marketing und design,
www.oe-grafik.de

Druck und Verarbeitung:
Husum Druck- und Verlagsgesellschaft

Verlag der Kunst Dresden
Postfach 1480 | D-25804 Husum
www.verlagsgruppe.de

Bibliografische Information der Deutschen Bibliothek:
Die Deutsche Bibliothek verzeichnet diese Publikation in der Deutschen Nationalbibliografie.
Detaillierte bibliografische Daten sind im Internet über http://dnb.dnb.de abrufbar.

ISBN 978-3-86530-248-9

Danke für die Hilfe.

Wir danken für die Zuarbeit des Schaubudensommer-Gestalters Michael »Spacke« Kremer, der Maskenbildnerin Antje Dahm, des Luftfotografen Severin Wünsch, der S-Bahn Dresden, der Pappspielzeugfirma Bibabox, des Fotografen Matthias Creutziger, des Carl-Maria-von-Weber-Museums in Hosterwitz und Jörg Stübings vom Buchladen Büchers Best, in dem das Titelmotiv mit Anna Mateur entstand.